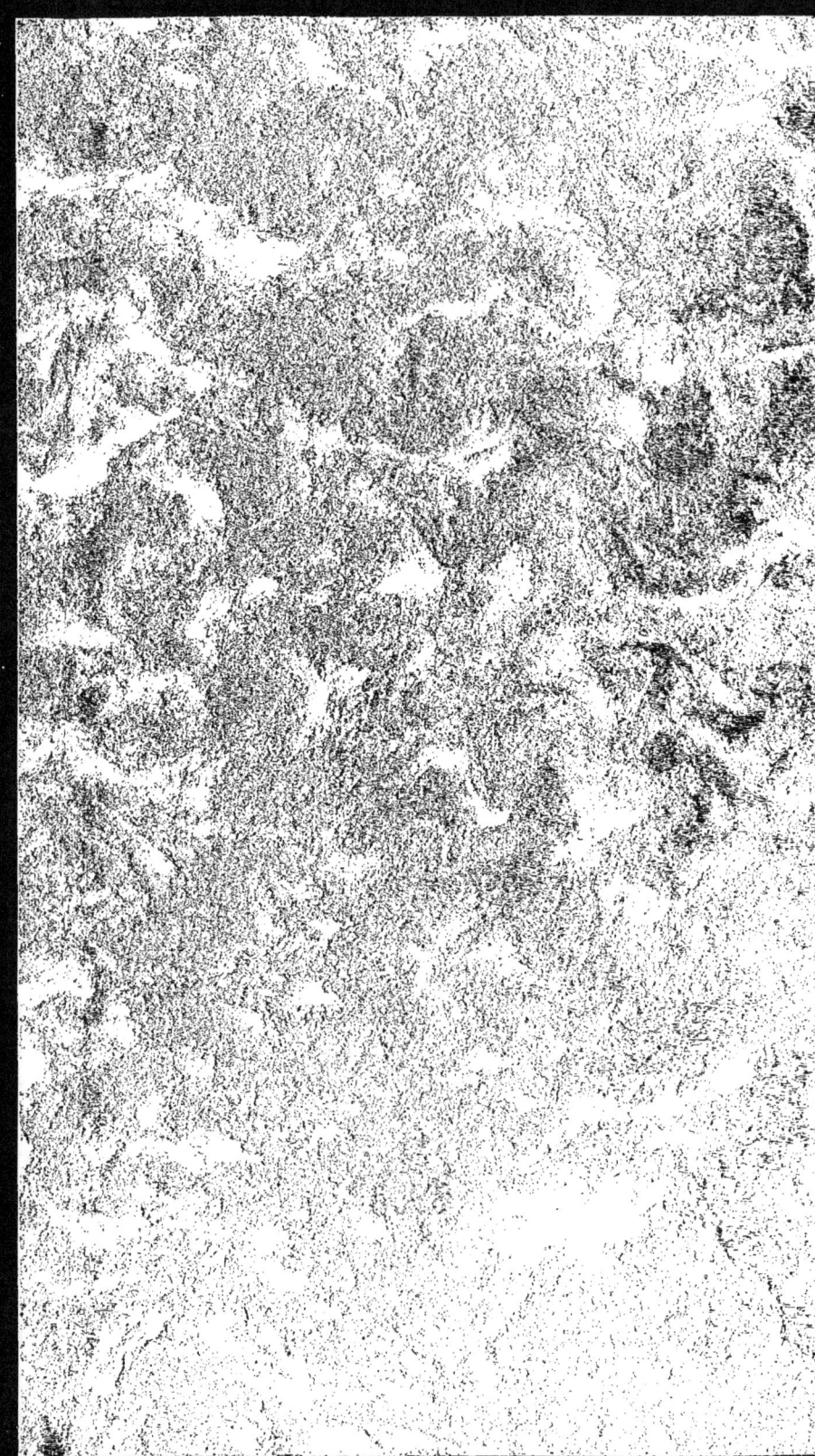

R. LAUB 1972

LES MYSTÈRES

DE LA

CHEVALERIE

ET DE

L'AMOUR PLATONIQUE

AU MOYEN AGE

PAR

E. AROUX.

⸻ ◦◦◦ ⸻

PARIS

Vᵛᵉ JULES RENOUARD, LIBRAIRE

RUE DE TOURNON, 6.

1858

LES MYSTÈRES

DE LA CHEVALERIE

ET DE

L'AMOUR PLATONIQUE AU MOYEN AGE.

IMPRIMERIE DE W. REMQUET ET C\ie,

Rue Garancière, 5, derrière Saint-Sulpice.

LES MYSTÈRES

DE

LA CHEVALERIE

ET

DE L'AMOUR PLATONIQUE

Au Moyen Age

Par E. AROUX

PARIS

LIBRAIRIE DE Vᵛᵉ JULES RENOUARD,

RUE DE TOURNON, 6.

1858.

DÉDICACE.

L'auteur dédie humblement ce modeste opuscule à l'Académie francaise, pour la partie historique; à l'Académie des inscriptions et belles-lettres, pour la partie archéologique; aux Sociétés royales de Londres et d'Édimbourg; à l'Académie royale de Berlin; à toutes les Sociétés savantes de l'Allemagne, de l'Italie et de l'Espagne, pour ce qui concerne les littératures étrangères. Puisse-t-il être plus heureux près de ces corps savants qu'il ne l'a été à Rome avec *Dante hérétique*, et obtenir d'être lu, ne fût-ce qu'en courant !

Peut-être leurs honorables membres trouveront-ils que la forme de l'œuvre n'est pas tout à fait assez sévère pour le fond; mais ils voudront bien se rappeler que l'auteur a trouvé en haut lieu les oreilles fermées impitoyablement et toutes les bouches silencieuses, lorsqu'il a essayé de faire de l'érudition, sans la moindre aptitude, à ce qu'il paraît, à semblable métier. Force lui a bien été alors de s'adresser à des intelligences moins sublimes et d'écrire pour la foule. C'est pourquoi, voulant cette fois se mettre à sa portée, il s'est résigné au langage

a

vulgaire, à l'exemple des écrivains du moyen âge, afin d'être entendu de tous, même des pauvres d'esprit et de science.

Pareille offrande est bien misérable, assurément, pour oser l'adresser *a' principi della terra*, et pour la mettre sous si haut patronage ; mais un souvenir de la Sainte Écriture peut lui valoir d'excuse : toute chétive qu'elle était, l'offrande de la pauvre veuve au temple n'en fut pas moins agréable au Seigneur.

AVANT-PROPOS

EN RÉPONSE A LA PETITE ÉGLISE OZANAMITE.

Au moment où, ayant pris notre parti de renoncer à faire briller la lumière dans les ténèbres dantesques, nous nous occupions de rassembler les notes dont se compose cet opuscule, une brochure de deux cents pages d'impression a fait apparition sur notre bureau, comme pour protester et nous ramener à la Comédie. Cette brochure est une seconde édition de celle que publia en 1854 M. Ferjus Boissard, fervent disciple d'Ozanam, pour défendre l'orthodoxie du grand Alighieri.

A *Dante hérétique, révolutionnaire et socialiste*, cet honorable adversaire vient opposer de nouveau *Dante révolutionnaire et socialiste, mais non hérétique*, comme si la question n'avait pas fait un pas depuis quatre ans. Triomphant des éloges que n'ont pas manqué de lui décerner des critiques de premier ordre à ses yeux, il reproduit intrépidement, « sans y rien retrancher, dit-il, son modeste livre, » non sans s'étonner et se plaindre que nous n'ayons pas répondu à ses objections, « jugées sans réplique de tous les côtés. »

Cette provocation directe d'un écrivain isolé nous eût laissé silencieux; mais voyant dans celui qui nous l'adresse le porte-bannière de la petite église dont Ozanam est devenu le patron vénéré, la réponse désirée ne se fera pas attendre. Nous avions cru pouvoir nous dispenser d'en faire une, dans la conviction que de nouvelles preuves avaient dû opérer quelques conversions, et surtout avec la pensée que certaines objections se réfutent d'elles-mêmes. En effet, était-il bien nécessaire d'apprendre à nos adversaire la facile recette à l'aide de laquelle on produit des symboliques imaginaires, dans le genre de Napoléon-soleil? spirituelle facétie qu'on nous oppose sérieusement, sans avoir même le mérite de l'invention. Ignore-t-on donc qu'il suffit, avec quelques notions scientifiques et un peu d'habileté de main, de prendre un personnage historique, de choisir dans sa vie certains faits culminants, et de les mettre en lumière à un point de vue donné, en laissant dans l'ombre tout ce qui viendrait contrarier l'effet désiré? Si on ne l'ignore pas, qu'on réponde à son tour.

Est-ce de la sorte que nous avons procédé avec Dante? Avons-nous fait un tri dans la Comédie? Est-il un vers, du commencement à la fin, que nous ayons omis d'analyser, d'interpréter, toujours dans le même sens? Un personnage, une comparaison, une figure, dont nous n'ayons donné la signification réelle? N'en convient-on pas soi-même en disant : « Chaque chant est résumé, commenté, interprété? » Ces interprétations s'enchaînent-elles dans un ordre logique et naturel, sans jamais se contredire, en se complétant l'une par l'autre, et jettent-elles une clarté inattendue sur les passages les plus obscurs? Sont-elles enfin, oui ou non, en parfait rapport avec celles que nous avons données de la *Vie nouvelle*, du *Banquet*, des *Canzoni*, du *Langage vulgaire*, de toutes les œuvres du poëte, en un mot?

Si l'on se trouve dans l'impossibilité de répondre négativement, en proclamant soi-même que « l'interprétation de M. Aroux est toujours la même, » la comparaison qu'on a entendu établir entre le jeu d'esprit de M. Pérès et ce qu'on appelle notre système n'est plus qu'un enfantillage, une espièglerie de collégien.

Nous en dirons autant des initiales ponctuées opposées à l'interprétation donnée à TAL, LVI, ALTRI, etc., pronoms si fréquemment reproduits dans le cours du poëme. Que ne nous citait-on, entre autres exemples d'explications fantasques, celle d'une dame romaine en opposition avec un capucin au sujet des quatre lettres S.P.Q.R., inscrites sur un ancien monument? Il y aurait à en citer bien d'autres.

Lorsqu'on est réduit à de semblables arguments, applaudis par certains critiques, il sied peu de prendre un ton doctoral pour nous renvoyer aux sources de la Comédie. Croirait-on donc que, sans les avoir étudiées, nous soyons arrivé à la proclamer hérétique dans son esprit et dans son but, nonobstant la magique orthodoxie de sa forme? On ne jure que par Ozanam, mais lui refusons-nous la justice qui lui est due? Loin de là ; et de plus nous sommes d'accord avec lui sur la plupart des sources qu'il a signalées, tout en étant en mesure d'en indiquer d'autres par centaines. On nous reproche de n'avoir pas désigné la secte à laquelle aurait appartenu Dante ; eh bien, on sait maintenant qu'il faut le compter parmi ces hommes appelés, à défaut d'autre nom, Albigeois ou Cathares, et qu'en outre il était l'un des éminents pasteurs de l'église proscrite. Trouverait-on donc qu'il eût fait preuve d'une grande habileté et d'une extrême prudence en empruntant ostensiblement les éléments de son poëme aux doctrines condamnées par Rome ?

Loin d'en agir ainsi, Dante a imité dans leurs procédés, mais en les surpassant, les poëtes provençaux et les auteurs des romans de Geste, ses prédécesseurs. Dogmes, histoire, traditions, légendes, prières même et symboles, il a tout mis à contribution, en imprimant à tout le sceau conventionnel de l'hérésie. Opérant sur cette masse de matériaux comme peut le faire un puissant artiste, il les a remaniés, modelés à sa guise, et se les est assimilés, sans les dénaturer visiblement pour des yeux inexpérimentés ou inattentifs. Voilà en quoi consiste le prodigieux effort de génie accompli sous le titre de COMÉDIE.

Que des gens de la force du professeur Bensa, de l'*Univers*, habitués à ne penser qu'à la suite d'autrui, se cramponnent aux commentateurs ; que, « lisant beaucoup et rien n'imaginant, » ils aient été dupes du stratagème, et fassent rage pour ne pas se reconnaître dupés, la chose est toute naturelle ; mais que la petite église s'appuie sur de pareilles autorités, on ne peut que s'en étonner. Il n'est pas jusqu'à ce digne M. Artaud, académicien de son vivant, dont elle n'invoque le témoignage pour établir que Dante fit une mort chrétienne, comme si les Albigeois n'étaient pas des chrétiens. C'est une mort catholique qu'il aurait fallu dire. Le fait même fût-il établi, rappelez-vous donc, pour l'amour de Dieu, l'Albigeois Pungiluovo, béatifié à Ferrare et à la veille d'être canonisé à Rome. Celui-là avait fait, à coup sûr, une fin catholique ; bien plus, il opérait des miracles après sa mort : Dante n'en a fait qu'un, c'est sa Comédie, qui, à son tour, a produit des miracles de crédulité.

Ce qui nous surprend encore davantage, c'est que notre honorable contradicteur n'ait pas accepté comme réponses de notre part à ses objections les trois gros volumes publiés par nous successivement, à savoir : 1° la traduction en vers de la Comédie, avec un commentaire de l'Enfer et du Purgatoire, suivi d'une clef explicative; 2° le Paradis illuminé à *giorno*. Il paraîtrait que les preuves et les autorités, qui n'y manquent pas, ne sont pas une réponse aux yeux de l'adversaire. Serait-ce donc parce que la réponse ne porterait pas son nom en toutes lettres? ou bien nous sommes-nous tellement abusé sur la valeur de ces preuves que, la main sur la conscience, il puisse affirmer n'y avoir trouvé « rien de bien nouveau ? »

Quoi? pas même la damnation de saint Dominique, de Grégoire V e

d'Innocent III, transformés en démons ! Pas même la revendication par
l'église albigeoise de saint Benoît, de saint Pierre Damien, de saint
François d'Assise, de saint Bernard ; sans parler du prétendu croisé
Cacciaguida, de Robert Guiscard, du pieux héros du Tasse, Godefroy
de Bouillon, le chevalier du Cygne des romanciers sectaires !

Le preux champion s'abuse, il a été plus ébranlé par nos preuves qu'il
ne veut le paraître. L'ordre et la méthode ont beau nous faire défaut, à
son avis, on voit qu'il ne s'est pas perdu, comme il le dit, dans les détails
de « l'immense érudition » dont il nous fait trop gratuitement honneur.
Notre bagage d'érudit est bien mince pour la tâche entreprise ; mais
cette tâche n'est « effrayante » en réalité que pour ceux dont l'esprit
prend ombrage de certaines vérités. Nous aimons à croire que notre
contradicteur n'est pas de ce nombre.

Il est vrai qu'il nous est arrivé parfois « de laisser sur notre passage des
incertitudes *résolues* plus tard. » Hélas ! plus habile que nous, il aurait
sans doute su consigner dans les premiers chants de l'Enfer, déjà im-
primés, ce qui lui aurait été révélé seulement par un passage du Purgatoire ou même du Paradis. Faute de posséder ce secret, nous avons fait
comme le mineur, n'avançant que pas à pas, et forcé souvent de revenir
sur le terrain déjà exploré.

Il faut bien pourtant que notre faire, en dépit du défaut de méthode,
ait certaine valeur et que nous n'ayons pas gaspillé de l'érudition en
pure perte, puisque, non-seulement nous avons fait avancer la question,
mais encore soulevé des doutes dans un esprit aussi éclairé que celui de
notre adversaire. Il faut bien que la question ait fait quelques pas,
puisque lui-même prend la peine de préciser le point où, à son avis,
elle serait arrivée au moment présent.

Comment méconnaître les doutes dont il est obsédé et contre lesquels
il lutte courageusement, lorsqu'on lit l'interrogatoire sur faits et articles qu'il vient de nous signifier ? Ses questions mêmes font foi que, si
tout n'est pas vrai pour lui dans nos interprétations, il n'oserait, en son
âme et conscience, prononcer que tout en est faux. Il n'a garde toutefois
de préciser ce qu'il admet comme prouvé, sentant trop bien qu'un seul
point concédé l'amènerait, de conséquence en conséquence, à passer condamnation sur tout le reste.

Le champion ozanamite est un jeune homme destiné sans doute à
aller loin, car il ne demande qu'à s'instruire ; ce qui le rend curieux à
l'excès. Mais il faut pardonner quelque chose à l'ardent désir de savoir.
Nous voudrions pouvoir lui donner satisfaction sur tous les points : par
malheur, nous ne connaissons pas bien précisément les limites dans lesquelles le principe d'autorité, devant lequel nous nous inclinons, tant
au temporel qu'au spirituel, peut entendre que se renferme l'expression

de notre pensée; nous ne serons donc pas peut-être, à notre vif regret, aussi explicite que le désirerait l'honorable questionneur.

Il a beau nous dire : « M. Aroux n'a pas une idée fort juste du catholicisme et de l'autorité qui régit l'Église; » puis citer saint Paul, en déclarant que : « l'autorité ecclésiastique n'est pas, comme trop souvent les pouvoirs de la terre, un despotisme brutal voulant commander à des aveugles; » nous craindrions, en nous bornant même à discuter les questions que « l'Église, qui ne proscrit pas la raison, permet d'approfondir, » de tomber dans « ces aberrations qu'elle frappe. » Le catholicisme de l'adversaire nous paraît se rapprocher trop, par sa propension au libre examen, des doctrines protestantes. Qu'il y prenne garde. Nous croyons sans doute, avec lui et avec saint Thomas d'Aquin, « que la foi présuppose la raison; » mais nous savons aussi que la raison, qui est humaine, quand la grâce ne vient pas l'illuminer, doit souvent se taire devant l'autorité de la foi, qui est d'essence divine. Abailard, Wicleff, Jean Huss, Luther, ne faisaient-ils donc pas usage de leur raison, lorsque l'autorité spirituelle crut devoir sévir contre eux ? Leur tort aux yeux de l'Église n'était certes pas dans l'usage, il était dans l'abus. Elle les frappait pour avoir soulevé publiquement des discussions dangereuses et pour s'être obstinés dans des opinions qu'elle réprouvait.

Quel est, en effet, le devoir des vrais catholiques lorsque, après avoir étudié, approfondi certaines questions ardues, leur esprit conçoit des doutes? Leur devoir, si nous ne nous trompons, est de les soumettre, dans l'intention de s'éclairer, à leurs supérieurs, de les discuter avec eux dans une conférence intime; et, enfin, s'ils persistent, de s'en accuser au tribunal de la pénitence, pour les abjurer au pied de la croix.

Pareille réserve en matière religieuse n'entre pas, à ce qu'il paraît, dans les habitudes du champion catholique. Aussi insiste-t-il, et c'est *coram populo* qu'il exige de nous une profession de foi cathégorique. Est-ce à titre de confesseur ou de juge? Nous serions fort embarrassé de décider. Toujours est-il qu'il aurait bien dû commencer par nous donner l'exemple. Cette profession de foi, « M. Aroux, dit-il, nous paraît assez indépendant pour ne pas la redouter, même de nos jours; qu'il dise donc *hardiment, carrément*, ce qu'il veut en *religion* et en *politique*. » Avions-nous tort de dire que le jeune homme était curieux à l'excès? Ce n'est pas tout; le commentateur de Dante désobligerait beaucoup l'avocat d'office s'il ne lui donnait à connaître « à la clarté de que le lumière il travaille, ce qui le guide, ce qui l'inspire, afin que ses amours, *s'il en a*, et ses haines (qui n'en doit pas avoir, sinon contre les hommes, du moins contre les choses ?), s'expliquent naturellement. »

Qui n'admirerait la naïve confiance avec laquelle de pareilles ques tions sont posées à l'heure qu'il est et tirées à un millier d'exemplaires ? Et cela précisément « dans un temps, dit-il, où la plume de l'écrivain est loin de jouir de la plénitude de son indépendance, » quand, et c'est lui qui nous l'apprend, « le titre seul de sa brochure peut être gros d'orages, puisque l'administration a cru voir un danger dans l'affiche de ce titre. »

Nous n'essaierons pas moins de répondre aux questions posées, dût notre franchise ne pas paraître aussi *carrée* qu'on l'aurait voulu.

En ce qui touche la religion, deux mots suffiront : Notre foi est formulée tout entière dans le Symbole des Apôtres, et nos vœux se résument dans l'Oraison dominicale. S'il faut quelque chose de plus, voici ce que nous pouvons ajouter : Notre catholicisme n'est ni celui de MM. Veuillot et consorts, ni celui de M. de Montalembert, ni même celui de M. Dupin; peut-être n'est-il pas non plus celui du questionneur, du moins en ce qui concerne l'exercice de la raison. Chacun de ces messieurs étant ou se disant catholique à sa manière, ils admettront bien sans doute que nous puissions l'être à la nôtre sans mériter l'excommunication.

Pour ce qui est de la politique, nous n'éprouvons aucun embarras à déclarer que nous adoptons volontiers ces deux principes comme bases d'un bon gouvernement: « L'autorité et la protection des honnêtes gens, » tout en appelant de nos vœux l'heure propice où les libertés promises au pays viendront couronner l'édifice constitutionnel et permettre aux honnêtes gens, aux amis de l'ordre en toutes choses, de signaler avec confiance à l'autorité les mesures de protection réclamées par leurs intérêts divers.

Nous pourrions donner sans doute plus de développement à nos idées ; mais, de l'avis de tous les docteurs, les poitrines faibles doivent éviter les longs discours, surtout dans les moments de crise.

Nous avons bien pu jadis faire un peu d'opposition, mais autres temps, autres mœurs. Nous jouissions alors d'une assez bonne constitution ; nous nous sentions l'haleine plus libre et les verres de nos lunettes nous permettaient de voir distinctement à dix pas autour de nous; enfin nous n'avions pas les cheveux blancs. Le fait est que, depuis 1830, année où, confessons-le, il nous est arrivé de regimber un peu, nous avons toujours obéi à la loi, sauf à nous rappeler par moments le *dura lex, sed lex.* Quant à conspirer, jamais; ce n'est pas ce métier-là que nous avons appris en Italie. Ajoutez qu'une fois sorti de l'enceinte législative, nous avons rompu avec les affaires de gouvernement. Or, il est bon qu'on le sache, notre cerveau est tellement organisé, qu'une notion capitale venant s'y implanter à nouveau, bonne partie de celle qui y dominait auparavant s'en trouve effacée. C'est ainsi qu'en apprenant l'italien nous nous sommes brouillé avec le latin; qu'à nous mêler des affaires de l'État, le droit s'est trouvé mis de côté, et qu'à force de nous enfoncer dans le moyen âge, nous ne comprenons plus rien aujourd'hui à la politique. Aussi regardons-nous faire, sans nous en mêler.

Réfugié désormais sur le terrain du temps passé, nous nous y tenons, pour ne pas trop abuser d'une mémoire fatiguée. Sur ce terrain-là du moins nous ne saurions porter ombrage à aucune puissance. Et puis, comment nous soupçonner d'opposition extrême ou factieuse, lorsqu'on nous verra, prompt à entrer dans les vues du gouvernement, et désireux de le seconder dans notre modeste sphère, prêter volontairement notre concours empressé à un ancien collaborateur ?

En effet, par un arrêté récent, le ministre de l'instruction publique vient de charger un docte professeur de surveiller la publication de trente-huit volumes de *chansons de Geste*. Le but de Son Excellence est de faire connaître nos richesses épiques dans ces vieux monuments de notre littérature. La pensée éclairée qui a dicté cette mesure en fait naturellement attendre une autre : celle qui ordonnera la traduction de ces épopées en français moderne ; autrement elles ne seraient intelligibles que pour les savants, qui peuvent les lire aujourd'hui manuscrites, et leur impression serait en pure perte, dès que la grande majorité des lecteurs serait hors d'état de les comprendre.

Eh bien, nous nous associerons de tout cœur à cette œuvre utile, en essayant une traduction officieuse de la traduction officielle, et pour peu que nous ne restions pas par trop au-dessous de notre tâche, l'effet des mesures décrétées pourrait dépasser de beaucoup les prévisions du ministre. Nous espérons ainsi mériter cette bienheureuse succession vacante de M. Romieu, à laquelle nous sommes loin de renoncer. Il existe, en effet, une analogie frappante entre nos œuvres respectives. Cet ancien magistrat, montrant du doigt le *Spectre rouge*, a dit : « Marchez contre lui et il s'évanouira. » Nous disons, nous, en signalant le *Fantôme blanc* : « Regardez-le bien et de près, soulevez ses *bianche stole*, et vous verrez cette foule de preux chevaliers casqués et cuirassés, de galants troubadours, de belles et poétiques dames, se dissiper en fumée pour laisser place à la prosaïque réalité. »

Si donc notre prédiction s'accomplit à l'égal de la sienne, nous pourrons avoir chance d'arriver comme lui à une position hors ligne, sans être plus que lui un philologue consommé. Or, une fois promu à ce poste de confiance, tous nos efforts tendront à nous en montrer digne ; d'une part, en appliquant notre méthode d'investigation à de nouvelles découvertes archéologiques ; de l'autre, en essayant d'un procédé moins dispendieux et bien plus expéditif dans l'œuvre interminable et si défectueuse du catalogue de notre grande bibliothèque. Peut-être alors serions-nous traité un peu moins dédaigneusement dans le cénacle, et n'aurions-nous pas à nous morfondre six mois à la porte, pour obtenir audience; qui sait s'il ne serait pas fait mention de nos travaux dans le *Journal des savants;* si même nous n'aurions pas l'insigne honneur d'être consulté sur quelques retouches à faire dans l'*Histoire littéraire de la France?*

De telles ambitions n'ont rien que d'avouable assurément et sont de nature, ce semble, à tranquilliser ceux-là qui s'en enquièrent avec tant d'anxiété. Les voilà maintenant au courant de notre manière de penser, en religion comme en politique, et, en outre, de nos projets littéraires. D'autres se tiendraient pour satisfaits, mais eux, non. Il faut leur donner à connaître « nos amours et nos haines. » Rien de plus simple, on le voit, et de plus facile. N'y aurait-il pas à se faire scrupule de contrarier les gens pour si peu? Qu'ils le sachent donc : nous sommes de ceux qui, considérant les choses en elles-mêmes, ne se préoccupent ni des opinions de la foule ni de l'ornière traditionnelle. La vérité en toutes choses, voilà ce que nous aimons par-dessus tout. C'est « à sa lumière que nous travaillons, » sous la seule inspiration de notre conscience, et nous n'avons pas d'autre « guide. » Par une conséquence naturelle, ce que nous avons en haine, c'est le mensonge, l'ignorance crédule, les conspirations en tout genre, la suffisance érudite, l'hypocrisie, quel que soit son masque, la fourberie impudente, l'erreur obstinée, enfin la stupide routine qui la propage ou l'encourage.

Voilà bien des explications; et cependant nous n'en avons pas fini avec notre curieux antagoniste. Tout en déclarant ne point redouter l'isolement dans la foi, son catholicisme un peu mondain ne laisse pas de s'en inquiéter beaucoup; ce n'est pas sans tristesse qu'il dénombre les pertes cruelles dont l'Église aurait à s'affliger, au moyen âge et depuis, si nous étions dans le vrai. « Cet isolement a de quoi attrister, dit-il, une âme quelque-peu ardente, » et il lui semble que « c'est chez un catholique un orgueil légitime que de vouloir réunir dans la solidarité de sa foi ce que les siècles lui montrent de puissant et de généreux. »

Triste condition de qui se trouve avoir les mains pleines de vérités! n'en laissât-il échapper qu'une toute petite à la fois, il se met tout le monde à dos. Quand le disciple d'Ozanam se désole et s'indigne, en songeant que l'Église catholique pourrait perdre Dante, un protestant zélé, M. Cherbuliez, de Genève, nous jette la pierre pour oser lui montrer dans le grand poëte toscan un précurseur de Luther et de Calvin!

Préoccupé de la quantité des fidèles et surtout de la gloire terrestre, le zélé catholique serait assez coulant sur le fond réel de la croyance, pourvu que la forme fût sauvée. On voit combien diffère notre manière de voir. Autant nous aurions été affligé de la canonisation d'un Pungiluovo, si par impossible elle eût été prononcée, autant nous trouvera-t-on résigné en voyant ceux-là exclus de l'Église orthodoxe qui jamais n'ont reconnu en elle une mère : dussent les exclus s'appeler Dante, Pétrarque, Michel-Ange, Raphaël ; car, hérétique ou non, leur génie inspiré par le christianisme ne sera pas moins un don de Dieu et un sujet d'admiration pour ses créatures dans la suite des siècles.

On a donc toute raison de dire : « Il nous semble que M. Aroux s'attriste fort peu des conséquences de son système et en prend aisément son parti. » Nous désirons que l'adversaire en fasse autant et qu'il veuille bien examiner les preuves produites à l'appui de *notre système*, abstraction faite de ses préoccupations religieuses, attendu qu'on ne fait pas de la critique avec du sentiment.

Chez lui, par malheur, c'est le sentiment qui domine ; il ne saurait donc nous pardonner des travaux dont le résultat sera la ruine de ses illusions. Il nous pardonne encore moins d'avoir opposé au Dante d'Ozanam, ce parangon d'orthodoxie, un Dante véritable, hérétique de génie et ennemi acharné du catholicisme. Aussi ne demanderait-il pas mieux que de nous prendre nous-même en flagrant délit d'hérésie. Qu'on en juge par les questions suivantes qu'il nous décoche : « N'y a-t-il parmi les sectaires à la tête desquels marche Dante, que Pétrarque, Boccace, Tasse, Raphaël, Michel-Ange et autres, signalés en passant par M. Aroux dans son commentaire ? Que pense M. Aroux des quelques noms que nous allons lui indiquer ? Nous désirons et *attendons* une réponse nette et franche qui finisse à jamais ce débat. » Suivent les noms de Salomon, de l'auteur de l'Apocalypse, d'Hermas, de saint Bernard, de saint François d'Assise, de saint Bonaventure, de saint Thomas d'Aquin, etc., etc.

Pareille provocation est-elle bien dans l'esprit catholique ? Nous avons dit et suffisamment prouvé, ce semble, que pour Dante, abusé sans doute par des traditions erronées, par des interprétations fautives de certains actes ou de certains écrits, saint Benoît, saint Pierre Damien, saint François d'Assises, saint Thomas d'Aquin, saint Bonaventure, saint Bernard et autres bienheureux étaient Albigeois ou se rattachaient à leur église. Mais est-ce à dire pour cela que nous soyons devenu Albigeois, et que nous adoptions pour notre compte les opinions que nous relevons chez autrui ?

Nous avons pris soin de noter les faits, les écrits, les circonstances qui purent induire Dante en erreur, c'est-à-dire que nous avons plaidé les circonstances atténuantes au profit de celui dont on nous reproche d'être l'accusateur. Depuis quand l'avocat est-il donc solidaire des opinions du client en faveur duquel il réclame l'indulgence ?

Que Dante et ses coreligionnaires, comme aujourd'hui les francs-maçons, aient vu dans Salomon, fondateur du temple de Jérusalem, le premier organisateur de leur *Massenie*, l'inventeur d'un langage mystérieux, dont la clef, sa *clavicule*, était l'héritage de certains affiliés ; que le *Cantique des cantiques* fût pour eux un chant d'amour mystique, faisant allusion à toute autre chose qu'à l'union de l'Église romaine avec Jésus ; que la Sulamite leur ait fourni le type de leurs dames-églises ; que pouvons-nous y faire ? Nous n'en persistons pas moins à croire ce que nous enseigne l'Eglise sur Salomon et sur le Cantique des cantiques.

De même pour le disciple bien-aimé et pour la grande vision apocalyptique ; nos opinions propres, nos croyances n'ont rien à faire avec celles des précurseurs du protestantisme au moyen âge ; elles ne les empêchent pas d'avoir considéré saint Jean comme le premier apôtre de la religion d'amour ; de l'avoir opposé, pour son esprit de douceur et de charité, à saint Pierre abattant sous le glaive l'oreille de Malchus et reniant son divin Maître. Elles ne les empêchent pas d'avoir désigné par son nom le chef mystérieux de leur Église, ce fameux PRÊTRE-JEAN, la lumière de l'Orient, cherché partout en vain, et que l'Arioste représente sous le nom de Senape, *Senior papa*, incessamment harcelé par les harpies sacerdotales. Ce n'est pas nous assurément qui leur avons suggéré de considérer l'Apocalypse comme le livre par excellence, pour avoir dénoncé dans l'avenir la grande Prostituée romaine, et mis le monde en garde contre les calamités que la BÊTE réservait à la terre.

L'érudition de l'adversaire trouve la nôtre en défaut au sujet d'Hermas et de son *Pasteur*. Nous le lirons un jour, d'après ses indications. Mais à en juger par ce qu'il veut bien nous en dire, il est très-probable que Dante aura fait maints emprunts à ce docteur grec, en les ramenant, comme toujours, à la signification sectaire. Le pape Innocent III n'a-t-il pas fourni aussi, dans les pierres symboliques qu'on nous jette à la tête, son contingent à la comédie d'orthodoxie ? Mais de pareils emprunts faits à saint Hermas ne sont pas certes à opposer à ce Père, canonisé à bon droit, comme nous le croyons fermement. On arriverait, en s'engageant dans la voie où voudrait nous pousser le disciple d'Ozanam, à faire de l'Évangile un livre hérétique, pour avoir fourni les principaux éléments de la *religion d'amour*.

Que dire maintenant de sainte Thérèse, de saint Jean de la Croix, de saint François de Sales, de Jacopone de Todi, de Savonarole, tous personnages dont nous ne sachions pas que Dante ait jamais soufflé mot ? Veut-on donc que nous les déclarions entachés d'hérésie avec saint François d'Assises, saint Bernard et saint Thomas d'Aquin ? « Nous ne demandons que de la logique à M. Aroux, » s'écrie-t-on. En vérité celle du poursuivant d'orthodoxie est au moins étrange. C'est sans doute en ce sens qu'il dit, en s'écriant JUSTICE ! contre M. Veuillot, « n'avoir rien trouvé de nouveau » dans nos trois derniers volumes. Aurait-il donc reçu mission de nous induire en tentation, ou faut-il seulement le considérer comme un enfant terrible du néo-catholicisme?

Quoi? c'est de nous, catholique romain, qu'à pareilles questions il espère une réponse affirmative! mais cette réponse serait une renonciation à notre foi. Il ne comprend donc pas que l'Église romaine étant infaillible, suspecter seulement d'hérésie ceux qu'elle compte au rang des saints, c'est s'élever contre ses décisions; c'est supposer qu'elle a pu être induite en erreur; que, dupe des ruses du démon, elle a failli et l'a laissé prévaloir dans ses conseils! En un mot, c'est l'accuser d'avoir canonisé en aveugle des adversaires de ses dogmes, ou, ce qui serait bien pis, d'avoir béatifié sciemment, dans un intérêt de politique humaine, des hommes que ni vertus ni savoir n'auraient dû absoudre à ses yeux de s'être laissé infecter du venin de l'hérésie!

Voilà où conduit l'exercice de la raison sur les traces des membres de la petite église. Mieux vaut cent fois les laisser à leurs doutes que de s'engager sous leur direction dans une voie aussi périlleuse.

Quant au surplus de l'interrogatoire, nous y avons répondu par avance. Si l'autorité ecclésiastique s'est abstenue de sévir contre l'œuvre de Dante, ce ne fut ni par ignorance ni par pusillanimité. Nous avons dit et répété, nous prouverions facilement, si le temps et l'espace ne nous manquaient, que cette politique lui fut dictée par une prudente habileté et qu'elle en obtint bien plus de succès que des mesures violentes. Ce fut cette politique qui dicta au censeur de Pie VII, en 1791, la phrase significative citée par l'adversaire lui-même: « Il est convenu de regarder Dante comme un auteur classique, et ses satires comme des monuments des opinions de son temps. » Nous l'invitons à rechercher quelles étaient ces opinions; puis, lorsqu'il aura supputé la portée de la phrase censoriale, peut-être saura-t-il nous dire sous quelle autorité se font à Rome de pareilles conventions.

Mais comment, l'existence d'une secte nombreuse étant connue, ses secrets n'ont-ils pas été trahis? Parce que les religions mises hors la loi trouvent rarement des traîtres dans leur sein. Tant que le christianisme fut persécuté, ses mystères furent-ils révélés? Il y a souvent des trahisons en politique, il n'y en a guère en matière religieuse, surtout dans les temps de foi. Lisez les archives de l'inquisition, vous y verrez avec quelle habileté les réponses des sectaires sont calculées de manière à dissimuler la vérité sous le symbole, et cela au milieu des tortures, en présence du bûcher. La Compagnie de Jésus a-t-elle trouvé des Judas dans son sein? Connaissez-vous, à l'heure qu'il est, le secret des templiers, que Clément V a mis tant de soin à laisser dans l'ombre? Avant que nous vous eussions mis sur la voie, connaissiez-vous celui des francs-maçons, qui eux-mêmes ont perdu le mot, avec la clef de leurs mystères?

Reportez-vous donc aux pages 1296 et suivantes du *Paradis illuminé*. Connaît-on même à l'heure qu'il est ce qui se trame dans les associations ténébreuses dont l'existence est chaque jour signalée ?

Les Albigeois subirent pourtant des désertions : le frère dominicain Rinieri notamment, et le troubadour Foulques, promu en récompense à l'évêché de Toulouse ; mais leurs révélations n'allaient pas au delà du degré d'initiation qu'ils avaient atteint, et le danger put être conjuré. Ce furent ces rares désertions et surtout les indiscrétions involontaires, *peccati della gola*, qui nécessitèrent à plusieurs reprises le remaniement du langage mystérieux, de ce *parler clus*, création des troubadours, porté par Dante à sa plus haute puissance.

Mais ce langage tout symbolique, procédant par allusion, par antithèse, par réticence, par personnifications fantastiques, c'est bien à tort que vous l'appelleriez *argot*, car il est l'élément constitutif et magistral de deux idiomes dont vous ne sauriez contester la haute valeur littéraire : le provençal et l'italien. Vous vous en convaincrez en lisant les *Testi di lingua* de notre vieil ami le savant bibliothécaire Gamba, un peu plus fort en cette matière, croyez-le bien, que l'*illustre* Atto Vanucci, académicien de la Crusca, et que tous les Bensa du monde.

En voilà assez, et peut-être même trop, pour que le zélé défenseur de Dante et d'Ozanam n'ait plus à se plaindre que « nous passions en saluant devant son livre. » Il doit se tenir pour content. Nous finissons en le priant de ne pas tant se hâter de prendre pour une rétractation les quelques concessions que nous sommes réduit à faire au préjugé et au sentimentalisme ; de ne pas nous faire dénoncer une « vaste conspiration, » quand nous n'avons parlé que d'un très-petit complot d'infiniment petits ; enfin de ne plus avancer des propositions aussi hasardeuses que celle-ci au sujet de certains critiques : « Chez plusieurs le silence équivaut à une réfutation. » Beaucoup seraient plutôt disposés à croire que chez ceux-là le silence se résume en impuissance.

Comme dernière satisfaction à l'adversaire, non pas en ce qui concerne notre pensée sur saint Thomas d'Aquin, il la connaît ; mais touchant celle de Dante, dont il doute encore ; nous l'inviterons à se reporter au début du xxvii⁰ chant de l'Enfer. Il se rappelle sans doute qu'à raison de son mutisme méditatif, les condisciples du Docteur angélique l'avaient surnommé le *Bœuf de Sicile*. Eh bien, qu'il ait la bonté de suivre sur le texte cette traduction d'une comparaison non moins hardie qu'étrange mise en avant pour amener l'épisode du vieux Montefeltro :

« De même que le Bœuf de Sicile, *il bue Cicilian*, mugit d'abord, ému trop justement de ce que déplorait avec larmes celui dont il reçut l'enseignement, *col pianto di colui che l'avea temperato con sua lima* (Albert le Grand); puis unit son mugissement à la voix de l'Albigeois persécuté, *mugghiava con la voce dell' afflitto;* tellement que, tout en étant de bronze pour l'énergie, *con tutto ch' e' fosse di rame,* il se montrait aux siens déchiré de leurs douleurs, *pareva dal dolor trafitto* ; de même, faute d'une issue, du moindre passage laissé à la pensée, *per non aver via ne forame,* l'âme en peine emprunta à la Papauté, qui allume les bûchers, *dal principio del fuoco,* son langage orthodoxe, pour me faire entendre des paroles de tristesse, *in* suo linguaggio *si convertivan.* »

Peut-être bien trouvera-t-on là quelque chose de nouveau ; mais là, pas plus que dans nos deux derniers volumes, et dans cet opuscule qui, logiquement, aurait dû servir d'introduction au Commentaire de la Comédie, on n'aura certes rien à revendiquer au nom de Rossetti.

Tout le procédé du langage sectaire ne se révèle-t-il pas dans cette admirable comparaison où, d'un seul coup de pinceau, le poëte, groupant, pour les offrir ensemble à la pensée, saint Thomas, Albert de Cologne et le Phalaris romain, semble avoir voulu donner à la fois le précepte et l'exemple ? Mettez *toro* en place de *bue,* l'expression est plus exacte, plus poétique, la mesure est la même. Pourquoi Dante a-t-il donc préféré le dernier ? Que l'adversaire le dise. S'il n'est pas en mesure, pourquoi nous provoquer à parler ? Les notes du *Paradis illuminé* auraient dû lui suffire.

Notre compte ainsi réglé avec un opposant qui, lui du moins, émet loyalement son opinion et prend la peine de la motiver, sans reculer devant la discussion, il est plus que temps d'exposer vers quel but nous tendons désormais dans la nouvelle carrière qui s'ouvre devant nous, quelle vérité nous nous proposons de mettre en lumière par la publication actuelle. Nous serons bref.

Il en est de toute idée nouvelle, des découvertes en tout genre, comme des livres, dont il a été dit si justement : *habent sua fata.* Que d'épreuves à subir avant de se faire non pas accepter, mais examiner ! Il en est ainsi, à plus forte raison, de toute vérité, car, par cela même qu'elle est telle, il lui faut s'attendre à être dès l'abord dédaignée, honnie, calomniée, sa destinée étant d'avoir pour irréconciliables ennemis l'orgueil, la paresse, la routine et le préjugé.

« La routine est si puissante dans sa paresseuse imbécillité, nous assure un spirituel écrivain, qu'elle accueille souvent comme vérités les mensonges les plus grossiers, uniquement pour ne pas se donner la peine de rétablir la vérité. L'histoire, la politique, les religions de tous les peuples fourniraient des charretées de volumes à l'appui de cette assertion. »

Nous n'avons donc pas éprouvé la moindre surprise, en voyant le peu de crédit obtenu, dans le monde savant, par les trois publications successives, dans lesquelles nous nous avisions de signaler Dante, non-seulement comme le poëte de l'hérésie, mais encore comme un pasteur éminent de cette église albigeoise vouée, en d'autres temps, à l'extermination. Aussi en avons-nous pris philosophiquement notre parti, au point de renoncer, quant à présent, à convaincre les doctes en ce qui concerne ce qu'on appelle encore si judicieusement *la philosophie* du chantre de Béatrice.

Nous laissons donc dormir pour quelque temps cette question malencontreuse, pour entreprendre sur un autre terrain un travail d'exploration dont nous espérons meilleure réussite. Le pourquoi? Nous n'en ferons pas mystère: c'est que nous nous adressons à d'autres juges. La difficulté étant d'en trouver d'impartiaux, c'est-à-dire libres de toute idée préconçue, et surtout de captiver leur attention, voici le parti auquel nous nous sommes arrêté, comme le plus simple et le plus rationnel; il est indiqué par l'expérience.

Au lieu de publier de gros livres d'une lecture laborieuse, exigeant du temps et une application suivie, procéder, au contraire, par petits articles détachés, accessibles, sans le moindre effort, à l'intelligence la plus modeste. Au lieu de s'obstiner à prendre pour thème une œuvre d'un mysticisme ténébreux, émanée d'un poëte unique, dont si peu de gens ont lu en entier les écrits, passer en revue des compositions légères, des aventures de guerre et d'amour tracées par cent plumes différentes, des romans dont les héros soient connus de tout le monde, au moins de nom; laisser de côté tout appareil d'érudition, pour ne pas effaroucher la paresse, ni fournir des fins de non recevoir à la critique plus ou moins sérieuse; viser surtout à intéresser l'esprit sans l'obliger à de longues et difficiles recherches; puis, au lieu de prétendre mettre les érudits en demeure de s'expliquer, lorsqu'il leur convient de garder le silence, faire tout simplement appel au bon sens du commun des lecteurs; chercher enfin dans la foule un auditoire d'autant plus bienveillant, qu'il n'a pas de bévues personnelles à confesser, de cours de littérature ou d'histoire à refaire de fond en comble, de critiques ou de commentaires à jeter au feu, d'amis ou de clients à patronner.

Telle sera donc notre manière d'opérer dans l'enquête que nous nous proposons d'ouvrir sur le moyen âge. Elle aura pour but de rechercher dans les compositions de cette période, la pensée dominante qui les inspira, en s'y reproduisant constamment sous des formes d'une extrême variété; de signaler, sous le voile des fictions les plus diverses, un esprit d'opposition toujours le même, poursuivant son but sans trève ni merci; enfin de mettre en relief ses tendances et ses procédés essentiels.

Nous espérons démontrer ainsi: 1° Que le protestantisme albigeois a eu sur la marche de l'esprit humain et sur les événements qui se sont succédé en Europe, depuis le xᵉ siècle, une bien plus grande influence qu'on ne l'a supposé jusqu'ici;

2° Que l'albigéisme ne fit que s'approprier les doctrines néoplatoni-

ciennes, en les rattachant, d'un côté aux évangiles et à l'ensemble de
la théologie catholique, de l'autre aux traditions locales, remaniées dans
un même esprit et d'après des données identiques; depuis les *sagas*
scandinaves, jusqu'aux *mabinogion*, aux *nibelungen* et aux mille légendes pieuses ou héroïques répandues dans les classes populaires des contrées où pénétrèrent ses apôtres;

3° Que par l'albigéisme, les idées d'amour platonique firent invasion
du midi au nord de la France, en Espagne, en Italie, en Angleterre et en
Allemagne, où elles enfantèrent la *chevalerie amoureuse ;*

4° Que cette conception tout idéale n'a jamais eu d'existence réelle
dans la civilisation du moyen âge ; que ces générations platoniques
d'amants respectueux et de dames immaculées ne furent qu'un rêve,
une fiction imaginée par les poëtes d'une communion chrétienne, mais
anticatholique, dans un intérêt de propagande ; en un mot, que la chevalerie amoureuse, utopie basée sur l'Évangile, fut opposée par les
Albigeois à la chevalerie féodale, violente, brutale, oppressive et corrompue ;

5° Que les *chantres d'amour* de la Provence furent les premiers à cultiver la poésie en langue vulgaire et à composer des romans de Geste,
afin de pouvoir y consigner, sous le voile de l'allégorie, les succès et les
épreuves de leurs missionnaires, appelés *Bonshommes* et *Parfaits* dans
leur église, *Troubadours* dans le monde;

Que ces relations romanesques étaient de véritables journaux, des
bulletins, les chroniques de l'opposition, intelligibles pour les seuls initiés, chargés de les expliquer aux néophytes; et que, traduites rapidement dans la langue des pays où la secte avait ses apôtres, elles servi-
rent de modèles aux compositions du même genre signalées dans les diverses contrées de l'Europe ;

6° Enfin, qu'à cette école albigeoise et provençale se rattache celle
de la cour de Sicile sous Frédéric II et toute la grande école italienne.

N'avions-nous donc pas raison de dire, en commençant nos études sur
Dante, qu'il s'agissait de toute une révolution dans l'histoire au point de
vue religieux, politique, littéraire et philosophique?

Notre programme reproduit, on le voit, sur de plus larges bases, la
thèse soutenue par Fauriel, revendiquant pour les Provençaux l'honneur
d'avoir initié la France aux lettres et à la poésie. Peut-être les compa-
triotes du savant professeur, peut-être ses disciples, trop oublieux de ses
leçons, rougiront-ils enfin en voyant un enfant de la Normandie, cette
patrie des trouvères, repousser en leur nom une gloire imméritée, et s'ef-
forcer de la restituer à ceux-là qui seuls y ont véritablement droit, c'est-
à-dire aux troubadours.

Dans ce but, nous passerons en revue, sans nous astreindre à aucun plan systématique, romans, cansons, sirventes, aubades, poëmes satiriques, légendes, etc., en les soumettant à une rapide analyse. A défaut d'autre mérite, la diversité des sujets et des genres sera du moins un préservatif contre l'ennui. Peut-être y aura-t-il ainsi moyen d'arriver sans grands efforts à faire toucher au doigt par les plus incrédules cette vérité, pour nous incontestable, que les productions amoureuses en si grand nombre des troubadours, trouvères, minnesingers, etc., dont la vogue soutenue durant plusieurs siècles est un sujet d'étonnement pour les savants, furent inspirées par une hostilité vivace, infatigable, contre l'Église romaine, par ce que nous appelons le protestantisme albigeois ; enfin qu'elles furent prônées, exaltées, propagées dans toute l'Europe et même au dehors, par l'opposition anticatholique, bien plus nombreuse alors et plus puissante qu'on ne le suppose généralement, ce qui en a sauvé beaucoup d'une destruction systématiquement poursuivie.

Ceux qui ont lu le *Paradis illuminé a giorno* ont pu juger déjà, par l'analyse du Tristan de Léonnois, que ni les probabilités ni les preuves ne manquaient à notre manière d'interpréter certaines allégories. C'est un travail analogue que nous avons entrepris sur les compositions poétiques du moyen âge et sur plusieurs séries de romans de Geste, notamment sur *Ferbrace, Jauffre et Brunissens, Aucassin et Nicolette, Girart de Rossillon, Floire et Blanceflor, Berthe au grand pied, Girart de Nevers, Walther d'Aquitaine, le Dolopathos,* les romans de *Renart* et de *la Rose,* etc., etc.

Ce n'est pas un livre que nous voulons faire, nous nous proposons seulement d'en rassembler les principaux éléments. Ce livre, un autre le fera un jour, et nous saura sans doute gré de lui avoir préparé les matériaux d'un travail qui excède nos forces. Plus jeune, il aura plus de temps devant lui, il possédera aussi plus de savoir, et pourra envisager l'époque sur laquelle nous ne jetons qu'un rapide coup d'œil, d'un point de vue plus élevé. Notre tâche est beaucoup plus modeste. On n'y trouvera ni notes ni citations ambitieuses, ni matière à des recherches difficiles. Les seuls ouvrages à consulter au besoin seraient l'histoire des Albigeois et Cathares, par C. Schmidt, celle de France, par H. Martin, celle des troubadours, par l'abbé Millot, le Cours de littérature de Fauriel et le choix de poésies originales des troubadours, par Raynouard. Or on trouve ces livres dans toutes les bibliothèques.

Quand, par un examen succinct à la portée des esprits les plus superficiels, chacun aura été mis à même de comprendre couramment tant de fictions sectaires, de créations fantastiques au double sens ingénieusement combiné, d'en suivre pas à pas l'idée première sous ses déguisements multiples, nos docteurs se décideront-ils à en étudier autre chose que le sens littéral ? Puis, lorsqu'ils auront fini par admettre que les romans du

Saint-Graal, ceux de *Lancelot du Lac*, de *Parthenopex de Blois*, de *Godefroy de Bouillon*, de *Guillaume au Cort-nez*, etc., ne sont rien moins que des compositions orthodoxes, ils pourront bien concevoir quelques doutes au sujet de certains chefs-d'œuvre d'un ordre plus élevé, et y regarder à deux fois avant d'oser jurer que, sous les fleurs artificielles de leur catholicisme, ne s'est pas glissé le serpent hérétique.

La vérité historique ne peut que gagner, ce semble, à ce qu'un débat où elle est intéressée au plus haut degré ait quelque retentissement. En vain certains obscurantistes, bravement ligués contre elle dans un intérêt commun, auront pris leurs mesures pour que la cause soit jugée par leurs amis, à huis clos, sans discussion, et dame vérité exécutée entre quatre murs ; il n'en sera pas ainsi, grâce à Dieu, car nous saurons bien les amener à jeter un coup d'œil un peu moins distrait sur le dossier provençal et à contredire sérieusement les preuves géminées qui en jailliront coup sur coup. En effet, ce dossier est énorme et l'on peut en extraire sans l'épuiser une masse de documents, tous scellés du même sceau mystérieux. Les témoignages les plus précis et les plus concordants y abondent, souvent exhumés fort innocemment par nos adversaires eux-mêmes, qui n'y entendaient pas malice.

Telle est la source à laquelle nous puiserons, sans nous lasser, des éléments de conviction à l'appui de notre thèse. Peut-être faudra-t-il revenir souvent et longtemps à la charge ; mais l'attention de l'auditoire une fois éveillée, le cri public forcera bien les juges en charge d'office de formuler une opinion sur les dires respectifs et sur les pièces à l'appui : non moins que noblesse, science rentée oblige.

Paris, février 1858.

LES MYSTÈRES

DE LA CHEVALERIE

ET DE

L'AMOUR PLATONIQUE AU MOYEN AGE.

> Nos romanciers font aujourd'hui leurs romans
> d'après l'histoire ; bien avant eux les historiens ont
> fait l'histoire d'après les romans.

On amuse les petits et les ignorants avec des contes, dont les grands et les doctes ont parfois à faire leur profit ; on les instruit par des exemples bien mieux que par les démonstrations les plus savantes : pourquoi donc, puisque nous n'écrivons plus pour les hommes de science, n'essaierions-nous pas de procéder par contes et par exemples ?

Il était une fois, il y a bien longtemps, une pauvre femme, qui, ne possédant rien au monde que ses vertus et sa confiance en Dieu, gagnait laborieusement son pain de chaque jour à la sueur de son front. Humble et douce de cœur, remplie d'amour pour son prochain, elle lui venait en aide autant que le lui permettait l'exiguïté de ses ressources, partageait son pain avec ceux qui avaient faim et consolait par sa parole ceux qu'elle ne pouvait assister par des actes. Bénie des malheureux, du faible opprimé, ses bonnes œuvres lui attirèrent la haine des riches et des puissants ; elle fut calomniée, persécutée cruellement et réduite à cacher jusqu'au bien qu'elle faisait.

Elle s'était unie devant Dieu à un époux qui, pauvre et vertueux comme elle, la secondait et la dirigeait dans ses œuvres de charité, la soutenait dans les rudes épreuves infligées à sa faiblesse, en lui

1

donnant l'exemple du courage, de la résignation et de l'obéissance aux lois.

Ils vécurent ainsi longtemps tous deux, menant une existence obscure et misérable, passant de bien tristes jours, endurant de cruelles souffrances, et n'en persistant pas moins dans la voie du Seigneur ; aimés, vénérés de tous les gens de bien, mais trop souvent en butte à la haine des méchants.

Leur plus grande consolation, au milieu de tant d'adversités, était de se voir entourés d'une nombreuse famille, empressée à profiter de leurs leçons et à se régler sur leur exemple. Mais les temps continuaient à être durs pour eux.

Enfin le bruit de leurs œuvres si méritantes parvint aux oreilles d'un grand prince. Il en fut touché, et non content de prendre les deux époux sous sa protection avec leurs nombreux enfants, il voulut récompenser par des faveurs signalées tant de constance dans le bien. Ce fut trop peu à ses yeux de la grande et riche dot qu'il donna à l'épouse, il crut que la vertu dans la pauvreté était aussi une noblesse et il éleva l'époux au rang de prince, lui abandonnant à gouverner des provinces entières et lui assignant pour résidence une opulente capitale.

Mais les honneurs changent les mœurs ; ce dicton se vérifia trop tôt à l'égard de l'époux. Enorgueilli par la haute position où il se voyait parvenu, il ne songea plus qu'à accroître ses richesses et à s'élever encore davantage. En vain l'épouse, qui se rappelait leur ancienne misère et l'humble condition d'où ils étaient partis, chercha-t-elle à le ramener à de meilleurs sentiments, il resta sourd à ses représentations et à celles que lui adressèrent quelques-uns de ses fils, dans l'intérêt commun. Il se sentait appuyé par les aînés qui, pour la plupart, dans l'espoir d'en profiter personnellement, s'associaient aux idées ambitieuses de leur père.

Enfin, l'orgueil de celui-ci devint tel, qu'il se crut appelé à dominer sur tous les rois de la terre et à leur imposer ses lois ; les successeurs mêmes du prince magnanime auquel il devait puissance et richesse ne trouvèrent pas grâce devant lui ; il leur fallut reconnaître sa suzeraineté ou renoncer au trône. Tout dut plier désormais, depuis le plus petit jusqu'au plus grand, et, sous peine d'être livré aux tourmenteurs, n'avoir d'autre volonté, d'autre manière de voir que la sienne, car il s'était déclaré incapable d'erreur et ne se faisait faute d'avoir recours au glaive pour le prouver. L'usage de la raison, le simple exercice de la pensée, en dehors du cercle de fer tracé par une autorité ombrageuse, devint un crime passible des plus grandes rigueurs ; aussi toute opposition se vit-elle réduite au silence, et l'on n'entendit plus que la voix des docteurs privilégiés. On n'eut plus à lire que leurs écrits alignés sur parchemin, car l'imprimerie n'était pas encore inventée.

Comme toujours, la compression portée à sa plus haute puissance engendra la dissimulation, celle-ci, les expédients ténébreux. La pensée opposante fut bien refoulée au fond des âmes par la terreur ; mais, loin d'y rester oisive, elle s'occupa sans relâche de trouver un moyen de s'affranchir, et elle y réussit.

Il y avait alors des gens que l'on appelait *trouveurs*, ou inventeurs, et, en effet, c'étaient des hommes de génie, comme on va pouvoir en juger. Ils étaient loin d'être d'accord avec l'autorité régnante sur certains points de doctrine, et ils enduraient impatiemment la condition du zèle enthousiaste ou du silence qui leur était faite, sous peine de mort ou d'exil et de ruine, pour eux et les leurs.

Ils s'avisèrent d'échapper à la contrainte par la ruse et de saper un pouvoir oppresseur en affectant de l'avoir en vénération.

Dans ce but, ils eurent bientôt combiné les éléments d'un vocabulaire, à l'aide duquel la pensée opposante se dissimulerait complétement sous des symboles et des figures convenues, de telle sorte que le fond eût toujours à disparaître sous la forme. La conception était si ingénieuse que ce vocabulaire se ployait à tous les idiomes et pouvait être compris en tous pays. L'antithèse en était la base.

Les docteurs officiels écrivaient dans une langue, dite savante, que les masses ne comprenaient pas, et les exemplaires de leurs ouvrages, reproduits à la main par des copistes salariés, se vendaient à prix d'or. Il leur vint à l'idée de composer en langue vulgaire, sur des sujets légers en apparence, afin de se mettre à la portée de l'intelligence populaire, et de répandre, de vive voix ou par des écrits à bas prix, dans toutes les classes, ces compositions d'un intérêt varié.

Ce plan fut mis à exécution par ses auteurs avec autant d'habileté

1.

qu'il avait été conçu ; car ce n'étaient pas des conspirateurs vulgaires procédant par la violence et l'assassinat. Leurs fictions, inspirées par la charité, qui est amour, appelaient le règne de la justice, le redressement des abus, des garanties pour tous, mais surtout pour la faiblesse et l'innocence.

Ils furent compris, malgré le mystère dont ils s'enveloppaient : aussi le nombre de leurs adhérents alla-t-il toujours en augmentant avec l'oppression ; vint le moment où l'indigent d'autrefois, devenu un despote orgueilleux, vit se dresser contre son autorité une opposition formidable.

Réunis par la communauté du danger, les deux époux dirigèrent toutes leurs forces contre leurs adversaires, qui furent écrasés. Hommes, femmes, enfants périrent par milliers ; mais on ne tue pas les idées, le fer et le feu sont impuissants contre elles. Or, les idées, qui avaient amené cette vaste rébellion contre les deux époux, ne cessèrent de miner leur autorité, en l'affaiblissant de plus en plus. Enfin elles éclatèrent, l'explosion fut terrible, et il en résulta le démembrement du plus puissant empire qui jamais ait existé.

Tel est le conte dont nous avons cru devoir faire précéder, comme entrée en matière, les récits allégoriques dont nous allons nous occuper. On aura facilement reconnu l'histoire sous la fiction. Il n'est donc guère besoin d'ajouter que les deux époux sont l'Église et le Pape ; que l'opposition redoutable contre laquelle ils furent réduits à sévir, fut l'hérésie albigeoise écrasée par les croisés de Montfort ; que les *trouveurs*, ces organisateurs de l'immense conspiration dirigée contre l'édifice catholique, sont les troubadours, trouvères, *Minnesinger* ou chantres d'amour ; enfin, que le langage symbolique dont ils firent usage, pour revendiquer la liberté de la raison et battre en brèche les abus, tant religieux que politiques, est précisément celui qu'ils mirent en œuvre dans leurs compositions, tant en vers qu'en prose.

L'existence de ce langage conventionnel étant obstinément contestée par les érudits, depuis plus de quatre ans, malgré tant de preuves et d'autorités attestant son essence, son origine et son influence, il semble que le meilleur moyen de convaincre les incrédules est d'en faire toucher au doigt le mécanisme ; de le montrer fonctionnant, puis, d'en démonter, pièce à pièce, les principaux rouages et ressorts. Peut-être qu'en opérant de la sorte sur un certain nombre de productions similaires, et en obtenant de chacune un résultat analogue, on comprendra qu'il y a entre ces productions non-seulement communauté d'origine, quant à la pensée inspiratrice, mais encore identité de but. Si l'on parvenait avec une seule et même clef à ouvrir dix, vingt, cent serrures sorties d'ateliers divers, ne serait-on pas bien fondé à dire que toutes ces serrures ont été fabriquées d'après le même système, quoique par des ouvriers différents?

Eh bien, notre intention est de recourir à une démonstration de ce genre. L'ancien philosophe en présence duquel on niait le mouvement se mit à marcher. Comme lui, nous opposerons à nos contradicteurs silencieux une réponse en action. Ils nient que les œuvres des troubadours, leurs poésies amoureuses ou satiriques, leurs romans de Geste, soient composés dans un langage symbolique et rient de pitié à pareille proposition. Peut-être reprendront-ils leur sérieux en nous voyant mettre à nu des symboles, des allusions, des personnages dont ils ne soupçonnaient même pas l'existence. Ils nient bien que nous ayons trouvé une clef capable d'ouvrir tant de portes restées closes pour les plus habiles depuis une longue série de siècles; mais toute discussion à ce sujet leur répugne et semble leur faire peur. Il y aurait mauvaise grâce à trop les presser. Nous chercherons donc à les édifier. Il suffira pour cela de faire manœuvrer la clef magique, en choisissant de préférence les ouvrages les plus faciles à consulter. C'est le plus souvent par exemples que nous entendons procéder et, sans autre préambule, nous commençons.

PREMIER EXEMPLE. — Jauffre et Brunissens.

Parmi les nombreux romans de la Table-Ronde, sur lesquels nous pourrions diriger notre examen, nous choisissons de préférence celui de *Jauffre et Brunissens*, non parce que le texte provençal s'est conservé jusqu'à nous, mais parce qu'il est plus facile à chacun de se reporter, soit à la traduction illustrée de M. Mary Lafont, soit à l'histoire de la poésie provençale, par Fauriel, qui en donne l'analyse à la page 95 du tome III.

Un roman dédié à Pierre II, tué en 1213, à la bataille de Muret, en combattant pour les Albigeois, mais plus probablement à Pierre III, dit le Grand, le moteur secret des vêpres siciliennes; dans lequel les éloges prodigués au *bon roi d'Aragon* sont précédés d'une satire mordante contre les mœurs d'un siècle où dominait l'influence catholique, nous met tout d'abord en grande défiance contre son orthodoxie. Il est suspect quand « l'auteur, fidèle au système des romanciers originaux du moyen âge, ne se nomme ni se désigne d'aucune façon, » prétendant avoir entendu raconter par un chevalier étranger, *parent d'Artus et de Gauvain,* la chanson qu'il met en rimes.

Nous nous défions de lui, d'autant plus que son œuvre acquit de bonne heure une grande célébrité, et fut traduite presque immédiatement en catalan; « le chroniqueur Muntaner le citant de manière à faire supposer qu'on le mettait de son temps au même rang que Lancelot du Lac, » et le fameux templier Wolfram d'Eschenbach nommant deux ou trois fois Jauffre ou *Joffroi* parmi les champions de la cour d'Artus.

Mais des soupçons ne sont pas des preuves; examinons donc jusqu'à quel point l'œuvre elle-même, ramenée à sa véritable signification, pourra nous édifier sur la pensée réelle de l'auteur.

Nous suivrons autant que possible l'analyse de Fauriel, en suppléant, à l'aide du texte et de la traduction française, aux épisodes qu'il juge à propos de laisser de côté.

Le roi Artus est à Cardeuil, où il célèbre, au milieu de sa cour, la fête de la Pentecôte (les Albigeois n'admettant que le baptême de feu ou de l'Esprit). Il est entouré des chevaliers de la Table-Ronde, Gauvain, Tristan, Lancelot du Lac, Perceval, etc. Ne voulant pas s'asseoir au banquet avant d'avoir trouvé une aventure, il part, escorté de ses barons et chevaliers, vers la vaste et sombre forêt Bréciliande ou Brocéliande. Tout à coup une voix plaintive se fait entendre au loin, appelant Dieu et Marie à son aide; or, Marie, cette mère de pureté, était le nom symbolique de l'église des purs ou Cathares.

Le roi veut aller seul porter le secours demandé. Arrivé au bord d'une rivière, à la porte d'un moulin, une femme éperdue, s'arrachant les cheveux de désespoir, s'offre à ses regards ; elle lui dit qu'une bête féroce, descendue de la montagne, est là, dévorant tout son blé.

En effet, il voit, en s'approchant doucement, cette bête effrayante dont la tête est ombragée d'un buisson de cornes diaboliques.

Lorsque Artus entre bravement dans le moulin l'épée au poing, le monstre, loin de s'effrayer, ne lève pas même la tête et continue de dévorer le blé de la trémie. Le roi le frappe du plat de l'épée sans qu'il se dérange davantage ; alors il saisit la bête par les cornes et la secoue vigoureusement ; mais il ne lui peut faire lâcher prise ; la colère le gagne, il veut lui asséner un coup de poing, mais ses deux mains se trouvent clouées aux cornes.

Une fois son ennemi pris au piége, la bête sort du moulin, emportant le pauvre roi pendu à ses cornes. Comme elle regagne la forêt à petits pas, elle est rencontrée par les chevaliers d'Artus, qui s'apprêtent à tomber sur elle à coups de lance ; mais Artus leur défend de l'assaillir. « Si vous la touchez, dit-il, je suis mort, je peux être sauvé si vous l'épargnez. »

Ils obéissent, bien affligés, et se contentent de suivre la bête qui, sans se presser ni paraître les voir, se dirige vers une roche escarpée. Elle la gravit rapidement, et, une fois au sommet, avançant la tête au point où le roc est taillé à pic, elle tient Artus suspendu au-dessus de l'abîme. Les chevaliers perdent la tête de désespoir. Au moment où, persuadés que le roi est menacé d'une chute effroyable, ils ont entassé leurs vêtements sur le sol au pied de la roche, la bête saute au milieu d'eux, avec Artus délivré, et se tranforme tout à coup en un jeune et beau chevalier, « des meilleurs et des plus prisés parmi les preux, les courtois et les sages. »

Le romancier a soin d'ajouter que « ce baron savait les *sept arts* et celui des enchantements. » Or, le roi lui avait promis depuis longtemps une coupe d'or, un destrier et un baiser de la plus gente damoiselle, s'il se transformait quand sa cour serait assemblée ; et il venait ainsi de mériter le premier don (*). Il semble qu'Artus aurait pu trouver à redire quelque peu à l'effrayante mystification dont il venait d'être l'objet; mais nullement, le roi breton a le caractère des mieux faits et, loin de se fâcher, « il se prend à gaber et à rire » du bon tour que lui a joué l'enchanteur innomé.

Savez-vous pourquoi? C'est qu'il a compris de suite que ce chevalier d'une si profonde doctrine a voulu lui donner un utile conseil dans une allégorie en action. Le sens en est des plus aisés à pénétrer, et pourtant Fauriel l'a passée sous silence dans son analyse.

La femme du meunier, qui se désole en appelant en vain du secours, représente la plèbe vaudoise, la classe des vilains, des travailleurs, dont l'Église catholique, la grande prostituée, la bête de l'Apocalypse aux *sept cornes*, dévore le pain, sans se soucier de ses pleurs, pas plus que des menaces de ceux à qui il prend fantaisie de lui venir en aide.

Nous renvoyons ceux qui douteront que la meunière soit une Vaudoise, à l'œuvre d'un écrivain dont l'orthodoxie n'est pas douteuse, à don Quichotte. Comment s'appellent les deux coureuses que rencontre, à son début dans la carrière chevaleresque, le chevalier de la Triste figure? *Tolosa* et la *Molinera*, c'est-à-dire l'Albigeoise et la Vaudoise. Nous verrons aussi Berthe aux grands pieds, perdue dans la forêt d'*oliviers* du Mans, trouver un asile chez un meunier L'Église romaine donc, ou la bête apocalyptique, poursuit son œuvre de rapine, en dépit de l'indignation qu'elle soulève chez rois, barons et chevaliers. Qu'un monarque s'avise de vouloir sévir contre elle, qu'il ose seulement la toucher, et il est soudain réduit à l'impuissance de se mouvoir; porter la main sur un de ses droits prétendus, ou de ses cornes, est un crime dont l'excommunication fait justice, en paralysant le coupable et en le liant sur la terre, où il se voit bientôt suspendu sur un abîme sans fond.

Tel est, nous le croyons du moins, le sens de la leçon que le che-

___

(*) La coupe symbolise la cène; le destrier, la communauté albigeoise, à diriger et à tenir en bride; le baiser, le *consolement*, donné par ou au nom de l'église des purs, désignée symboliquement sous le nom de Marie, dame de toute beauté, de toute pureté et de toute *courtoisie*, car c'était elle qui tenait les conciles ou cours d'amour.

valier philosophe entendait donner au roi Breton. Dans les romans du Saint-Graal, Artus joue le même rôle que Charlemagne dans les romans carlovingiens, et Attila dans les *Niebelungen,* c'est-à-dire qu'il y symbolise le pouvoir temporel unitaire en lutte avec l'autorité spirituelle.

Ainsi se trouve expliquée la façon toute débonnaire dont le monarque prend la liberté quelque peu grande de ce chevalier, qui ne jouait à rien moins qu'à le faire mourir d'apoplexie foudroyante.

Loin de laisser dans les esprits la moindre émotion, l'aventure dans laquelle le roi vient de passer un si mauvais quart d'heure a mis la cour en gaieté. Chacun rentré au palais a pris place à table, et « l'on ne songe qu'à manger et à boire, » lorsque se présente un beau damoisel qui, se jetant aux pieds du roi, le conjure de le faire chevalier. Artus vient de lui octroyer sa demande et de le convier à s'asseoir au festin, lorsqu'un *vassal,* entrant armé dans la salle, qu'il traverse à cheval, va frapper de sa lance un chevalier et l'étend mort aux pieds de la reine.

« Je m'appelle Taulat de Rugimont, s'écrie-t-il, méchant roi, et je reviendrai tous les ans, le même jour, te faire la même avanie. »

Voilà un *vassal* bien hardi et bien insolent, n'est-il pas vrai? et pourtant le bon Artus, si vaillant tout à l'heure contre la bête, « baissait la tête, irrité et marri. » C'est qu'il avait encore tout frais dans la mémoire le conseil allégorique du chevalier son ami. Il était précisément dans la position de tant d'empereurs tremblants devant le souverain pontife, *vassal* de l'Empire.

En effet, ce nom de Taulat de Rugimont, que les doctes ont laissé passer inaperçu, lui donnait grandement à réfléchir, et deux événements faits pour l'impressionner vivement, se succédant ainsi à si peu de distance, devaient lui paraître se rattacher l'un à l'autre par quelque lien secret. Artus savait, à n'en pas douter, qu'en langue provençale *taula* signifie table. Que la figure parfaite de sa Table-Ronde, *Taula retonda,* n'admettait que des égaux, des parfaits, sans premiers ni derniers. Ce nom de Taulat devait donc l'inquiéter dans son étrangeté, à raison du T final, s'il y voyait l'initiale de tétragone, en concluant de là à une hostilité de tous les instants entre deux principes rivaux, non moins opposés que la figure des deux tables. Celui de Rugimont, décliné en outre par le seigneur de la Table carrée, table comportant nécessairement des premiers et des derniers, n'était pas pour lui plus rassurant, s'il lui rappelait ce sommet escarpé où la bête apocalyptique l'avait tenu suspendu, ou bien cette autre montagne dont les rugissements faisaient trembler le monde en lançant les foudres de l'excommunication. Il ne pouvait manquer de trouver une certaine ressemblance, comme un air de famille entre l'outrecuidant Taulat de Rugimont et ce fou d'orgueil, avec qui il avait déjà eu maille à partir, cet Estult l'Orgueilleux qui prétendait se fourrer un ample manteau avec les barbes de tous les rois et princes de la terre et qui blessa mortellement Tristan le Pauvre de Lyon. (*Voir* plus loin l'analyse du roman de *Tristan.*)

On conçoit donc qu'Artus dévorât silencieusement l'affront, sauf à voir plus tard le parti qu'il aurait à prendre, après avoir consulté son ami l'enchanteur. Mais le damoisel nouveau venu, qui n'a pas les mêmes motifs pour se montrer prudent, veut aller tirer vengeance de l'audacieux provocateur. Il prie donc le roi de lui faire conférer l'ordre de chevalerie qu'il lui a promis; puis, la cérémonie accomplie, il s'élance tout armé sur son cheval et part à la poursuite de Taulat, après s'être fait connaître pour Jauffre, fils de Dovon (de l'anglais *dove*, pigeon, colombe, pour signaler un des frères de l'Esprit).

Jauffre court de toute la vitesse de son cheval, s'informant de Taulat à tous ceux qu'il rencontre; mais il va jour et nuit sans l'atteindre. Enfin il trouve successivement deux chevaliers gisant morts sur la route, puis un troisième grièvement blessé. Ce dernier lui répond, en soupirant : « C'est Estult, le seigneur de Verfeil, qui nous a mis en cet état, pour assouvir son orgueil. » Nous aurions été bien surpris qu'un Estult quelconque (*stultus*), de la même famille que ceux contre lesquels combattirent si vaillamment Tristan et Artus lui-même, ne parût pas sur la scène à la suite de Taulat. Celui-ci est tyran de Verfeil ou de la verte feuillée, c'est-à-dire des loges de ramée sous lesquelles les membres de la Massenie du Saint-Graal se réunissaient dans les bois, pour célébrer les mystères de la rose d'Orient, réduite à l'état sauvage par la persécution, et devenue pour eux soit l'églantine, soit la violette, accompagnée de soucis.

Le fils de Dovon apprend que cet Estult, ou ce représentant pontifical, est si redoutable, que les plus braves « n'osent lui tenir tête, si barbare qu'il ne fait jamais grâce de la vie. » Il ne persiste pas

moins à le poursuivre et le voit s'offrir enfin à lui, lorsqu'il s'enqué-
rait à son sujet près de certains *parfaits* chevaliers réduits par ce
tyran sacerdotal à le suivre à pied, comme ses valets, et à lui
tourner la broche.

Un combat acharné s'engage donc entre Estult et Jauffre qui,
demeuré vainqueur, accorde généreusement merci à son adversaire.
Mais c'est à la condition de rendre à tous les chevaliers envers lesquels
il a abusé de sa puissance, tout ce qu'il leur a pris, et d'aller avec eux
se mettre à la discrétion du roi Artus, en lui racontant comment
et par qui il a été vaincu. De plus, il l'oblige à lui céder ses armes
en place des siennes, « fracassées et rompues, » armes dont Estult
proclame en ces mots la supériorité sur les meilleures : « On a beau
frapper sur le heaume (la mitre ou même la tiare), il est impossible de
l'entamer ; aucune lance ne faussera l'écu ni le haubert (jamais l'enfer ne prévaudra contre eux), et, pour l'épée (le glaive spirituel), elle
est si dure qu'elle taille facilement le fer, le métal et l'acier. »

Le preux Jauffre se trouve ainsi invulnérable, couvert du harnais
catholique. Ce n'est en effet qu'en déguisant leur foi et en se cuiras-
sant d'orthodoxie que les missionnaires de paix et d'amour pouvaient,
du XIe au XIIIe siècle, échapper aux périls de toute sorte, et soutenir
la lutte avec des adversaires tout-puissants. Comme le vaillant chevalier s'est remis en chemin, plus désireux que jamais d'atteindre
Taulat, il voit une lance suspendue à un arbre, et, comme elle lui
paraît bonne et forte, il lui prend fantaisie de l'échanger contre la
sienne ; c'est-à-dire d'adopter les formes de la dialectique en usage
dans les écoles de théologie, où Dante étudia avec tant de fruit. Mais
un nain difforme, ou un moine, si vous l'aimez mieux, aux lèvres
épaisses, aux dents crochues, au ventre énorme, aux mains larges et
taillées comme des pattes de crapaud, s'oppose à ce qu'il s'empare
de la lance dont il est le gardien. Le nain pousse un cri aigu, et un chevalier, figure du clergé séculier, vient offrir le choix à Jauffre, d'être
réduit en servage, ou de le combattre, à la condition d'être pendu s'il
est vaincu, comme *trente-trois* chevaliers qui l'ont précédé, pour avoir
touché à la lance ou à l'argumentation sacerdotale, ennemie de la contradiction. Au XIVe siècle la Massénie compta *trente-trois grades ;* la
Comédie a *trois fois trente-trois chants.*

Le champion du clergé est vaincu nécessairement par celui de l'hérésie : c'est donc lui qui est pendu, et le nain, reçu à merci, se rend à la cour d'Artus pour lui raconter cette nouvelle aventure, lui porter la lance conquise et se déclarer son vassal.

C'est bien quelque chose que cette double victoire sur le clergé séculier et régulier remportée si glorieusement par le *Parfait* chevalier, mais il ne sera satisfait qu'après avoir triomphé de Taulat. Il chevauche donc jusqu'à minuit, et, arrivé à l'entrée d'un étroit défilé, il y rencontre le représentant de la noblesse féodale, vouée au service de l'Église; aussi le romancier anonyme en fait-il un *servant*, quoiqu'il soit désigné plus loin par le titre de *seigneur*.

Ce servant, « leste, bien bâti, haut tondu, tenait en main trois dards affilés et tranchants *comme des rasoirs*. » En effet, les vilains étaient rasés de près à cette époque par la taille, la corvée et la capitation. « Le grand couteau qui pendait à sa ceinture, serrant une gonnelle bien faite et de bonne façon, » est l'arme du brigandage, auquel se livraient alors si fréquemment les barons bardés de fer, rançonnant marchands et pèlerins.

En effet, ce servant du clergé, embusqué dans le défilé, somme Jauffre de lui livrer, à titre de péage, son cheval et ses armes. Sur son refus, il lui lance successivement ses trois dards, sans l'atteindre que légèrement, puis une grosse pierre qui se brise sur son écu. Si 'on se rappelle que, dans l'Enfer de Dante, tout ce qui se rattache à l'Église de Rome, désignée par le nom de *Madonna Pietra*, est de pierre, attendu qu'elle fut édifiée sur Pierre, on comprendra qu'il s'agit ici des charges ecclésiastiques venant s'ajouter aux charges féodales.

Enfin, comme le *Parfait* chevalier croit percer de sa lance cet ennemi acharné, celui-ci évite le coup, s'arme de son long couteau, saute en croupe derrière lui, et, l'étreignant à bras le corps, le serre à l'étouffer. Car c'est par la ruse, unie à la violence, que la noblesse dévote peut venir à bout des fidèles d'amour affiliés à la Massenie du Saint-Graal. L'oppression est si forte que Jauffre, subjugué d'abord au point de « ne pouvoir faire un mouvement, » prend une résolution désespérée. Il parvient à saisir le bras droit du servant, et le tord si vigoureusement qu'il lui fait lâcher son grand couteau;

c'est-à-dire qu'il détourna de lui, en les faisant déserter, ses hommes d'armes, convertis à la religion d'amour, ceux-là précisément « qui le gênaient le plus. » Prenant ensuite son bras gauche avec les deux mains, « il le tira si rudement et de telle vertu qu'il le lui arracha du corps. » Une fois le haut baron privé de sa force militaire ou de son bras droit, il était beaucoup plus aisé de détacher de lui ses manants, ses vassaux, ou son bras gauche, et ensuite de le renverser. Aussi Jauffre envoie-t-il celui-là « rebondir sur le sol, où il tombe le cou à demi fracassé. »

Mettant alors pied à terre, il lui refuse merci en s'écriant : « Jamais je n'aurai pitié d'un brigand » , et lui coupant les pieds à ces mots, c'est-à-dire lui enlevant ses domaines et ses droits tyranniques, bases de sa puissance, il lui dit : « Apprenez *un autre métier,* car vous avez tenu celui-ci *assez longtemps.* » Nous n'avons pas besoin d'insister, sans doute, sur cet argument socialiste.

Justice ainsi faite du brigandage féodal, Jauffre se rend au château du vaincu, que son nain ou, si on l'aime mieux, son chapelain appelle *mon Seigneur.* Il y délivre vingt-cinq Parfaits chevaliers, qu'il y trouve enchaînés et qui le bénissent pour les avoir « *tirés de peine et de martyre,* » puis, comme les précédents, se mettent en route pour aller dire au roi Artus qu'ils doivent au fils de Dovon la vie et la liberté.

Le preux chevalier a repris la poursuite de Taulat, lorsqu'il est appelé à se mesurer avec un adversaire bien autrement redoutable que ceux dont il a triomphé jusqu'ici, c'est-à-dire avec le fanatisme romain. Il est représenté comme le Morhout monacal, dans Tristan, comme l'Estult pontifical et tant d'autres de même essence, que nous retrouverons dans les romans de Geste, sous la forme d'un géant aux bras et aux mains énormes, aux doigts noueux et *crochus,* à la *prunelle trouble,* dévoré par la lèpre, couvert en conséquence de pustules, de loupes et d'écailles, comme ces damnés qui, dans l'Enfer, *si traevan con l'unguie la scabbia.* Le monstre, pour se guérir de son mal hideux, ne trouve rien de mieux que de se baigner dans le sang humain. Il n'est pas jusqu'aux enfants qu'il ne voue à la mort catholique. Notez que le géant est vêtu d'une *gonnelle blanche,* dont Jauffre lui abat un demi-pied d'un coup d'épée; mais ce félon, ce n'est ni avec le glaive de la parole ni avec la lance de la dialectique qu'il combat, c'est avec une massue de fer, autrement dit à l'aide de la violence brutale. Le fanatisme ne discute pas.

Jauffre ne parvient pas moins à l'abattre, bien qu'étourdi sous les coups de sa massue et répandant son sang par la bouche, les yeux, les oreilles. Il délivre ainsi une belle dame-église, sur laquelle le géant allait exercer sa brutalité, et lui sauve l'honneur et la vie. Elle est fille d'un de ces chevaliers normands constamment glorifiés par les troubadours, si hostiles pourtant aux Français du Nord. Son père s'appelait Passart, c'est-à-dire passé-maître en l'art d'Amour, en *Gaie science;* elle avait pour époux ou pasteur un Parfait chevalier dont elle tait le nom prudemment, et qu'elle a vu expirer sous les coups du géant.

Une fois son farouche ennemi étendu sans vie, Jauffre croit pouvoir sortir de la salle où il l'a vaincu, pour aller à la recherche d'un enfant qu'un satellite du monstre a ravi des bras de sa mère; mais un enchantement le retient au seuil. Comme il se désespère de cet obstacle imprévu, il entend, d'un autre côté, des cris poussés par des voix d'enfants; il y court, enfonce une porte et empêche le lépreux ravisseur, dont le coutelas vient d'égorger *sept* enfants, de continuer son horrible tâche sur une trentaine d'autres, qui poussaient des cris à fendre l'âme. Après l'avoir renversé, il se contente de lui abattre le poignet et lui laisse la vie, à la condition qu'il lui enseignera le moyen de sortir sain et sauf du château de la superstition.

Le lépreux manchot, l'inquisiteur, si vous l'aimez mieux, réduit à l'impuissance de répandre le sang des enfants de l'église albigeoise, des Fils de la Veuve, se résigne donc à lui apprendre que le charme sera détruit et que le château s'écroulera tout entier, du moment « qu'il aura descellé et *brisé* une jolie tête de marbre placée au-dessus de la fenêtre. »

On peut deviner que cette jolie tête est celle de la Vierge, sous la protection de laquelle les bourreaux ont mis leur œuvre de sang. Ce n'est pas là cette mère de miséricorde et d'amour que les Albigeois ont en profonde vénération, et sous le nom de laquelle ils désignent leur église, mais qu'ils ne représentent par aucun simulacre visible, ayant en horreur le culte des images. Celle-là retient d'ailleurs par un prestige menteur ceux dont l'âme répugne à l'effusion du sang, elle doit donc être brisée ; ce que s'empresse de faire le *Parfait* chevalier, en véritable iconoclaste.

Aussitôt, une effroyable tempête éclate, l'édifice catholique se détraque et disperse au loin ses débris, du milieu desquels Jauffre parvient à s'échapper, brisé, moulu et se soutenant à peine. On n'accomplit pas de pareilles démolitions sans en recevoir de terribles éclaboussures. Mais la dame-église normande, qui s'est réfugiée avec le lépreux manchot, la mère et l'enfant, sous la voûte d'un rocher, d'un granit albigeois, accourt à lui, le réconforte en souriant, et « le prenant dans ses bras, elle lui baisait le front, les yeux et la bouche. » Ce qui était la forme sous laquelle le *consolement* était administré aux Parfaits.

L'aventure ainsi terminée heureusement, la dame-église, la mère et l'enfant, suivis du lépreux repentant, partent à leur tour, chargés du message ordinaire, pour la cour du roi Artus. Car tant de prouesses sont faites pour la plus grande gloire du pouvoir temporel unitaire, afin de n'avoir qu'une foi et un roi, qu'il s'appelle Artus ou Charlemagne.

Jauffre a repris sa course, tout harassé qu'il est, mourant de faim, de soif et de sommeil ; il chevauche ainsi longtemps. Enfin, à la lueur des étoiles, il aperçoit la porte d'un verger, qui lui semble « un paradis, » tant il renferme « de bonnes plantes » ou *bons hommes*, et de « belles fleurs » ou *bonnes chrétiennes*, exhalant un suave parfum d'amour. Il était difficile de mieux désigner le jardin provençal.

Ce jardin, où s'ébattent les oiseaux ou les troubadours, appartient à la belle Brunissens (de *brunezir*, au participe, obscurcissant), le château s'appelle Montbrun (attendu que, comme la dame, il s'enveloppe d'obscurité). Dans ce manoir, où ils vivent « en joie et soulas » dans le plus touchant accord, comme des Parfaits sous le régime de la communauté, sont réunis en grand nombre « ouvriers, bourgeois, hommes courtois. » On sait, en effet, que l'esprit était fort démocratique dans le Midi de la France, où survivait le municipe romain. Là, troubadours et jongleurs abondent tout naturellement ; il y a aussi force « dames bien apprises, au gracieux langage, de bon accueil, aux belles manières, sachant bien céder et bien se défendre,

quand on les requiert d'amour, » selon que le réquérant est orthodoxe ou albigeois. Il va sans dire que les *Parfaits* chevaliers n'y font
pas défaut.

La dame-église de ce paradis ne pouvait avoir qu'un vaste et antique palais flanqué de tours noircies par le temps; elle logeait « dans
celle du milieu, » qui avait *sept* portes, précisément comme le *nobil
castello* dans lequel pénètre Dante au IV° ch. de l'Enfer. *Per sette
porte entrai.*

Il y a *sept* ans que la belle Brunissens est livrée au plus cruel
chagrin, dont elle a *sept* accès en vingt-quatre heures, quatre de jour
et trois de nuit. Il est impossible d'être plus fidèle au nombre *sept*
qui rappelle celui des grades de la Massenie. Durant chacune de ces
crises douloureuses, la pauvre dame-église pleure, crie et se lamente
si fort que c'est merveille si elle y résiste. On notera que tous les
habitants du château, jeunes ou vieux, sont pris au même instant du
même accès de désolation. Preuve d'une touchante sympathie entre
tous les membres de la communauté. Mais il faut aussi se rappeler
qu'au moment de la croisade albigeoise, toutes les bouches dans la Provence et le Languedoc répétaient unanimement des chants de douleur, souvent interrompus par des cris de mort.

Charmé à l'aspect d'un si riant séjour, Jauffre, qui a grand besoin
de se reposer, s'étend sur le gazon et s'endort d'un profond sommeil.
Réveillé par le sénéchal de la belle dame, étonnée de ne plus entendre
chanter les oiseaux, qu'effraye la présence d'un profane, Jauffre
prie cet importun de le laisser dormir en paix et, sur son refus, lui
fait vider les arçons. Il en agit de même avec deux autres chevaliers
qui viennent successivement le déranger et qu'il met en piteux état;
car, par malheur, ils n'ont pu reconnaître en lui un frère sous ses
armes d'emprunt forcé.

Saisi enfin à l'improviste par une masse de chevaliers, il est
amené devant Brunissens qui, bien qu'elle le menace du supplice,
s'éprend d'amour pour lui, en produisant pareil effet sur le chevalier, tout endormi qu'il est; c'est-à-dire dans cet état d'abattement
et de découragement où tombent les âmes les plus énergiques,
quand les plus grands efforts, et même les plus éclatants succès,
les laissent toujours aussi éloignées du but où elles aspirent;

« *Tant'era pien di sonno in su quel punto,* » dit aussi Dante à son entrée dans la forêt.

Jaüffre a donc supplié la dame de lui octroyer un don; à savoir, la faveur de pouvoir dormir à son gré jusqu'au lendemain, faveur qu'elle lui accorde et dont il se hâte de profiter. Mais il est réveillé en sursaut au beau milieu de son somme par les cris et les lamentations des habitants du château. Comme il s'enquiert naturellement aux chevaliers qui le gardent du motif d'un pareil tumulte, tous se jettent sur lui et, le frappant à grands coups, ils le laissent pour mort. Heureusement qu'il est resté convert de son armure, c'est-à-dire qu'il a pour lui sa foi et sa conscience, qui, au dire de Dante, sont le meilleur haubert.

A cette époque du XIIe siècle, rien n'est plus certain, celui qui, voyageant en pleine Provence, se serait avisé de demander aux pauvres Albigeois pourquoi ils se livraient à la désolation, n'aurait pu passer dans leur esprit que pour un zélé catholique, un ennemi dès lors, affectant de trouver de toute justice le traitement qu'ils subissaient pour leur bien.

Quand la guette de la tour annonce l'heure maçonnique de minuit, même désolation et même tapage; mais cette fois, Jauffre, qui « ne dormait plus, et pensait à Brunissens, n'a garde de bouger. Persuadé qu'il est au milieu de fous ou de gens ensorcelés, » il attend que tout le monde soit endormi et parvient à s'échapper du château.

Il est déjà loin lorsqu'il entend, à l'aube, ou à la première heure du jour, comme disent les Maçons, les mêmes bruits lamentables parvenir jusqu'à lui du côté du château, et il se félicite vingt fois de son évasion. Quand le tapage a cessé « il chevauche paisiblement à travers la campagne, charmé du silence qui y règne. Mais à l'heure de none, un concert de cris lamentables, de hurlements, de pleurs, de coups, de bruits divers s'élève tout à coup du milieu des champs, *de toutes les maisons, de toutes les cabanes.* » C'était à se croire avec Dante dans cet enfer où *sospiri, pianti e alti guai risonavan.* La désolation devait, en effet, être grande du château à la chaumière, quand les croisés de Montfort se ruaient, à la voix des légats d'Innocent III, sur les populations excommuniées de l'ancienne Aquitaine.

2

Sur ces entrefaites, Jauffre fait rencontre d'un bouvier, tenancier de Brunissens, un de ces pasteurs que Dante appelle *buoni bubolchi*, occupés à semer le bon grain. Le digne homme conduit une charrette chargée de provisions, et invite à manger *tous les passants* qu'il rencontre; il est de plus tenu (envers sa dame-église) de donner l'hospitalité à trente chevaliers. » Bien aveugle qui ne reconnaîtrait pas dans le prétendu bouvier un de ses prédicants hospitaliers qui se vouaient à distribuer tout à la fois, la nourriture du corps et *le pain des Anges*, comme dit Dante, aux frères voyageurs.

Jauffre, qui n'a pas mangé depuis trois jours, accepte le pain, le vin et les mets choisis offerts par le vassal de Brunissens, « *la dame des enseignements.* » M. Mary Lafont, qui, sous prétexte de supprimer des longueurs, passe au pied levé sur plus d'un passage important, faute d'y entendre malice, a du moins conservé ces quelques mots qui expliquent la nature des aliments offerts et acceptés.

Son repas terminé, le chevalier prenait congé du bouvier, lorsqu'il s'avise de lui demander pourquoi les habitants du pays vont criant si fort. A ces mots, indignation du tenancier qui le traite de mécréant, de traître, et l'aurait volontiers appelé mouchard, en lui lançant sa hache. Dans sa colère il brise la charrette aux provisions, préférant renoncer à l'hospitalité et à distribuer le pain des anges, que d'être exposé à en gratifier les soldats de Montfort.

Sans rien comprendre à tant de rage, le fils de Dovon est reparti à l'amble de son cheval. Il a cheminé ainsi jusqu'au soir, lorsqu'il rencontre deux damoisels, revenant de la chasse avec faucon et lévrier. Tout se passe d'abord très-courtoisement entre eux. Mais à la fatale question renouvelée par l'incorrigible chevalier, les deux jouvenceaux s'irritent à leur tour contre lui, le traitent de traître, de « chevalier mal né, » le confondant ainsi avec les *mal nati* du poëte florentin ; l'un lui jette son faucon à la tête, l'autre le frappe de son lévrier, à défaut d'autres armes. A ces deux animaux symboliques, attributs de la noblesse féodale, on peut facilement reconnaître dans les deux damoisels les représentants de la jeune noblesse albigeoise, abusés tout à la fois et par la question de l'étranger, et par l'armure d'Estult, dont on se rappelle que Jauffre s'es[t] revêtu.

Changeant tout à coup de manières et de langage, sans que le romancier anonyme daigne en expliquer la cause, les deux frères invitent Jauffre à les suivre chez leur père, et le conduisent à un joli petit château « entouré de fossés pleins d'eau vive. » Notons en passant que l'eau vive est le symbole de la doctrine sectaire, d'après ces paroles du Sauveur : *Ego sum aqua viva.* Il est accueilli à bras ouverts par le châtelain, nommé Auger (qui va croissant, d'*auger*, *augere*). Ce type de la vieille noblesse sectaire lui déclare n'avoir pas reçu, depuis *sept ans*, un hôte qui lui fût plus sympathique, et sa jeune fille lui donne à laver, selon la coutume des grands.

Tout va pour le mieux jusqu'au lendemain ; mais au moment de prendre congé, la maudite question reproduit l'irritation habituelle chez le père et les enfants ; s'ils s'apaisent bientôt, c'est encore sans motif indiqué, tirés sans doute d'erreur par quelque signe ou mot de passe. Enfin ils rappellent le chevalier, qui revient, sur leur promesse de s'abstenir de toute violence à son égard. La confiance ainsi rétablie, Jauffre n'a pas plutôt fait connaître l'engagement qu'il a pris de combattre le féroce Taulat, que le châtelain enchanté lui donne les instructions nécessaires pour joindre ce *vassal* oppresseur.

Il s'agit de « suivre toute la journée un chemin qui traverse un désert, où il n'y a ni château, ni ville, ni pain, ni vin, ni homme né de mère. » On peut se faire une idée à ces traits de l'état dans lequel les bandes de Montfort avaient réduit les champs fertiles du Languedoc. Ce pays de désolation franchi, il verra un beau château bâti au pied d'une montagne escarpée. C'est là qu'il devra entrer sans sa lance et sans son écuyer, pour avoir des nouvelles de Taulat, et apprendre la cause des cris de douleur dont il est si préoccupé.

Jauffre suit ces instructions à la lettre, et il arrive, en effet, à un vaste château entouré d'un camp formé de tentes et de cabanes de feuillée, où vont et viennent des chevaliers en grand nombre, ou, pour mieux dire, des Parfaits forcés de fuir devant la persécution, et de camper en rase campagne, après l'incendie de leurs demeures ; mais ne cessant, malgré leurs désastres, de se serrer autour de leur Église et de leur chef. Les *loges* de feuillée préparaient le *temple*.

Le preux Jauffre entré dans la grande salle du château, y voit un

2.

lit dans lequel est couché un chevalier blessé. « Deux dames se
tiennent à ses côtés *dans un profond abattement;* » l'une est jeune
encore, car c'est l'église albigeoise (*Tolosa*); l'autre, est vieille, et
elle est la figure de l'église vaudoise (la *Molinera*). Jauffre s'est ap-
proché de la dernière, il lui déclare qu'il vient de la part d'Auger, et
dans quel but. Alors il apprend d'elle que Taulat ou Innocent III,
« chevalier d'une hardiesse et *d'une force extraordinaires*, est en
même temps *d'une méchanceté monstrueuse,* et cause *la désolation
des contrées voisines.* Les chevaliers logés dans les tentes du camp
sont de preux chevaliers qui, *dans l'espoir d'en délivrer le monde,*
ont osé se mesurer avec lui ; mais, vaincus par lui, il sont ses prisonniers. » C'est donc là encore des captifs de Babylone, des infortunés
désireux d'échapper à la servitude d'Égypte.

« Le chevalier étendu sur le lit, *horriblement blessé* par Taulat,
a eu surtout à souffrir de sa scélératesse. Il lui a tué d'abord
son père, sans raison. (Raymond VI, l'aveugle Tirésias de Dante,
tué comme suzerain par Innocent III, et réduit à renier l'albigéisme, en subissant la mort orthodoxe.) Lui faisant ensuite la
guerre à lui-même (à Raymond VII, guerre de brefs et de bulles),
il lui enleva une partie de ses terres (pour les donner à Montfort),
le blessa de plusieurs coups de lance, le prit et l'enferma dans ce
château écarté. Depuis *sept ans,* il souffre étendu sur ce lit. A peine
ses plaies sont-elles au moment de se fermer, une fois par mois,
Taulat le fait prendre par *ses valets,* et flageller cruellement jusqu'à
ce que le sang coule par ses blessures.

« Cet infortuné chevalier se nomme Mélian de Montmélier (du
provençal *mels* ou *mielhs*, mieux, et de *meiller*, meilleur; ce nom
équivaut donc à meilleur du mont des meilleurs ou des Parfaits). Il
est le seigneur du pays où retentissent tant de lamentations causées
par son triste sort. Bon, juste et *Parfait* qu'il était, ses sujets l'ai-
maient à l'adoration, aussi pleurent-ils et se lamentent-ils tous plusieurs fois par jour ; deuil extraordinaire qu'ils garderont aussi longtemps que leur infortuné seigneur sera le *martyr de la férocité de
Taulat.* » Le texte est assez éloquent par lui-même.

Jauffre ne peut attendre dans le château la venue du tyran, ce
serait un cas de mort pour ses habitants ; mais qu'il revienne dans

huit jours, il est sûr de l'y trouver; car un mois se sera écoulé depuis sa dernière visite.

« Dame, s'écrie le fils de Dovon, *orgueil* tue son seigneur, et *par orgueil*, je l'espère, succombera Taulat (Estult l'orgueilleux ou Innocent III). Dans huit jours je serai ici pour le combattre. » Et le brave chevalier s'éloignant, s'enfonce dans un bois pour y chercher un abri. Là s'offre à ses regards, accroupie sous un pin (à l'ombre d'un clocher de forme pyramidale, comme le pin,) une vieille femme hideuse à voir, dont « la tête est plus grosse qu'une arche, aux petits yeux enfoncés et chassieux (ce qui lui rend nécessairement la vue trouble), aux lèvres noires, aux longues dents, aux bras desséchés, au ventre enflé, aux ongles démesurés, etc., etc. Ses cheveux blancs et hérissés étaient couronnés d'une guirlande de verdure (comme une prophétesse païenne) et elle portait une chemise de cansil, une blouse de cendat rouge, et un manteau d'écarlate fourré d'hermine. » Lisez une aube de fin lin, une soutane de soie rouge et un manteau de cardinal, vous aurez alors le costume complet de la vieille Église romaine.

Elle veut faire rebrousser chemin à Jauffre, en cherchant à l'effrayer; mais il ne tient compte de ses menaces. Qui es-tu ? demande-t-il, *Celle que tu vois*, lui répond-elle, et se levant, elle dresse devant lui sa gigantesque stature. Mais c'est en vain, Jauffre n'en poursuit pas moins sa route, tant il fait peu de cas de la vieille.

Arrivé près de la chapelle d'un ermite, un chevalier noir, aux armes et au cheval de la même couleur, fond sur lui, et le frappe si rudement qu'il le renverse avec sa monture ; puis lorsque Jauffre s'est relevé, fer en main, pour se venger, son ennemi a disparu. Le même jeu se renouvelle plusieurs fois. Jauffre a beau passer sa lance au travers du corps de cet adversaire insaisissable, il a beau le renverser momentanément, lorsqu'il croit n'avoir plus qu'à l'achever, il ne l'aperçoit plus, et, dès que lui-même a remis le pied dans l'étrier, il le voit reparaître plus formidable que jamais. Si bien que le combat se prolonge dans les ténèbres, jusqu'au moment où le bon ermite, importuné de ce bruit d'armes, sort de la chapelle en chantant les Psaumes (selon le rite albigeois, bien entendu). Alors le chevalier noir disparaît au milieu d'un orage, en poussant un grand cri.

Jauffre, recueilli par l'ermite, apprend de lui que son adversaire, « le chevalier noir, est un démon qu'une vieille, hideuse, dont il a dû faire rencontre, évoqua de l'enfer par nécromancie. Veuve d'un géant difforme et méchant (un pape nécessairement) qui dépeupla le pays à vingt lieues à la ronde, cette vieille *craignant pour sa vie et celle de ses enfants*, appela par magie ce *mauvais esprit*, qui défend le pas depuis trente années. »

Était-il donc si difficile de reconnaître dans cet être fantastique, « n'ayant ni os ni chair, » dit Fauriel, dans ce noir et malin esprit évoqué de l'enfer, *onde 'nvidia prima departillo*, le démon de la calomnie? celui qui faisait des dissidents des Manichéens, des gens perdus de vices. Personne ne s'est encore avisé pourtant de lui assigner son nom.

Quel ennemi plus noir, plus insaisissable que la calomnie, contre laquelle on se défend en vain, qui va sans cesse grandissant, et vous atteint de coups plus terribles au moment où vous croyez l'avoir terrassée ?

Jauffre apprend de plus, que la vieille de la forêt, celle qui déchaîna le noir démon de la calomnie contre les pauvres Albigeois, a deux fils; or, l'un d'eux est précisément le fanatisme romain, le géant lépreux, dont le chevalier a fait justice, en le tuant dans le château enchanté, où il se baignait dans le sang. Quant à l'autre, qui vient de partir, à la nouvelle de la mort de son frère, nous le verrons apparaître bientôt.

Huit jours après cette glorieuse aventure, Jauffre, qui, Dieu merci, a fait ses preuves contre l'Eglise orthodoxe et ses suppôts, sous toutes les formes, part pour aller combattre Taulat. L'ermite hospitalier, non moins que lui fervent adorateur du Paraclet, « supplie le saint Esprit de le protéger contre la vengeance du *monstre.* » A peine le fils de Dovon avait-il chevauché une heure, qu'il voit venir le géant, ce second fils de la vieille, l'aîné peut-être, puisque c'est le monachisme. Cet éternel ravisseur de jeunes gens et de jeunes filles, ce Morhout aquitain « emporte une demoiselle qui jette des cris désespérés. Elle a de bonnes raisons pour ne pas vouloir entrer au convent, car c'est la fille d'Auger, le preux gentilhomme albigeois. Jauffre fond sur le géant, et il va sans dire qu'il finit par en triompher, non sans peine; puis, fidèle à son système de ne pas laisser à ses ennemis les moyens de se relever, ou du moins de se tenir debout, il lui coupe les deux pieds, comme il a fait au seigneur servant de l'Église romaine, c'est-à-dire qu'il lui retranche la propriété foncière et tous ses droits temporels.

Après cette opération prudente, il se remet en route avec la demoiselle qu'il vient de délivrer et arrive au château de Rugimont. A ce moment même, le féroce Taulat venait de faire lier le malheureux Raymond Mélier « à un poteau, pour le flageller et r'ouvrir ses blessures. » Bas les armes et rends-toi prisonnier, lui crie Taulat. Nenni, répond le fils de Dovon, « je suis ici pour ce chevalier que vos *bacalars* allaient battre. » Ces bacheliers étaient tout au moins des docteurs en théologie, si non des prélats.

A ces mots, grande colère de Taulat, qui accepte le défi et ne veut combattre qu'avec la lance et l'écu, c'est-à-dire avec l'argumentation théologique et l'autorité des clefs ; en effet, ces armes-là lui ont suffi « pour battre et conquérir cinq cents chevaliers meilleurs que Jauffre. »

Les deux champions fondent donc l'un sur l'autre. Ils sont désarçonnés tous deux, tant le choc est terrible ; mais Jauffre se relève sain et sauf, tandis que sa lance a brisé l'écu aux deux clefs et s'est plongée au flanc de son adversaire.

« Sainte Marie (*Madonna in catedra*, Notre-Dame de Toulouse et de Mantoue), s'écrient les captifs du tyran, vous abaissez aujourd'hui la félonie de Taulat et *brisez cet orgueil qui a tant duré !* »

Taulat renversé demande merci, quand « Jauffre, l'épée au poing, court sur le fier seigneur de Rugimont, cloué à terre *comme un reptile.* » C'est toujours la même comparaison des serpents adoptée par Dante pour désigner les catholiques. « Ma *grande folie* m'a tué, » s'écrie le vaincu ; et le vainqueur lui fait un beau discours sur son outrecuidant orgueil qui devait « tôt ou tard être puni par les preux de la Table-Ronde. » Il le termine toutefois en lui accordant la vie sauve, mais à la condition qu'il ira se mettre à la discrétion du roi Artus, si gravement outragé par lui, comme tant d'empereurs par les pontifes romains.

En effet, aussitôt que sa blessure permet de le transporter, Taulat part pour Cardeuil, sous l'escorte de Mélier de Montmélian et des cinq cents chevaliers délivrés avec lui. Arrivés en présence du monarque breton, de la reine Gilamier et de toute la cour, Mélier s'acquitte de son message, et Taulat, étendu sur sa litière, fait, en ces termes, sa confession pontificale : « J'avais, je l'avoue, *grande démence* et *grand orgueil* (j'étais réellement Estult l'orgueilleux) ; mais il m'est venu un médecin (un garin aquitain) qui m'a guéri de ces deux maladies. » Puis il implore la clémence du pouvoir temporel, qui se laisse fléchir.

Mais Mélier, qui avait subi *honte corporelle*, insiste, selon son droit, pour que le tyran déchu soit soumis à un jugement dans les formes, et il est prononcé en ces termes :

« Taulat sera remis à Mélier qui, tous les mois, pendant *sept* ans, le fera lier au même poteau et battre de verges, par les *mêmes vilains ;* la cour lui laissant toutefois la liberté de pardonner. » Voyez-vous Raymond VII faisant fustiger le Pape par les mêmes légats qui lui avaient infligé cette humiliation !

Cependant Jauffre avait quitté Rugimont pour se rendre au manoir du noble Auger. Le vieux gentilhomme, désolé de la perte de sa fille, ravie par le géant, est comblé de joie en la voyant ramenée saine et sauve par le fils de Dovon. Il veut le retenir, mais « son cœur, le tirant vers Montbrun, » Jauffre repart dès le lendemain, escorté de son hôte et de ses deux fils, avec lesquels il chevauche en devisant de Brunissens.

La belle dame, désespérée de l'évasion du chevalier, avait envoyé son sénéchal avec mission de le retrouver à tout prix et de le lui ramener. Celui-ci, qui se trouvait précisément à la cour d'Artus lors de l'arrivée de Mélier, n'eut pas plutôt appris que le chevalier dormeur du verger était le libérateur des Parfaits, qu'il accourut tout d'un trait à Montbrun, instruisit sa dame des merveilleux événements qu'elle ignorait, et lui conseilla d'aller en grande pompe avec cent damoiselles au-devant du vainqueur de Taulat. Ce qu'elle fit de grand cœur.

Jauffre reçoit cette fois au château de Montbrun un accueil tout différent du premier. Il s'y fait grand soulas en son honneur, et son amour est naturellement partagé par la belle dame-église. Ils viennent d'échanger aveux et promesses, lorsqu'on annonce Mélier, suzerain de Brunissens. Le *Parfait* seigneur intervient pour décider et avancer l'union des deux *Parfaits* amants, et, comme il éprouve peu de difficultés dans sa négociation, ils partent bientôt avec un nombreux cortége pour se rendre à la cour de Cardeuil où le mariage doit se célébrer.

Mais, sur la route, Jauffre a encore une aventure à mener à bonne fin. Il lui faut prendre un bain de surprise dans l'eau vive de la fontaine de science, comme Dante dans l'Eunoë, et cela, comme lui, en compagnie de deux dames, proches parentes sans doute de Mathilde et de Béatrice. Ce bain est un préliminaire indispensable pour le mettre en mesure de combattre encore pour une de ces dames persécutées. L'auteur l'appelle la fée du Gibel, pour nous rappeler sans doute les liens qui unissaient l'église sectaire de Sicile, cette fille bien-aimée de Frédéric II, à celle de Provence ou à Brunissens. Or cette fée est exposée, dans sa personne et ses domaines, à la violence brutale d'un chevalier dont la perversité égale la laideur, et c'est sur Jauffre qu'elle compte à juste titre pour l'arracher à ce péril.

Ce chevalier est le type de toute félonie, et, en effet, il s'appelle Félon d'Albarua, c'est-à-dire Foulques de Marseille, le troubadour apostat, devenu l'évêque persécuteur de Toulouse et le patron de saint Dominique; le *Félon* qui déserta la voie blanche des purs, *alba rua*, celle que suivaient, avec Godefroy de Bouillon, les chevaliers du Cygne, et passa des *blancs* aux *noirs*. C'est « un monstre ne rêvant que trames et actions de vilain; » sa laideur est horrible, car « il a une tête de taureau ou de cheval » (par allusion aux deux cornes de la mitre et au Capitole de Toulouse); il a de plus, comme de raison, d'épaisses lèvres noires, de grandes dents crochues, etc., si bien « *qu'il épouvante tout le monde.* »

Jauffre le voit « *venir tout doucement,* » chassant avec un autour « au cou grêle, au grand bec *plus tranchant qu'un rasoir*, aux longues ailes et à la grande queue, » ne le cédant pas, sans doute, à celle que Dante donne à son Minos. L'oiseau de carnage, lancé par son maître, fait un long circuit et bientôt, s'élevant très-haut, il semble *tomber du ciel* sur des grues inoffensives qui, « palpitantes d'effroi à son cri terrible, se cachent la tête dans l'herbe et, sans faire un mouvement, *se laissent tuer et prendre par les compagnons de Félon,* » ou par les Dominicains.

Peut-être se rappellera-t-on ici que Dante, après avoir travesti saint Dominique en démon, sous la figure de Minos, compare à des grues au plumage mélangé de noir et de blanc, les fidèles d'amour forcés de suivre, *cantando lor lai,* Sémiramis, la prostituée de Babylone ou l'Église romaine, *che libito fe licito in sua legge.*

Pour ce féroce chasseur, la fée du Gibel, qui de Sicile est passée dans le Languedoc, d'où elle repassera plus tard en Lombardie, n'est qu'une « *truande* destinée à être la servante des plus vils goujats de son ost » de croisés. Mais son orgueil est bientôt rabattu par Jauffre, qui a entendu la messe *du Saint-Esprit* et offert *sept marcs* d'argent, pour la bourse commune des pauvres de Dieu.

Le combat s'engage entre eux en pays albigeois, puisque c'est « dans la prairie où l'autour avait chassé les grues, » et Félon, grièvement blessé, est réduit à implorer merci. Il lui faut « se rendre à la dame *qu'il a tant opprimée,* » répudier, par conséquent, la foi catholique et livrer, par rançon, à son vainqueur « l'autour chasseur de grues. » Puis aller se mettre, comme les autres vaincus, à la discrétion du roi Artus. Voilà saint Dominique en bonnes mains.

Il est presque impossible, nous le répétons, de ne pas reconnaître dans ce maître Félon le fameux évêque de Toulouse, Foulques de Marseille, l'ancien troubadour mis en scène par Dante, dans son *Paradis,* entre deux prostituées, pour s'être fait le persécuteur acharné de ses anciens frères et l'ennemi de son généreux suzerain, Raymond Bérenger. Son oiseau chasseur ne peut être, dès lors, que saint Dominique. Ce n'est là, sans doute, qu'une supposition, comme disent les savants, mais que de probabilités à l'appui, d'après tout ce qui précède ! Quoi qu'il en soit, nous laissons très-humblement à de plus doctes le soin de trancher la question, après mûr examen, attendant leur opinion motivée sur ce point, comme sur bien d'autres. Ils n'allègueront pas sans doute, cette fois, qu'il leur faudrait des années pour vérifier nos preuves; ils n'ont pas à faire de longues recherches; le roman où nous les puisons étant des plus aisés à consulter et de plus traduit en très-bon français.

Jauffre a triomphé désormais de tous les ennemis de sa dame-église bien-aimée, il peut donc se présenter en toute assurance avec elle à la cour d'Artus. Il y arrive, en effet, le jour qui suit sa dernière victoire, et il est reçu par le roi à bras ouverts. Enfin, son mariage avec Brunissens est béni par l'archevêque gallois, c'est-à-dire par l'évêque albigeois du pays de Galles, cette contrée druidique convertie par le Pauvre de Lyon Tristan à la religion d'amour.

Mais ne voilà-t-il pas qu'au milieu des fêtes qui suivent la cérémonie nuptiale, on crie aux armes ! Artus s'apprête à combattre un oiseau gigantesque, cause de cette alarme subite, quand soudain il se sent « pris par *les deux bras* dans ses serres et enlevé dans l'espace. » L'oiseau monstrueux l'emporte à perte de vue, puis le laisse tomber, pour le rattraper avant qu'il touche terre, et va se percher avec lui au sommet d'une tour. De là, s'envolant vers la forêt, il fait un grand détour et rapporte le roi au palais, où il redevient le bel enchanteur que vous savez.

Artus qui comprend l'importance de se tenir en garde contre certaine puissance aux fortes serres accoutumée à jouer à la paume avec les rois, prend aussi bien que le jour de la Pentecôte cette seconde édition d'une si agréable plaisanterie, et pardonne ce bon tour allégorique, qui reproduit, presque identiquement, au denouement, la pensée si hardiment mise en action au début du poëme.

Le lendemain, les deux nouveaux époux quittent la cour de Cardeuil, ravis d'un bonheur dû à leurs souffrances passées (d'où *car* ou *cher deuil*), et accompagnés de « tous les gens de Mélian, que la fée du Gibel attendait dans la prairie pour les combler de dons. » C'était bien le moins que la fille de Fréderic II fît quelque chose pour les Parfaits du Languedoc. Ainsi, récompensés de leurs perfections « ils « ramenèrent le beau couple en triomphe au château de Montbrun. »

Dans cette épopée chevaleresque, M. Mary Lafont nous signale « un joyau inconnu. » Elle lui apparaît comme « un kiosque de Smyrne ou de Grenade ». Enfin, à l'en croire, « *la société féodale y revit tout entière*, en même temps qu'on y retrouve plus d'un souvenir des *Mille et une nuits*. » Quant à rechercher si quelqu'un des grands événements de l'époque féodale n'avait pas servi de texte à cette création fantastique, le traducteur ne s'en est pas avisé.

Doué d'un coup d'œil pénétrant, Fauriel ne pouvait pas se méprendre sur l'essence allégorique de cette œuvre remarquable. « Au fond de toutes ces aventures merveilleuses il y a, dit-il, *une idée sérieuse et qui se rattache à des faits réels.* On pourrait dire que l'auteur, bien que, peut-être, *sans une intention expresse et vaguement*, a personnifié dans Taulat la force et l'autorité brutales, telles qu'on les voyait souvent à ces époques, opprimant et bouleversant la société ; et dans Jauffre le Génie de la chevalerie luttant contre cette force perverse. »

Que le savant professeur eût pénétré la cause réelle de « ces clameurs lamentables poussées dans le château de Montbrun, » cause qu'il trouve « beaucoup au-dessous de l'attente poétique, » il aurait été immédiatement sur la voie, et avec une autorité bien autrement imposante que la nôtre, il n'eût pas tardé à proclamer la pensée albigeoise comme l'inspiratrice d'un poëme où se reproduit, de même que dans ceux de Tristan et de Ferbrace, l'antagonisme des deux églises rivales.

Si nous osions manifester, en terminant, notre opinion sur l'auteur du roman que nous avons essayé d'interpréter, nous dirions que, pour nous, il est le même personnage dont la plume traça la chronique rimée de la guerre albigeoise, faussement attribuée à Guillaume de Tudèle. Qu'il a voulu y peindre ce qu'il avait éprouvé lui-même, en représentant Jauffre, abattu d'abord par un sommeil de plomb, ne sortant de son assoupissement qu'au tumulte causé par les clameurs et les sanglots du désespoir. Car, lui aussi, il aurait commencé sa chronique rimée sous l'influence du sommeil orthodoxe, comparé par Dante à la mort ; puis, cette influence irrésistible venant à cesser, il aurait poursuivi son œuvre dans un tout autre esprit, lorsqu'au milieu des cris et du carnage, aux sifflements de la flamme dévorante, le chrétien consciencieux, le patriote prit subitement parti pour les victimes, et se réveilla Albigeois.

DEUXIÈME EXEMPLE. — Le roman de Ferbrace (Fierabras).

De même que le *Tristan de Léonois* ou le Pauvre de Lyon, qui nous fournira notre quatrième exemple, retrace la lutte de trois religions en présence sur le territoire de la grande et de la petite Bretagne, à savoir : le druidisme, le catholicisme et l'albigéisme ; le roman de Ferbrace montre, sous des noms de convention, l'église des Pauvres de Lyon, Vaudois ou Albigeois, conquérant à sa foi la plus grande partie de l'Espagne sur l'Église romaine, mise par elle en désarroi.

Afin qu'on n'ait pas à suspecter la fidélité de notre analyse nous suivrons, comme pour le roman précédent, celle que Fauriel a donnée de ce poëme, dans le tome III de son *Cours de littérature,* en la complétant à l'aide de la traduction que vient d'en publier M. Mary Lafont à la Librairie-Nouvelle.

L'émir Balan règne sur l'Espagne, son fils Ferbrace ou bras de fer, a enlevé de Rome les reliques de la Passion conquises par Charlemagne, à savoir : la couronne d'épines, les clous, le saint suaire, etc. Le monarque français veut recouvrer ce trésor sur les infidèles qui occupent la Gascogne et le midi de la France.

Disons de suite que ce prétendu Sarrasin, auquel le romancier affecte le nom de Balan, n'est autre que le principe catholique, dominant, en effet, dans toute la région indiquée, et que son nom, qui n'a rien d'arabe, dérive du provençal *balans,* qui signifie perplexe, en suspens. Principe tout spirituel, il est, en effet, inquiété à chaque instant par l'hérésie, d'un côté, de l'autre par le pouvoir temporel, sur l'autorité duquel il tend sans cesse à empiéter ; aussi a-t-il naturellement pour antagoniste ce pouvoir unitaire, personnifié dans Charlemagne s'efforçant d'arracher à des mains profanes les reliques de la Passion, autrement, de l'empêcher d'abuser, dans un intérêt d'ambition et d'égoïsme, des grâces attachées à la Rédemption.

Ferbrace d'Alexandrie est désigné ainsi afin de le signaler comme un fils de cette Égypte espagnole, où le peuple de Dieu est en captivité sous le joug du principe catholique ou musulman, c'est tout un pour le poëte. Jeune guerrier d'une taille et d'une force de géant, d'une bravoure à toute épreuve, Ferbrace est la personnification de la noblesse espagnole, d'une invincible énergie, non moins généreuse et fière que vaillante.

Olivier son héroïque adversaire est le neveu de Charlemagne, dans le même ordre d'idées, qui veut que Ferbrace soit le fils de Balan, à raison des liens politiques et religieux qui les rattachent l'un à l'autre. Le nom d'Olivier, emprunté à l'arbre provençal par excellence, cher aux Parfaits comme symbole de paix, est par lui-même assez significatif. Il nous signale dans ce preux chevalier le représentant de l'Aquitaine, et nous le désigne clairement, sous son costume de guerre, comme un missionnaire de paix et d'amour, un Parfait.

L'avant-garde des Franks (des libres penseurs albigeois), commandée par Olivier, obtient d'abord des avantages marqués; mais accablée enfin sous le nombre (des catholiques), elle éprouve un grave échec, et Olivier lui-même tombe blessé grièvement d'un coup de lance empoisonnée. En effet, la parole et les écrits orthodoxes sont constamment comparés dans les romans de Geste à des armes imprégnées d'un venin mortel; le poëme de Tristan n'est pas le seul à en faire foi et nous en verrons bien d'autres par la suite.

Le corps d'armée et Roland à sa tête sont accourus au secours d'Olivier et des siens; mais eux-mêmes se trouvent en grand péril, quand Charlemagne, s'élançant avec la réserve, arrive à temps pour les sauver tous. Ce qui nous donne à entendre que la noblesse féodale, conquise à l'albigéisme et personnifiée dans Roland, ne suffirait pas à sauvegarder les Parfaits, chevaliers ou troubadours, dans l'exercice de leur ministère, si le pouvoir temporel unitaire ne leur venait en aide.

Le redoutable Ferbrace, absent au moment de la bataille, est furieux à son retour d'apprendre que les Franks n'ont pas été écrasés jusqu'au dernier. Désireux de prendre une éclatante revanche, il vient défier insolemment en combat singulier soit Roland, soit Olivier, ou tout autre qui se présentera. Mais Roland a sur le cœur un mot piquant de Charlemagne; Olivier est blessé, et nul autre ne se soucie d'affronter le péril.

En apprenant dans son lit, où le retient sa blessure, le défi de Ferbrace et l'embarras de Charlemagne, Olivier se dévoue. C'est l'apostolat provençal, dont les blessures sont encore saignantes, les pauvres missionnaires albigeois ayant cruellement à souffrir dans une lutte incessante ; c'est l'apostolat provençal qui engagera cette lutte périlleuse. Olivier se lève donc, et obtient à grand'peine de son oncle la permission d'entrer en lice.

Blessé qu'il est, il ose affronter un adversaire redoutable, non-seulement par son grand courage et par sa taille gigantesque, puisqu'il faut voir en lui un haut et puissant personnage collectif, mais encore par de bien autres avantages. En effet, il monte un cheval d'une race particulière et tellement féroce qu'il *dévore des hommes.* C'est la plèbe espagnole que le romancier a prétendu représenter dans ce cheval anthropophage, plèbe obéissant docilement à ces successeurs de saint Pierre qui, la tenant en bride, ne rougissaient pas, comme dit Dante, de faire la guerre à des chrétiens, de les poursuivre par le fer et par le feu, dont l'ambition et l'intolérance sacrifiaient des milliers d'hommes.

. Ferbrace est armé en outre de trois épées nommées Baptisme, Gramane (ou Garamante, d'où Gherma) et Florense. C'est-à-dire qu'il parle trois langues : celle du baptême, ou le latin rituel, l'arabe et l'idiome fleuri de l'Espagne ; tandis que le brave Olivier n'a qu'un glaive, c'est-à-dire ne fait usage que de l'idiome provençal ou *limosin,* parlé par le peuple, et que tout le monde peut comprendre. Mais cheval et glaives ne sont rien en comparaison de deux barillets que l'Espagnol porte à l'arçon de sa selle. Ils contiennent en effet le baume dont fut oint Jésus-Christ, baume dont une goutte guérit à l'instant toute plaie, quelque grave qu'elle soit, et c'est une des reliques de la Passion.

Comment a-t-on pu méconnaître, dans ces deux barillets, deux rouleaux de parchemin, et dans le baume, qu'ils sont censés contenir, l'Ancien et le Nouveau Testament ? L'allégorie va s'éclairer de plus en plus.

Tout cela n'intimide pas le preux Olivier ; mais, afin d'humilier d'autant son adversaire, il affecte de prendre un nom obscur, celui de son écuyer, comme si de plus nobles champions dédaignaient de se mesurer avec le fort champion espagnol, le très-humble serviteur de Balan.

Il dit donc s'appeler Garin ou Guérin : il ne ment pas, puisqu'il est en réalité un pauvre de Dieu, un Parfait, et que ce nom, dérivé de *garir* ou de guérir, paraît avoir été affecté par la secte à ses Parfaits ou médecins spirituels, comme en témoigne le *Guerino Mes-chino, Garin le Lohérain,* et tant d'autres romans, dont les héros sont de la même famille que Tristan et Olivier.

Avant d'en venir aux mains, les deux champions ont un dialogue à la façon des héros d'Homère ; mais, chose étrange, plus Olivier adresse de mots piquants au terrible Ferbrace, plus celui-ci se prend pour lui de sympathie, au point de vouloir lui faire avaler de son précieux baume pour guérir ses blessures, et lui offrir même de feindre d'être renversé par lui. Bien plus, il consent à lui abandonner son bon destrier, qu'il « n'aurait pas donné pour tout l'or que peuvent renfermer dix villes. »

Nous faisons erreur peut-être ; mais il nous semble entendre un dignitaire ecclésiastique appartenant à la grandesse d'Espagne, disposé à embrasser la foi des purs, des Parfaits, offrant de se laisser vaincre, dans une discussion simulée, par le docteur de l'hérésie, et de lui abandonner la direction des fidèles de son diocèse. Quoi qu'il en soit, Olivier refuse jusqu'au baume pour guérir ses plaies saignantes, par la raison, sans doute, que le contenu des deux barillets différait quelque peu dans les communions rivales ; il entend que son adversaire « soit à bon droit vaincu. »

Ferbrace se décide enfin, après de nouveaux pourparlers, à accepter le combat. Les deux champions brisent donc leurs lances, ou leurs syllogismes préliminaires, au premier choc, et s'attaquent à coups d'épée, ou à grand renfort d'arguments, si bien que l'un et l'autre en sont tout étourdis, puis blessés plus ou moins grièvement. Mais Olivier, qui a vu l'Espagnol se ragaillardir en avalant une goutte de son baume, ou à l'aide d'une citation heureuse, ajuste un coup d'épée si dextrement qu'il jette son adversaire hors de selle et tranche les courroies qui retenaient les deux barillets.

Prompt à profiter de la circonstance, il les ramasse lestement et boit à longs traits la parole du Sauveur ; puis il lance dans la mer les deux récipients du précieux baume, afin que les infidèles n'aient plus à en abuser : ce qui signifie que l'Ancien et le Nouveau Testament ayant été faussés par Rome, dans leur texte littéral et dans leur esprit, il ne fallait rien moins que la mer de doctrine des Albigeois pour les purifier d'un mélange adultère ; pour dégager surtout la Bible des livres de Moïse et autres, que n'admettaient pas leurs docteurs. (*Voir* le Paradis illuminé.)

Au moment où Ferbrace revient à lui, furieux de ce qu'il vient de voir, il se précipite sur Olivier, et, d'un coup de lame, il fait tomber la tête de son cheval; mais c'est involontairement : d'où résulte, que si la noblesse espagnole s'est montrée cruelle envers les purs ou Cathares et a fait couler le sang de ses chefs, elle ne l'a pas fait de son plein gré, mais par la volonté de Rome. Aussi Ferbrace met-il pied à terre et répudie-t-il ainsi la plèbe féroce avec l'aide de laquelle il a fait un si mauvais coup. On comprend qu'un schisme s'opère par là dans l'église espagnole ; la partie éclairée ou Ferbrace se séparant de son destrier, c'est-à-dire de la populace ignorante et fanatisée, qui reste aveuglément fidèle au Pape et ne se fait faute de dévorer des hommes à l'occasion.

Les deux champions continuent à pied le combat, qui se prolonge beaucoup. Enfin, comme Olivier vient de laisser échapper son épée et n'ose se baisser pour la ramasser, Ferbrace l'adjure de cesser une lutte qui le désole ; mais, sur le refus d'Olivier, il lui permet de reprendre son arme; le paladin refusant de nouveau, l'Espagnol se précipite vers lui l'épée haute. A ce moment, Olivier s'élance vers le cheval (le peuple) de son adversaire, saisit un des deux glaives suspendus à la selle et fait face au guerrier sarrasin, avec qui il engage une troisième lutte.

L'allégorie est ici des plus faciles à saisir. Jusque-là l'Espagnol Ferbrace s'est escrimé contre le Provençal Olivier à grand renfort de latin, puisqu'il ne s'est servi contre lui que de sa première épée? Olivier, lui, n'a employé d'abord pour le vaincre, c'est-à-dire pour convertir l'Espagne à la foi évangélique des Albigeois, que la langue romane, provençale ou limosine. Ce glaive lui fait défaut, il lui échappe lorsqu'il s'agit de gagner définitivement la noblesse féodale à la foi sectaire; car il faut pour cela lui donner l'enseignement dans son idiome national. Voilà pourquoi l'Aquitain Olivier s'empare du second glaive, qui doit lui assurer la victoire, autrement dit, acquiert la connaissance pratique de la langue espagnole. Il lui suffit pour cela de se rapprocher du peuple et « d'étendre vers lui la main. » Quant à l'idiome arabe, le troisième glaive, il demeure sans emploi, ce qui se conçoit parfaitement.

L'habile stratégie du *Parfait* Olivier obtient une réussite complète. En effet, atteint d'un coup qui le met hors de combat, Ferbrace est touché d'une inspiration surnaturelle ; il demande merci à son vainqueur, et, chose plus étonnante de la part d'un si farouche guerrier, il implore le baptême comme une grâce, le baptême albigeois, bien entendu, le baptême de feu ou de l'Esprit, ce que le romancier anonyme n'a eu garde d'exprimer, et il reçoit sur les fonts le nom de Florian, comme voué à la fleur, à la rose si chère aux Parfaits. Ainsi converti à la foi des *bons chrétiens*, comme ils s'appelaient entre eux, il se fait l'ami, le compagnon d'Olivier, et, abandonnant père, famille, patrie, il devient l'un des plus vaillants champions de Charlemagne.

Ce n'est pas tout. Les sarrasins-catholiques, furieux d'un dénouement si imprévu, attaquent le camp de Charlemagne. Ils sont repoussés ; mais Olivier et quelques autres chevaliers, surpris par l'ennemi, ont été faits prisonniers. Ce qui arrivait souvent aux missionnaires de l'hérésie, troubadours ou chevaliers sauvages, comme on les appelait, amoureux de la rose sauvage ou de l'églantine des bois, comme aussi des *Genièvres* de la montagne.

Les prisonniers sont conduits à l'émir-roi Balan, qui réside dans la ville d'Agremone (du provençal *agre monge* ou *monègue*, moine aigre, haineux). Courroucé au dernier point de la défaite de son fils et surtout de sa conversion à l'albigéisme, le représentant du principe catholique romain fait jeter Olivier et ses compagnons dans une tour obscure, pleine de serpents et d'animaux immondes, comme tous les lieux où domine l'influence pontificale. (Le Tristan, Guillaume au Cort-nez, les *Malebolge* de Dante, le Roland furieux ; les archives de l'inquisition en font foi à qui mieux mieux.)

L'intention de l'émir était d'échanger ces prisonniers contre Ferbrace. Mais Balan avait une fille, fort belle personne, ayant nom Floripar. Voilà encore un nom assez bien trouvé, car il signifie que cette princesse-église ressemblait beaucoup à l'église sectaire, désignée, par les poëtes italiens et provençaux des XIᵉ et XIIᵉ siècles, par le nom de *Fleur des fleurs*, de *Rose blanche d'Orient*, etc., etc.

Ces ressemblances se reproduisent à l'infini dans les romans du moyen âge : la fille de Margiste (mauvais lieu) ressemble à s'y méprendre à Berthe au grand pied ; la Blanche-fleur de Paris, à la Blanche-fleur de Hongrie et à celle de Galice, dans le roman de Floires ; l'Iseult aux blanches mains et au cœur noir, de la Petite-Bretagne, à la blonde Iseult d'Irlande, etc. Également chrétiennes, elles diffèrent seulement en ce que les unes suivent la foi romaine, les autres la foi sectaire.

Floripar est donc catholique, extérieurement du moins, cela se conçoit, puisqu'il est dit dans le roman qu'elle a suivi à Rome son frère Ferbrace. Mais nous aurons bientôt la preuve que sa foi est très-ébranlée. En effet, elle a eu occasion de voir dans la ville sainte un paladin dont elle est restée secrètement éprise depuis lors. Ce paladin s'appelle Gui de Bourgogne (*gui, guit,* ou *guido,* guide, directeur), ce qui nous permet de reconnaître en lui un missionnaire, un pasteur bourguignon. La belle princesse-église d'Espagne, qui garde un tendre souvenir du *Parfait* chevalier, prend naturellement un tendre intérêt à ses coréligionnaires. « Floripar n'est pas une jeune fille timide, à petits scrupules, » selon la remarque de Fauriel. Qu'on en juge.

La garde des prisonniers a été confiée au sarrasin-catholique Brustamon, comme qui dirait Rodomont, car *Brostar,* en provençal, a la même valeur que *rodere* en italien ; en effet, chacun de ces deux personnages, dont l'un est couvert d'une peau de serpent, est la figure du *gran verme che il mondo fora.* Brustamon est donc représenté comme investi des fonctions de *grand carcérier.* Toujours est-il que, sur le refus du soupçonneux geôlier de laisser Floripar pénétrer, pour son instruction, près des captifs, la charmante princesse lui assène un coup si bien appliqué qu'elle lui fait sauter les deux yeux. Une fois aveuglé, on conçoit qu'il n'est pas difficile de jeter par la fenêtre ce gênant personnage et de le noyer, pour n'avoir plus à en entendre parler.

La belle dame peut alors faire introduire l'un après l'autre, en grand secret, les prisonniers « dans sa chambre perrine, » ou si l'on aime mieux dans l'église cathédrale d'Agramone, se promettant un grand plaisir d'y entendre la parole des Parfaits. Mais sa gouver-

3.

nante Margarande (de *mar garandar*, gardienne de malheur) menace
de la dénoncer à son père, aussi est-elle traitée par la dame comme
Brustamon. « Vieille folle, lui dit-elle, pour tout adieu, mes Français ne seront pas trahis par toi. » Cette vieille folle, qui surveille
l'Église dans la ville des moines haineux, pourrait bien figurer l'inquisition, duègne de malheur pour toute dame-église ressemblant à la
fleur d'Orient. Elle s'appelle Gondrée dans Gérard de Nevers.

Ce coup d'État accompli et la dame-église ainsi émancipée, comme
tant d'autres que nous voyons, toujours chastes et pures, dans les
romans, monter en croupe des Parfaits chevaliers qui les délivrent
de leurs persécuteurs ; elle déclare aux captifs de Babylone ou d'Agramone son amour pour Gui de Bourgogne, et sa résolution de se
faire chrétienne pour l'épouser ; c'est-à-dire de l'avoir pour pasteur,
guide ou directeur spirituel. On conviendra que ce pauvre émir
Balan est un père bien malheureux. Il n'est pourtant pas au bout de
ses peines.

Charlemagne lui envoie une ambassade composée de Roland, de
Gui de Bourgogne, du duc 'N Aymes et de quatre autres chevaliers,
en tout *sept*. Ils sont chargés de réclamer Olivier et ses compagnons,
avec sommation à l'émir de restituer les reliques de la Passion, sous
peine d'être pendu. Après avoir franchi les Pyrénées, les envoyés
français rencontrent, se rendant de leur côté au camp chrétien,
quinze ambassadeurs musulmans. Ils vont de la part de Balan en-
joindre à Charlemagne d'avoir à rendre Fèrbrace et à battre en
retraite au plus vite, s'il ne veut être assailli par cent mille hommes. Un combat s'engage entre les deux légations, et quatorze musulmans sont tués ; un seul peut s'échapper et vient raconter à son maître
cette triste nouvelle.

Sur l'avis de Roland, chacun des *sept* chevaliers suspend deux
têtes d'émir à l'arçon de sa selle, pour en faire présent au roi Balan.
Il se fait un malin plaisir de prouver au représentant de Rome que
sept Parfaits, un peu forts sur le syllogisme, sont en mesure de triompher de quatorze prélats romains et de leur faire perdre la tête.

Les paladins poursuivent donc gaiement leur chemin jusqu'à ce
qu'ils arrivent en vue du pont Martible et non Mantible, à l'espagnole ;
nous suivons l'orthographe de Fauriel. Ce pont est une construction

gigantesque, aux vingt-quatre hautes arches de marbre, aux dix grosses chaînes de fer, dont chaque pile est surmontée d'une tour défendue par cent chevaliers. Il y a là une allégorie évidente ; or, selon notre habitude constante, nous commencerons par rechercher l'étymologie de ce nom de *Marnble*, donné au pont, et de celui de *Flagot*, imposé au fleuve sur lequel il est jeté. Peut-être pensera-t-on avec nous que le premier dérive de *Marca terribilis*, redoutable frontière, et le second de *Flac*, en provençal, mou, lâche, et de *Goth*. Or, nous en conclurions que le romancier a voulu ici symboliser par la courbe du pont le joug romain sous lequel l'Espagnol, ce fils des Goths, avait eu la lâcheté de plier son front, (*aquæ sunt gentes*, dit l'Apocalypse). Les tours seraient autant de clochers défendus par un nombreux clergé ; le géant à l'énorme massue d'airain, préposé à la perception du péage, pourrait bien avoir quelque analogie avec le Morhout d'Irlande, dans Tristan, et figurer le collecteur des taxes énormes, dîmes, annates et redevances de toute nature formant le revenu de la cour pontificale et du clergé catholique.

Nous sommes d'autant plus porté à le croire ainsi, que c'est le doyen des Parfaits, le vieux duc 'N Aymes, qui parvient à faire franchir sans coup férir ce passage redoutable à ses compagnons. Le moyen qu'il emploie est précisément celui que mirent si constamment en œuvre les poëtes et romanciers sectaires, l'auteur même dont nous analysons les étranges fictions. Comment le duc se tire-t-il d'affaire avec les siens ? « En inventant coup sur coup des discours fabuleux par lesquels il abuse le géant. » Voilà précisément le secret des hérétiques pour décevoir le géant pontifical, qui n'était pas aussi dupe qu'on pourrait être disposé à le croire de ces fables artificieusement combinées, témoin la guerre sans trêve ni merci déclarée aux Albigeois et à leurs livres. « Je leur conterai tant de mensonges que nous passerons sans bataille, » dit le vieux 'N Aymes, et ils passent en effet.

Les redoutables boulevards pontificaux une fois franchis, les sept paladins arrivent, sans rencontrer d'autre obstacle, à la ville d'Agremone. Là le duc 'N Aymes présente à Balan, comme *des têtes de brigands*, celles de ses quatorze ambassadeurs ou des quatorze prélats réduits par l'hérésie à l'état d'évêques *in partibus infidelium;* puis il expose en termes hautains, sur lesquels renchérissent encore ses collègues, l'objet de son ambassade.

Par malheur, l'émir, qui seul avait échappé au fer des paladins, a reconnu les têtes de ses compagnons, et il donne l'éveil au roi Balan. Indigné du procédé, le prince sarrasin ordonne de pendre les ambassadeurs de Charlemagne avec Olivier et les cinq autres chevaliers. Mais Floripar, qui a ses raisons, pour goûter peu la sentence paternelle, obtient, en feignant un grand courroux contre les condamnés, qu'ils soient mis à sa disposition. Elle les emmène donc tous *sept* dans la *chambre,* entendez dans le temple, où elle tient déjà cachés Olivier et ses amis.

Là, elle veut savoir quels sont les nouveaux venus. Elle apprend donc qu'elle a devant elle Richard de Normandie, à qui elle pardonne d'avoir tué son *oncle,* le géant *Corsuble* (cœur subtil), ce haut dignitaire de la Rome musulmane, dont le cimeterre, labourant le visage de Guillaume au Cort-nez, mutila en lui la secte des purs et bons chrétiens. Les Normands d'ailleurs, qui avaient conquis l'Angleterre et la Sicile, en se moquant du Pape rançonné par eux et réduit à donner sa bénédiction, implorée à genoux, à ces pillards d'une dévotion si lucrative, les Normands ne pouvaient être que très-bien venus près d'une princesse du caractère de Floripar.

Puis quand bientôt, poursuivant sa revue, elle entend Roland se nommer, elle *tombe aux pieds* du paladin, de ce type du Parfait chevalier, ou de la noblesse féodale convertie à la loi d'amour des Albigeois, et elle le prie *de la prendre en sa merci.* Ainsi abjuration complète de dame-église Floripar, naguère assez peu affermie dans la foi orthodoxe. Elle est désormais Albigeoise au grand complet ; à telles enseignes que Roland l'entend lui demander pour époux ou pasteur le preux Gui de Bourgogne, avec qui elle veut être fiancée sur-le-champ. En conséquence, « Roland, dit Fauriel, prenant la belle et le chevalier par la main, les *fiance sérieusement* l'un à l'autre. » Rien ne lui eût paru plus sérieux, en effet, s'il eût su deviner dans le terrible Roland le type idéal de la noblesse du Midi se vouant à l'apostolat albigeois ; dans son cor aux sons puissants le retentissement de sa parole ; dans son invincible Durandal son irrésistible dialectique.

La cérémonie des fiançailles accomplie, Floripar prête à recevoir le baptême de l'Esprit, si différent du baptême d'eau, n'ose baiser celui qu'elle enlace de ses bras « attendu qu'elle est encore païenne » (ou catholique). Fauriel, qui voit là « un trait charmant contrastant gracieusement avec tout le reste, » et presque un indice de génie, s'en fût moins émerveillé s'il eût compris que ce baiser désiré était l'*osculum fraternitatis*, le baiser du *consolement*, que les Parfaits ne pouvaient donner aux nouveaux convertis qu'autant qu'ils avaient été régénérés par le baptême rituel de la secte, et rendus par là dignes de le recevoir.

Une fois certaine, comme sa fiancée, d'avoir pour époux ou pasteur son bien-aimé Gui de Bourgogne, Floripar « met les douze paladins (nombre égal à celui des apôtres) en possession des reliques de la Passion ; car, par un bonheur singulier, dit encore Fauriel, ces reliques se trouvaient dans l'appartement de Floripar. » Quoi d'étonnant à cela si « sa chambre perrine » n'était autre que l'édifice consacré au culte ? Mais il arrive à ce moment que le roi Balan, à qui l'on a inspiré des soupçons sur les intentions de sa fille, l'envoie chercher par un seigneur sarrasin, j'allais dire un prélat romain, faisant fonctions de légat. Son nom n'est pas moins significatif que les précédents, il s'appelle Lucafer de Beaudrac, qu'il est facile de traduire par Lucifer de Beaudragon. C'est, bien entendu, un fanatique grossier et brutal, tel que les Albigeois pouvaient avoir leurs raisons pour représenter les prélats orthodoxes. Or, cet homme violent, qui prétend à la main de la belle Floripar et ne se doute pas qu'elle vient de se donner à un rival, ne s'introduit pas moins chez elle comme un Pandour, ou comme un croisé de Montfort. En effet, sans même frapper à la porte, il la pousse bas d'un grand coup de pied. Aussi sort-il avec aussi peu de cérémonie qu'il est entré, c'est-à-dire qu'il est jeté mort par la fenêtre, manière de procéder que les Parfaits auraient vue volontiers adoptée par les comtes de Toulouse à l'égard des légats du Saint-Père.

La mort de Lucafer donne l'éveil sur les desseins de Floripar. Les paladins sont assiégés dans son palais (ou temple), qu'ils défendent vigoureusement. Nul espoir de les réduire par famine, leur princesse possédant une ceinture magique dont la vertu préserve de la faim elle et les siens (à savoir, la charité et la communauté des biens). Balan qui ne l'ignore pas, car on savait à Rome bien des choses dont le secret, gardé dans les murs du Vatican, a échappé aux érudits, le perplexe Balan, qui se voit trahi par sa fille-église, en même temps qu'il est abandonné par son vaillant fils Ferbrace, a recours à un enchanteur nommé Maupin ou Mauping (de *Mauca* et de *pinguis*, grasse panse. Nous ne savons pourquoi M. Lafont l'appelle Malpy). Ce négromant est un larron sans pareil, à qui tout est bon, comme le Brunel de l'Arioste. Il est, à un autre point de vue que le Morhout d'Irlande, dans le Tristan de Léonois, la figure du monachisme.

Le magicien Mauping, ou grasse panse, s'engage donc, moyennant un monceau d'or, car il ne donne rien pour rien et fait payer cher ses services, à rapporter la précieuse ceinture. Il s'introduit, en effet, dans la chambre de Floripar et met a main sur le trésor, dont il se ceint lui-même, extérieurement bien entendu ; l'allégorie n'a pas besoin d'explication.

Mais bientôt, jetant les yeux sur la charmante Floripar, il cède à une impure tentation, comme l'anachorète de l'Arioste avec Angélique ; déjà il la presse dans ses bras, lorsqu'elle s'éveille en poussant des cris qui donnent l'alarme aux paladins. Gui de Bourgogne, accouru le premier, fait d'un coup d'épée deux moitiés de l'impudique enchanteur infecté des sept vices capitaux. Mais en même temps il a tranché la mirifique ceinture, qui perd sa vertu première. D'où l'on pourrait conclure qu'au point de vue du romancier albigeois, la charité, les bonnes œuvres elles-mêmes, une fois aux mains des moines, sont sans efficacité, ce que démontrait au mieux le fer tranchant de la parole des Parfaits.

Réduits à des efforts désespérés pour se procurer des vivres, les chevaliers multiplient les sorties ; mais certains de succomber à la fin s'il ne leur arrive du secours, il se décident à envoyer l'un d'eux, Richard de Normandie, au camp des chrétiens (des bons chrétiens d'Aquitaine), qui est encore à Marimonde (*mar mundo*, mer pure de la vraie doctrine). Il faut plus d'un miracle pour que l'aventureux messager puisse franchir les Pyrénées et s'acquitter de sa mission. Mais on pense bien que les miracles ne manquent pas. Ainsi c'est par la protection évidente de la Providence, envoyant un cerf blanc pour lui montrer la route, qu'il peut franchir le Flagot et échapper aux quinze mille infidèles qui gardent le pont Martible, sous les ordres de Galaffre ou Galaffron, cet affronteur des Gaulois, « couvert d'une peau de serpent aux rudes écailles, » comme le Rodomont de l'Arioste, et qui « *semblait un antéchrist*. »

Charlemagne, en apprenant le péril des siens, n'hésite pas à marcher aussitôt pour les délivrer. Il arrive à temps, et Balan vaincu a la tête tranchée, sur son refus obstiné de se faire chrétien, ou plutôt bon chrétien. Le représentant du principe catholique pouvait-il en conscience se faire albigeois pour plaire au représentant du pouvoir temporel ? Mais il aurait été possible de faire montrer à son fils Ferbrace et à sa fille Floripar un peu plus de sollicitude pour le sort de leur infortuné père. Hélas ! ils ne s'inquiètent pas plus de lui que s'ils ne l'avaient jamais connu. Je ne répondrais même pas qu'ils ne fussent enchantés d'en être débarrassés.

Floripar, baptisée selon l'Esprit, ayant dès lors reçu le Paraclet, est mariée, comme de raison, à son directeur Gui de Bourgogne, dont sa conversion à la religion d'amour est l'ouvrage. Charlemagne fait alors deux parts de l'Espagne. Il donne l'une à Ferbrace, excellent chrétien désormais, portant très-gaiement ainsi que sa sœur, plus semblable que jamais à la fleur d'Orient, le deuil de feu Balan, dont il se souvient comme du Pape ; l'autre partie du territoire espagnol est dévolue à Gui de Bourgogne. Ce qui, sauf erreur, signifierait que si la Catalogne, l'Aragon et le royaume de Léon, avec la Castille peut-être, « *in che soggiace il leone e soggioga*, » furent acquis à l'albigéisme par l'apostolat provençal, personnifié dans le Parfait chevalier Olivier, le surplus de la péninsule ibérique fut amené à embrasser la religion d'amour par la parole d'un missionnaire bourguignon.

« Les choses ainsi arrangées, dit Fauriel, Charlemagne repart pour la France, et y rapporte en triomphe les précieuses reliques de la Passion (autrement dit les évangiles apocryphes et la bible expurgée par les sectaires), reliques, ajoute-t-il, qui y seront mieux gardées qu'à Rome. » Il ne se doute pas qu'il parle en Albigeois convaincu que la parole du Sauveur était bien mieux gardée en Aquitaine et dans les autres parties de la France où l'hérésie avait ses établissements, que dans la capitale du monde catholique.

Le docte professeur remarque, « à travers les formes vagues du roman de Ferbrace, quelque chose de grave, d'énergique et de vraiment épique. » Pour lui c'est « l'épopée primitive encore pure de mélange lyrique, mais tendant déjà au raffinement. » Et sous ces deux rapports nous sommes entièrement de son avis; d'autant plus que notre analyse, calquée sur la sienne, explique suffisamment d'où provient ce ton grave qui l'a frappé, l'œuvre entière nous paraissant inspirée par le sentiment religieux en révolte contre l'oppression théocratique.

Cette révolte du faible contre le fort, pour sauvegarder la liberté de sa conscience et protester contre la violence, explique aussi pourquoi « le ton du roman est de tout point franchement populaire, destiné qu'il est à être chanté en plein air au milieu de la foule. » Ajoutons seulement qu'après le récitatif de la place publique, il y avait l'interprétation à huis clos donnée par le Parfait troubadour. C'est ce qui se pratiquait pour toutes les productions de la même essence; le sens littéral était livré à la foule; les seuls croyants, initiés aux mystères du dogme sectaire, étaient appelés à connaître le sens intime de l'œuvre. C'est à ce double procédé que nous devons de pouvoir admirer la *divine Comédie.*

« Maintenant, au fond de toutes ces fictions chevaleresques, y aurait-il quelque chose qui ressemble à une intention historique ? A cette question, posée par Fauriel, nous n'hésitons pas à répondre affirmativement. Non qu'il y soit fait le moins du monde allusion à la création du royaume de Portugal, donné en dot à sa fille par Alphonse VI, roi de Castille, en la mariant à Henri de Bourgogne. Non, l'intention historique du romancier est toute autre ; le fait réel dont il rend compte, en le dénaturant sans le déplacer, est exclusivement religieux, comme on a pu s'en convaincre, et de plus il est presque contemporain, quoique l'époque en soit reculée de plusieurs siècles.

Il faut donc se garder de croire avec le savant professeur que « pour les romanciers des XIIᵉ et XIIIᵉ siècles toute l'histoire, tant nationale qu'étrangère, se réduisit à quelques traditions de plus en plus altérées et faussées, sur lesquelles ils brodaient sans scrupule. »

Leur habileté consistait précisément à s'approprier les traditions et les légendes locales, à les remanier, comme ils firent des *sagas* et des *mabinogion*, pour les approprier au but vers lequel se dirigeaient toutes leurs pensées, tous leurs efforts. En effet, leurs remaniements, leurs broderies n'étaient pas seulement le résultat de la fantaisie et du caprice, mais un travail réfléchi et mûrement combiné. La manière même dont ils ont altéré l'histoire, la fable et la chronologie, comme aussi la géographie et l'histoire naturelle, prouve qu'ils auraient pu en remontrer, sur plus d'une des branches de la science, à maints docteurs de nos jours. Dante est là pour prouver combien il y avait de doctrine parmi les membres de l'église proscrite.

Si cette analyse n'était déjà beaucoup plus longue que je n'aurais désiré la faire, j'expliquerais ici à quel titre le roman de Ferbrace, immortalisé par Michel Cervantes, figure avec tant d'autres dans son *Don Quichotte*, et l'on serait assez surpris d'apprendre que, bon et sincère catholique qu'il était, l'illustre romancier espagnol a eu à cœur de représenter un personnage albigeois dans le chevalier de la Triste figure. Rien n'est plus vrai pourtant, et nous nous engageons à en convaincre un jour les plus incrédules.

Quant à présent, nous nous bornons à constater que, dans le roman de Ferbrace les fictions se reproduisent avec le même caractère et selon le même ordre d'idées que dans Jauffre, que nous venons d'examiner, dans *Aucassin et Nicolette*, et dans le *Tristan* de Léonois, dont l'analyse va suivre; qu'on y retrouve des dames-églises et des Parfaits chevaliers en lutte avec la félonie et la tyrannie; que les noms des personnages y sont aussi combinés de manière à leur attribuer une valeur significative; enfin, que cette composition, essentiellement hostile au principe catholique, peut être considérée comme une relation, un bulletin poétique des succès obtenus dans un pays voisin par l'apostolat albigeois.

TROISIÈME EXEMPLE. — Aucassin et Nicolette.

Parmi les romans poétiques d'un intérêt tout local, quoique d'une réputation européenne, dont le sujet est tiré des traditions provençales, Fauriel signale notamment l'histoire de *Pierre de Provence* et de *la Belle-Maguelone*, et celle d'*Aucassin et Nicolette*. Le premier, auquel Pétrarque passe pour avoir mis la main, ce qui n'aurait rien d'étonnant, n'offre, selon le docte professeur, « rien de bien neuf ni de bien hardi dans l'invention, mais il y règne quelque chose de doux, de pur, de vrai qui touche l'âme et saisit l'imagination. Aussi a-t-il été traduit dans toutes les langues de l'Europe, sans en excepter le grec. » Savez-vous pourquoi? Parce qu'il célèbre un des premiers triomphes de l'hérésie, à savoir, la conversion de l'église de Maguelone à la foi albigeoise par *Pierre* le provençal.

Un pareil succès, partagé du reste par bon nombre de compositions de la même essence sectaire, ne pouvait faire défaut à la charmante pastorale d'Aucassin et Nicolette, dont la forme peut être celle des romans arabes, mais dont le fond est certainement albigeois.

En effet, s'il est facile de reconnaître dans Pierre de Provence le fondateur de l'église provençale, son Pierre, conquérant à la religion d'amour le diocèse de Maguelone ; un coup d'œil jeté sur Aucassin et Nicolette suffira pour convaincre que, sous ce « mélange d'élégance coquette et de naïveté, de simplicité et de raffinement, » se dérobe avec une extrême habileté le protestantisme du Midi. Ainsi s'expliquent « les traits d'ironie irréligieuse, d'irrévérence filiale, et d'indifférence pour la gloire chevaleresque qu'on ne rencontre pas sans un peu de surprise dans un ouvrage de cette époque. » Ces traits satiriques se retrouvent pourtant en non moins grand nombre dans *Garin le Loherain*, œuvre antérieure, conçue dans le même esprit; notamment quand Rigaudin honnit la chevalerie féodale, institution guerrière, à laquelle les *bons hommes*, les Parfaits, hommes de charité et de paix, opposèrent la chevalerie amoureuse, leur création idéale. Les savants ont bonnement accepté cette dernière comme un fait historique et une forme de la civilisation au moyen âge, sur la foi des cansons et des romans de Geste, œuvre des Parfaits. Tant pis pour les savants et pour qui a cru en eux.

Il y a de nombreux *monuments* à l'appui, disent-ils avec une imperturbable gravité. Oui, cela est écrit dans les journaux de la secte albigeoise, dans ses chroniques-romans, où ces messieurs ne voient que du feu; donc cela est aussi vrai pour eux que l'est pour un bon bourgeois le fait Paris imprimé dans sa gazette. Pour eux il n'y a pas le moindre doute à élever; hors de ces *monuments* il n'y a que des *suppositions*, et Dieu sait le cas qu'ils en font.

La conversion d'une ville ou d'un diocèse à l'albigéisme, tel est le sujet d'Aucassin et Nicolette. Cette ville est désignée par le nom de Beaucaire ou Beau Caire (belle chute) pour donner à entendre qu'elle est sous la domination du Pape ou du Soudan d'Égypte et de Babylone, qui retient en captivité les pauvres Albigeois.

Le comte de Beaucaire a nom Garin (de *Garir*, guérir), afin de désigner un docteur spirituel; il a pour voisin et pour ennemi, le comte de Valence qui lui fait une guerre acharnée. Si l'on réfléchit à la distance qui sépare de Beaucaire la ville la plus proche du nom de Valence, on comprendra sans peine qu'il s'agit ici d'un voisinage fantastique.

On en reste convaincu en voyant que le seigneur de Valence (*Valenzia*, le *Valore* de Dante opposé à *Villà*) s'appelle Bougars, de *Bulgare* ou *Bergau*, la secte albigeoise, venue de Constantinople par la Bulgarie avec les Bogomiles, étant souvent désignée sous ce nom. Si vous voulez lire le roman de Floire et Blanceflor, édité chez Janet par M. E. Duméril, qui l'a annoté sans y comprendre rien, vous y verrez, vers vingt-cinq, que ledit Parfait chevalier Floire, fils d'un certain roi païen de Naples, devint chrétien pour l'amour de sa mie et « fu rois de Hongerie et de la terre de *Bougrie*. » Ce comte Bougars est vaillant et belliqueux, tandis que le seigneur de Beaucaire est vieux et faible, cela va sans dire; ce dernier a donc grand' peine à se défendre contre son belliqueux adversaire.

Le seigneur de Beaucaire, dont le nom est Garin, nous l'avons dit, en sa qualité de médecin des âmes, n'avait qu'un fils, en qui se trouvaient réunies toutes les perfections physiques et morales; on l'appe-

lait du nom assez étrange d'Aucassin, comme si ce jeune homme si
parfait eût tenu de l'oison, *Auca*, et de l'âne, *ase, asinin*. « Seulement
était-il si pris d'amour, qui vainc toute chose, qu'il ne voulait faire
chevalerie. » Entendez qu'il n'avait aucun goût pour la vie de violence et de sang de la chevalerie féodale. Quant à la chevalerie
amoureuse, il pensait tout différemment ; à telles enseignes qu'il mettait une condition *sine quâ non* à son intervention active en faveur
de son père, à savoir « qu'il lui donnerait sa douce mie Nicolette. »

C'est, comme il vient d'être dit, parce que « amour vainc toute
chose » que ce nom, d'origine grecque, dont l'acception est, celle qui
vainc les peuples, se trouve précisément celui de sa douce mie. Par
un singulier caprice du sort, la jeune fille, qui, symbolisant la foi
d'amour, semble appelée par son nom à subjuguer tous les peuples,
est une pauvre fille étrangère, originaire de l'Orient, réduite en captivité *dans son bas âge*. On doit commencer à comprendre
l'allégorie.

Nicolette a donc été achetée, toute petite, des Sarrarins-ortho-
doxes par le vicomte ou le vicaire de Beaucaire, qui lui a fait donner
le baptême et lui a servi de parrain. Le révérend Garin de Beaucaire,
père d'Aucassin, qui lui destinait au moins la fille d'un comte, quelque belle et grasse abbaye, était donc fort excusable de rejeter bien
loin l'union de son héritier avec une petite coureuse née de parents
inconnus, et de plus, réduite à l'état de servage, comme l'église
proscrite.

De son côté, le jeune homme tenait bon, disant que Nicolette,
« fût-elle impératrice de Constantinople ou d'Allemagne, reine de
France ou d'Angleterre (pays où la secte albigeoise avait en effet de
nombreuses églises), *ce ne serait encore assez pour elle ;* tant elle
était franche, courtoise, débonnaire et douée de toutes bonnes qualités, » à la différence de certaine autre dame qu'on peut deviner.

Irrité de tant d'opiniâtreté, le vieux Garin, le docteur spirituel
de Beaucaire, mande son vicomte ou son vicaire et lui enjoint de le
débarrasser de Nicolette. « Maudite soit la ville (d'Orient) d'où elle
fut amenée ici, lui dit-il. Sachez que si elle tombe entre mes mains,
je la ferai en grand feu brûler. » Qui brûlait-on alors sinon les
hérétiques ?

Le vicomte promet d'envoyer la pauvrette « en tel lieu où Aucassin plus ne la reverra, » et, rentré au logis, il l'enferme avec une
vieille, (quelque Margarande orthodoxe,) au plus haut de son manoir.
Bientôt le bruit se répand partout le pays, que Nicolette est perdue.
Aucassin désolé vient trouver le vicomte et lui demande avec menaces
ce qu'il a fait de sa mie : « Laissez Nicolette, lui dit le vicomte, de
telle *pauvrette* (de Lyon) n'avez que faire. Que gagneriez-vous à
l'avoir mise en votre lit ? *Votre âme irait en enfer*, et vous n'en-
treriez jamais en Paradis. »

« En Paradis qu'ai-je à faire ? reprend Aucassin (en Paradis
catholique, bien entendu ; écoutez plutôt). Vont en Paradis, ces
vieux prêtres, ces vieux boiteux, ces vieux manchots qui, jour et
nuit, se cramponnent aux autels et aux chapelles ; ces vieux moines
en guenilles qui marchent pieds nus ou en sandales rapiécées. » Il
n'a que faire avec pareilles gens ; mais il veut bien aller en
enfer « pour se trouver en compagnie des *bons clercs* et des *bons
chevaliers* (tous *bons hommes* et Parfaits), des belles et courtoises
dames (églises), des joueurs de harpe et des jongleurs (Parfaits troubadours et diacres albigeois) pourvu que ce soit en compagnie de
Nicolette. » On sait, par les archives de l'inquisition, que, selon les
dogmes albigeois, il n'y avait d'autre enfer que ce monde sub-
lunaire.

Cette sortie, peu édifiante au point de vue orthodoxe, ne per-
suade pas le vicomte tonsuré. Jamais vous ne reverrez Nicolette, lui
déclare-t-il, « car si vous lui parliez et que votre père (spirituel) le
sût, *il nous ferait brûler elle et moi*, et vous-même y auriez grand
sujet de peur. » On ne brûlait pas comme cela les vicomtes au pied
levé, à moins qu'ils ne fussent bien et dûment atteints d'hérésie.
Aussi ce parrain de Nicolette m'est-il assez suspect depuis que je l'ai
vu, au lieu de la chasser tout bonnement, l'enfermer en lieu de sûreté, au plus haut de son manoir, au milieu d'un beau jardin, dans
une chambre voûtée « faite par maîtrise et à merveille peinturée, » ce
qui m'a bien l'air d'un temple massenique.

Quoi qu'il en soit, Aucassin se retire consterné et, rentré au palais
(épiscopal), il se renferme dans sa chambre pour songer à Nicolette,
« au bel ester, au beau venir, au bel aller, aux beaux déduits (ceux

du *gai savoir*), au doux parler, au beau jouer, au *doux baiser*, *bel accoler* (selon le rite du *Consolement*).

Pendant qu'il est là à se lamenter, Bougars de Valence vient en force assaillir le château de Beaucaire. Au plus fort de l'assaut, le comte Garin vient supplier son fils de s'armer pour défendre sa terre. Mais Aucassin proteste qu'il ne fera chevalerie à moins que son père ne lui donne Nicolette. J'aimerais mieux perdre mon comté, s'écrie le vieux Garin. Eh bien, reprend le jeune homme, laissez-moi voir ma douce amie, « tant seulement que je puisse lui dire deux paroles (rituelles) ou trois, et *une seule fois la baiser*. » Ce qui équivaut à dire, laissez-moi aller au prêche et recevoir le *consolement* dans *l'osculum fraternitatis*.

Sur la promesse de son père, qui accède à cette dernière condition, Aucassin, « pensant au baiser qu'il aura au repaire, » s'arme en toute hâte, monte à cheval et s'élance hors des murs. Mais tout entier à ses pensées d'amour, il ne songe plus à la bataille et se laisse faire prisonnier sans avoir même songé à se défendre. Revenu enfin à lui, il secoue l'indolence pacifique des Parfaits et tombe à grands coups d'épée sur ceux qui ne parlaient de rien moins que de le pendre, le prenant nécessairement pour un catholique. Parvenu ainsi à se dégager, il revient au galop vers la ville, lorsqu'il rencontre Bougars de Valence.

Un grand coup d'épée dont il le frappe sur le heaume le renverse à terre tout étourdi ; si bien que, le prenant à la visière, il l'emmène et le rend prisonnier à son père. Mais celui-ci refuse alors de tenir la parole qu'il lui a donnée, tant il y a peu à se fier aux promesses des vassaux de Rome.

Que fait alors Aucassin ? Il s'adresse au comte de Valence et lui fait donner sa parole, comme son prisonnier, « de ne passer jour sans faire à son père tout le mal possible, dans sa personne et dans son avoir ; » puis, non content de lui rendre la liberté à ces conditions si peu filiales, il le conduit lui-même hors la ville, jusqu'à ce qu'il soit en sûreté. On voit jusqu'à quel point l'amour a fait répudier au jeune Aucassin ce qu'il pouvait y avoir en lui de l'âne et de l'oison, lorsqu'il suivait aveuglément les enseignements de son père et docteur spirituel, le vieux Garin.

Irrité d'un pareil procédé, son père le fait mettre « en noire prison dans un cellier souterrain, » où il n'a rien de mieux à faire que de penser à Nicolette, « sa fleur de lys, » comme il l'appelle, ou sa blanche fleur, sa rose d'Orient, tous termes équivalents dans la symbolique sectaire. Il lui revient en mémoire qu'il la vit un jour guérir miraculeusement un pèlerin du Limousin (c'est-à-dire un Pauvre de Lyon, parlant la langue de l'aumône, *limosina*), « malade de l'esvertin. » (Il avait probablement eu maille à partir avec Rome.) « Passant devant son lit, dit-il, tu relevas d'une main ton beau pelisson d'ermin, ta chemise de blanc lin, tant qu'il ta jambette vit. Guéri fut le pèlerin. Il se leva de son lit tout guéri, alègre et sain. » Comment ne pas adorer une sainte, une Parfaite dont la jambette seule avait de pareilles vertus curatives? Elle aurait laissé bien loin le baume de Fierabras.

De son côté, Nicolette n'oublie pas son bien-aimé. Une nuit que la lune était claire et que le rossignol (ou la poésie provençale) chantait dans le jardin, elle se leva tout doucement, pour ne pas réveiller la vieille foi romaine qui la gardait. De ses draps mis en lanières elle fit une façon de corde le long de laquelle elle se laissa glisser dans le jardin, dont elle ouvrit le guichet. La voilà hors de sa prison ; mais comme la lune (pontificale) était alors dans son plein , Nicolette prend soin de marcher *du côté de l'ombre,* et elle se dirige par les rues de Beaucaire vers le manoir où languit son ami.

C'est naturellement une vieille tour toute lézardée, comme l'édifice catholique. Elle peut donc, grâce à une crevasse, échanger avec son bien-aimé de tendres paroles, lui annoncer le départ qu'elle projette, et lui faire passer une boucle de ses cheveux, ces filets d'or qui attachaient à jamais troubadours et chevaliers à leurs dames, comme Pétrarque à Laure, Dante à Béatrice, Cino à *Selvaggia,* son églantine dans la *forêt sauvage* du catholicisme.

A ce moment vient à passer la ronde de nuit. Elle a reçu l'ordre d'occire Nicolette si elle parvient à la prendre. Par bonheur, la sentinelle de la tour voit venir de loin les inquisiteurs. L'auteur a soin de dire que c'était « une guette de cœur vaillant, preux, courtois et *sachant,* » ce qui donne suffisamment à entendre que Nicolette avait affaire à *un bon chrétien* initié au gai savoir. Les *guettes* jouent pres-

4

que toujours un rôle analogue dans les compositions provençales, et l'on comprend que, traqués comme ils l'étaient, les Albigeois étaient obligés d'en avoir un peu partout.

Celui-ci, qui a bon cœur, se fait scrupule de laisser tomber en mauvaises mains Nicolette « au poil blond, menu bouclant. » *Garde-toi des surveillants,* lui dit-il. *Elle se serre donc dans son mantel* (orthodoxe) contre les piliers de la tour catholique, et, la ronde passée, elle prend congé de son Aucassin.

Une brèche dans les murs de la ville lui a permis de gagner la campagne. Elle trouve, « à deux arbalétées, une *forêt* ayant bien trente lieues de long et autant de large; » on ne doit pas être surpris de son étendue à une distance si rapprochée de Beaucaire, si l'on veut admettre que, pour les romanciers sectaires, toute contrée où dominait l'élément orthodoxe devenait une vaste et sombre forêt ; il en est ainsi de l'immense forêt des Ardennes, de la forêt Brocéliande, etc.

Il va sans dire que cette *selva selvaggia* est peuplée à foison de serpents, forme catholique en horreur aux Cathares ou purs, ce dont font foi historiens, chroniqueurs, et avec eux Dante et l'Arioste. Les lions, les sangliers et autres bêtes sauvages n'y manquent pas non plus, on le conçoit, avec leur signification symbolique. Quoiqu'un pareil asile soit peu rassurant, la pauvre Nicolette a tant peur d'être brûlée dans Beaucaire, qu'elle « se met par la forêt, mais non trop avant, pour la frayeur des bêtes sauvages et des serpents. »

Bientôt elle se blottit sous un buisson et s'endort jusqu'au lendemain du sommeil de l'innocence. Elle se réveille précisément à l'heure de prime, à cette première heure du jour où les Maçons ouvrent leurs travaux. A ce moment, les bergers ou pasteurs évangéliques sortaient de la ville avec leur troupeau de fidèles d'amour. Probablement parce qu'ils ne s'y trouvaient guère plus en sûreté que Nicolette, ce que l'auteur n'a garde de nous dire. Mais nous les voyons étendre une cape sur le gazon, y bénir le pain, selon le rite cathare, et se mettre à le manger. Pendant ce temps, les oiseaux chantent, comme en font foi toutes les poésies des troubadours, ces oiseaux du ciel. « Nicolette se réveille alors et se rencontre avec les pasteurs. »

Était-il possible de dépeindre avec plus d'habileté naïve la cérémonie de la cène, telle que la célébraient les Albigeois, forcés, pour pratiquer leur culte, de chercher hors des villes les endroits les plus solitaires ?

Nicolette charge celui des pasteurs évangéliques « qui mieux que les autres savait parler et dire » en l'appelant *bel enfant,* comme représentant de Dieu, qui est amour, d'aller dire à Aucassin de venir chasser dans la forêt, « où il trouvera telle bête dont il ne donnerait un *membre* pour chose au monde. » En effet, la pauvre Nicolette est réduite par la persécution à l'état de bête fauve. Elle partage le sort de Berthe au grand pied, de Geneviève de Brabant, des chevaliers errants, des chevaliers sauvages, avec lesquels elle a les rapports les plus intimes. Le moindre membre de dame-église vaut un trésor.

Prenant alors congé des pasteurs, la pauvrette s'enfonce de nouveau dans la forêt. Elle chemine « *tout le long d'un vieux sentier,* » car, à en croire les dires des Parfaits devant l'inquisition, et les paroles de Dante, le schisme cathare remontait au pape Sylvestre ; donc « en un lieu elle s'en vint duquel partent *sept* chemins qui s'en vont par le pays, » se dirigeant indubitablement vers les *sept* portes du château de Brunissens, ou de celui que Dante nous décrit dans l'Enfer. Si l'on désire savoir pourquoi : c'est que la Massenie albigeoise du Saint-Graal comptait *sept* grades donnant accès à la Gaie science de l'amour, grades portés par Dante à *trente-trois.*

Nicolette ne va pas vous laisser de doutes à cet égard. Savez-vous de quoi elle s'avise alors ? Il lui vient en pensée de faire subir à Aucassin les épreuves rituelles, et elle construit à cet effet une loge maçonnique ou massenique. Nous n'inventons pas, nous citons. « Elle, à penser là se prit *qu'elle éprouvera son ami,* s'il l'aime tant comme il dit. Elle cueille fleurs de lis et de l'herbe du garcis, et de la feuillée aussi, *une belle loge en fit.* » On le voit, la pauvre Nicolette n'était pas moins versée dans l'architecture silvestre que Tristan de Léonois, le Pauvre de Lyon, et que Girart de Rossillon dont nous aurons aussi à nous occuper.

Cependant, sur le bruit que Nicolette était disparue, le comte de Beaucaire avait, fort imprudemment sans doute, rendu la liberté à Aucassin, qui ne s'en montrait pas plus réjoui aux belles fêtes ou

4.

cérémonies religieuses données par son père, n'y voyant certainement que de l'idolâtrie païenne.

Sur le conseil d'un chevalier « qui avait été malade du même mal, » il sort de la ville pour aller se promener dans la forêt. Arrivé à la fontaine des pâtres ou à la source de la science des pasteurs, (selon la parole du sauveur : *Ego sum aqua viva*) il les y trouve « menant grande joie (selon les us de la Gaie science), et mangent leur pain (béni) sur une cape étendue sur l'herbe. On voit que l'auteur tenait à ramener ses lecteurs à l'idée de cène évangélique, célébrée en effet le plus souvent sur une nappe étendue à terre, dans quelque endroit écarté.

Après un dialogue assez curieux entre Aucassin et le pasteur, qui a refusé de chanter pour lui, attendu que le damoisel n'ayant pas subi les épreuves de l'initiation, c'est encore un profane et « qu'*il a juré* de ne le pas faire, » ce dernier lui raconte qu'une demoiselle « si belle que *tout le bois* (la forêt orthodoxe) *en fut éclairé* » l'a chargé pour lui d'un message. Elle lui donne avis d'aller « dans la forêt en chasse d'une bête ayant *en elle* le remède destiné à le guérir de tous maux (remède évangélique analogue au baume de Ferbrace). Mais il faut qu'il ait la bête prise avant trois jours (nombre rituel), sans quoi, jamais plus il ne la verra. »

Aucassin se met donc en quête de sa bien-aimée, sans s'inquiéter des ronces et des épines sacerdotales qui le déchirent à chaque pas. Mais déjà le soir approche et il se désole de n'avoir trouvé aucune trace d'elle ; lorsqu'il rencontre un hideux personnage, figure du paysan catholique au moyen âge, n'ayant que les misérables vêtements qui le couvrent, à jeun depuis trois jours, dont la vieille mère, gisante sur la paille, s'est vue enlever sa chétive cotte, la seule qu'elle possédât ; le tout parce qu'il a perdu son bœuf Rouget et que, n'ayant pas de quoi le payer, le *riche vilain,* ou le vilain riche, l'*uomo ricco* de Dante, son maître monacal, le poursuit à outrance et veut le faire jeter en prison.

Généreux et charitable qu'il est, comme tout *bon chrétien,* Aucassin lui fait largesse de vingt sols, pour payer son Rouget, et se remet en quête de Nicolette ; mais cette dernière épreuve lui a porté bonheur après le baptême de sang que lui ont donné les ronces et les épines symboliques.

Il arrive à la loge de ramée construite par sa dame-église, et la reconnaît aussitôt, à certains signes masseniques, pour l'œuvre de Nicolette. C'est ainsi que, dans le lai du Chèvrefeuille, Iseult reconnaît la branche de coudrier plantée sur son passage par le Parfait chevalier Tristan de Léonois.

Par malheur, Aucassin met tant de précipitation à descendre de cheval pour entrer dans cette loge de feuillée, qu'il tombe et se déboîte l'épaule. Mais il ne sent plus sa douleur lorsqu'il voit apparaître Nicolette, qui l'a entendu invoquer l'*étoile* d'Orient. Les baisers du *consolement* qu'ils échangent avec la pure ardeur de deux fidèles d'amour, contribuent au moins autant à sa guérison que les vertes feuilles d'espérance et les fleurs salutaires de rhétorique évangélique appliquées sur son mal par les blanches mains de la jouvencelle ; la luxation n'étant, bien entendu, qu'une figure.

Les deux fidèles amants, ne voyant pas d'autre moyen d'échapper à la persécution, prennent alors le parti de s'expatrier. Ils s'en vont par monts et par vaux jusqu'au bord de la mer. Là, Aucassin, tenant Nicolette par la main, aperçoit un navire à peu de distance et fait signe à des marchands qui le montent de venir les prendre. Ils s'embarquent et s'éloignent du rivage ; mais bientôt une tempête s'élève et les pousse dans le port du château de Torlore.

Ce nom qu'on fera dériver, selon qu'on l'aimera mieux, de *torre loro*, leur tour, leur place forte, ou du verbe *torre*, enlever, en y ajoutant soit *loro*, soit *l'oro*, pour indiquer que la contrée dont il s'agit fut *tolta loro ;* ce nom étrange ne s'éloigne pas à tel point de celui de Toulouse, traduit par les inquisiteurs en *tutta dolosa,* qu'on ne puisse facilement déterminer à quel degré de latitude se trouve le château dont il s'agit ici. Les savants n'ont pas daigné s'occuper de pareilles misères, bien entendu, à telles enseignes que M. J. M., en publiant les œuvres de Fauriel, a jugé à propos d'omettre comme trop burlesque cet épisode si caractéristique.

En apprenant que le pays où ils viennent d'aborder est au roi de Torlore : « Quel homme est-ce, demande Aucassin, et est-il en guerre ? » Sur la réponse qu'il a dans ce moment une grande guerre, le preux damoisel prend congé des marchands, et, montant à cheval, · l'épée au côté et sa mie devant lui, comme son guide et son fanal, il

arrive au castel : « Il s'enquiert si li rois estoit et on li dist qu'il gis-
soit d'enfant. — Et ù est donc sa femme? Et on li dist qu'elle est
en l'ost, » où elle avait emmené tous ceux du pays.

Dira-t-on que tout ceci n'est pas allégorique et ne fait pas allusion
à des faits réels? Quant à déterminer quels sont ces faits, il nous
semble qu'avec quelque peu d'attention et des études moins routi-
nières on y serait parvenu facilement, car nous n'avons pas eu
grand'peine à reconnaître les personnages sous leur costume et leur
nom d'emprunt, dans ce spirituel épisode, ajouté probablement au
roman à une époque bien postérieure à sa composition originaire.

Arrivé à la demeure royale, Aucassin descend de cheval et laisse
sa mie à la porte, car il n'y faisait pas bon pour elle à ce moment de
défaillance du suzerain. Après avoir passé de salle en salle, il entre
enfin, l'épée au côté, dans la chambre où gisait le roi. S'approchant
du lit : « Diva, fou, que fais-tu ci? » demande-t-il assez cavalière-
ment. « Dist le roi, je gis d'un fils. » Saisi d'indignation en l'entendant
parler ainsi, Aucassin « prist tox les draps qui sor lui estoient, si les
housa aval sa chambre; » puis, empoignant un gourdin, il le bâ-
tonna d'importance. Perdez-vous le sens, dit le roi, pour me battre
ainsi en mon logis? « Par le cuer Diu, fait Aucassin, malvais fix
à putain, je vos ocirai se vos ne m'afiés que jamais hom en vostre
terre d'enfant ne gerra. » Qu'ils n'abdiqueront pas leur sexe par
pusillanimité, et ne se montreront pas faibles comme femmes en
couche.

Le roi promet; alors le Parfait chevalier, qui, depuis son initiation
dans la loge de la forêt, n'a plus rien de l'âne ni de l'oison, et est
devenu promptement, comme on le voit, un sévère redresseur de
torts, lui enjoint de le conduire « ù sa femme est en l'ost. » Tous
deux montent donc à cheval, et Nicolette, qui n'a plus aucun danger
à courir dans un palais où son bien-aimé parle en maître, s'installe
sans cérémonie dans les appartements de la reine.

Dante s'est chargé de nous donner le mot de cette énigme lorsqu'il nous a montré dans son enfer Raymond Béranger, comte de
Toulouse, sous les traits de Tirésias, réduit d'abord à la condition de
femme, par sa faiblesse et ses irrésolutions, en présence des exigences
pontificales, puis, ne reprenant les *maschili penne* qu'après avoir

frappé les serpents enlacés dans la personne des légats romains. Le roi de Torlore n'est autre que le comte Raymond ayant livré sa barbe à l'Estult pontifical pour la fourrure de son manteau, déchu dès lors et dépouillé de tous les attributs de la virilité, comparable enfin par défaut d'énergie à une faible femme en mal d'enfant.

Loin de l'imiter dans sa défaillance et sa pusillanimité, cette église albigeoise qu'il a épousée, et à laquelle il devait l'exemple du courage, elle a pris le parti de résister à des prétentions tyraniques et fait résolûment face à l'ennemi. C'est elle qui est à la tête de l'ost; c'est elle qui défend avec courage les droits de la conscience. Il faut que les derniers outrages viennent tomber sur le prince humilié, déchu aux yeux des siens, que la parole du prédicant sectaire tonne menaçante à son oreille, pour qu'il se décide à secouer sa torpeur et à venir en aide à cette église albigeoise, son épouse délaissée, qui seule a supporté jusqu'ici la chaleur du jour.

Voilà donc Raymond de Toulouse, travesti en roi de Torlore, chevauchant à côté d'Aucassin, le représentant du sacerdoce albigeois. Ils arrivent tous deux où la reine-église défend le terrain pied à pied, et trouvent la bataille engagée; « bataille de pomes de bos waumonés et d'ueus et de très fromages, » autrement dit de bulles, de brefs, d'excommunications, dont les sectaires faisaient nécessairement assez peu de cas.

Aucassin s'émerveille fort à « regarder ce plénier estor canpés. Ils avaient apporté des fromages frais assés et pomes de bos waumonés et graus canpagneus canpés....., s'en prist à rire. » Tant qu'il ne s'agissait que d'une guerre de plume et de paroles, c'était ce qu'il y avait de mieux à faire.

Sont-ce là vos ennemis? demande Aucassin. — Oui, répond le roi. — Voudriez-vous m'en voir tirer vengeance? — Bien volontiers. Aucassin, tirant alors sa bonne épée, frappe à droite et à gauche, si bien qu'il en expédie par centaines.

L'ennemi ainsi mis en fuite, Aucassin revient avec le roi au château de Torlore. Mais bientôt certaines gens du pays (les politiques) conseillent à leur maître de renvoyer Aucassin en retenant Nicolette, c'est-à-dire de congédier le pasteur, afin de donner une satisfaction apparente à Rome, tout en gardant en secret dans sa cour la foi proscrite. C'est en effet ainsi que les choses se passèrent assez long-temps dans le pays de Languedoc.

Toutefois l'avis n'est pas suivi immédiatement, car les deux amants sont à s'ébattre à Torlore, quand « uns estores de Sarrazins vinrent *par mer*. » Cette flotte était commandée, à n'en pas douter, par un émir appelé Simon de Montfort. Or, cette fois, les armes du combat ne sont pas des pommes waumonées et des fromages frais. Le château assailli par ces *Sarrasins* croisés est emporté de vive force et mis à sac sans pitié, comme Béziers, Toulouse, Carcassonne, etc. Quant aux habitants, ils sont réduits en esclavage. Qu'attendre autre chose d'un soudan mitré et d'un émir croisé?

Aucassin et sa mie sont emmenés avec la foule des captifs; mais, à leur extrême douleur, on les embarque sur deux nefs différentes. Or, ne voilà-t-il pas qu'une tempête s'élevant tout à coup, vient disperser la flotte des infidèles. Nous n'oserions affirmer que ce ne fut pas à la même époque précisément où, sous les murs de Toulouse, les croisés perdaient leur général, foudroyé d'un coup de pierre, au milieu d'une tempête soulevée par l'évêque Foulques, le troubadour renégat.

Toujours est-il que cette tempête éclatant d'une manière si opportune pour les intérêts albigeois, eut pour résultat de pousser le bâtiment qui emportait Aucassin juste sous les murs de Beaucaire, le ramenant ainsi aux lieux mêmes d'où il avait été contraint de se bannir. Les gens du pays accourus sur la plage, en *bons chrétiens* qu'ils sont, trouvent là le Parfait amant de Nicolette, et ne manquent pas de le reconnaître; il ne fallait pour cela qu'un *signe*, un mot de passe. Son père étant mort, probablement des suites de la tempête, il ne s'agissait que de l'introniser comme son héritier, plus ou moins légitime, ce qui fut fait. Les fidèles d'amour menèrent donc au château le fidèle Aucassin et lui rendirent hommage comme à leur seigneur, ce qui ne lui fit pas oublier Nicolette, bien loin de là.

Sa bien-aimée n'avait pas de son côté de moins étonnantes aventures. Sur le vaisseau où elle fut embarquée captive, destinée à l'esclavage d'Égypte, se trouvait le roi de Carthage, de la *Carthago delenda*; ce sera l'Atlas de Pétrarque, dans son poëme de l'Afrique, le vieil Atlant de l'Arioste, si l'on veut, l'homme pierre, le nécro-

mancien africain. Toujours est-il que ce roi de Carthage a douze
frères (nombre des douze apôtres), montant la même barque de saint
Pierre, et ces douze frères sont tous princes et rois, de même que
les cardinaux appelés par Dante *principes mundi*, par allusion au
princeps mundi de l'Évangile, appliqué à Satan.

Émerveillés de la beauté de Nicolette, le roi et les princes infidèles
ses frères lui demandent qui elle est; mais enlevée tout enfant à
ses parents (au temps du pape Silvestre), elle ne peut le leur dire.
Ce n'est qu'à son arrivée à Carthage, sur les bords du Tibre, et en
reconnaissant les lieux où s'étaient écoulés les jours de son enfance,
avant l'époque où Constantin fit le premier *ricco padre*, qu'elle
s'écrie : Sire, je suis la fille du roi de Carthage (la vraie fille du
Christ, de celui dont la loi devrait seule régner en ces lieux livrés à
l'infidélité) ; c'est d'ici que je fus enlevée il y a *quinze ans*. À
l'exemple de ses Parfaits troubadours Nicolette embrouillait volontiers les dates.

Le doute n'étant plus possible sur son origine, elle est conduite au
palais avec tous les honneurs dus à la fille d'un roi (n'était-elle pas
la fille du roi de gloire ?). Mais au milieu d'une *cour infidèle*, il est
naturel qu'on veuille la marier à un roi païen ; elle s'y refuse non
moins naturellement, persuadée qu'un pareil époux voudrait refaire
son éducation religieuse, et la contrarierait dans son goût pour les
loges de feuillée, puis il lui faudrait renoncer à son cher Aucassin.

Elle songe donc aux moyens de s'évader, peu soucieuse d'affliger ou
d'irriter sa royale famille; car elle préfère sa vie errante dans les bois à
toutes les douceurs des palais somptueux, et son pelisson d'ermin à
toutes les pourpres de Tyr ou de Rome. Afin d'exécuter son projet
d'évasion , elle apprend à jouer de la vielle, comme Tristan à jouer
du *flavel*, Walther d'Aquitaine, Girart de Nevers et tant d'autres, à
s'accompagner d'un instrument quelconque, pour attirer le peuple à
leurs prédications chantées. Une fois son talent musical assez déve-
loppé, elle va se réfugier sur le port chez une vieille femme, où elle
se noircit le visage avec une certaine herbe, qui nécessairement lui
donne la *couleur carthaginoise*. Prenant alors des habits de jongleur,
elle trouve moyen de s'embarquer pour la Provence.

Une fois arrivée au port, Nicolette prend sa vielle et va en jouant par le pays, jusqu'à ce qu'elle ait atteint Beaucaire. Un jour, Aucassin, assis au perron de son château, avec ses barons, écoutait chanter les oiseaux, dont le langage symbolique reste noté dans tant de vieux manuscrits. Voilà que sa fidèle amie, sous son costume de jongleur, l'un de ceux qu'elle affectionnait parmi tant d'autres à son usage (tantôt meunière, tantôt charbonnière, tantôt colporteuse, tantôt tisserande, etc., etc.), arrive en jouant de la vielle. Elle se met à chanter comme quoi Nicolette, qui aime toujours Aucassin, est au château de Carthage (au palais d'Atlant, si l'on veut, ou au Vatican), où le roi son père veut la marier à un félon d'émir espagnol.

Il va sans dire que le Parfait amant fait largesse au jongleur et lui promet plus encore s'il parvient à lui faire recouvrer « sa mie qu'il aime tant ; » qu'en voyant sa tristesse et son impatience le jongleur s'engage à la lui rendre sous peu. En effet, Nicolette s'étant frottée d'une plante nommée *éclair*, la même dont se servait Lucia pour rendre la vue aux aveugles, elle redevient aussi belle que jamais ; car on conçoit que la couleur africaine du catholicisme, prise pour sa sûreté, avait dû l'enlaidir beaucoup. Puis elle envoye chercher son doux ami. Il accourt et la trouve dans sa *chambre* (ou mieux, dans le temple, la chambre perrine des romans de Geste), vêtue de riches atours (non plus travestie et couverte d'humbles vêtements), sur une courte-pointe en drap de soie. En voyant Aucassin accourir plein de joie, elle se dresse debout, lui tend les bras et lui baise les yeux et le visage à titre de *consolement*.

Qu'on veuille bien maintenant remarquer cette conclusion : « On les laissa ainsi toute la nuit ; le *lendemain* Aucassin épousa Nicolette et la fit *dame de Beaucaire*, » de cette cité où elle avait été serve et captive, en butte aux persécutions du Garin spirituel dont son bien-aimé se trouvait l'héritier. Symbole à part, ne semble-t-il pas que le mariage aurait été plus à propos la veille, avant de laisser les deux fiancés seul à seul dans la belle chambre à la courte-pointe de soie ? Il est vrai qu'il y avait alors tant d'innocence et de pureté dans les mœurs, chez les gens d'églises notamment, demandez plutôt aux docteurs de l'*Univers*. « Ensuite ils vécurent longtemps et joyeusement (en Gaie science). Ma chanson est finie et je ne sais rien à y ajouter. »

Ainsi se termine ce bulletin poétique rédigé sous la forme d'une

pastorale chevaleresque. Rien de plus aisé, ce semble, que d'y reconnaître, sous le voile de l'allégorie, un compte rendu assez exact des
vicissitudes de cette église destinée dans la pensée de ses fidèles à
soumettre victorieusement tous les peuples à la loi commune de
l'amour. L'auteur anonyme, après avoir retracé les rudes épreuves par
lesquelles fut réduite à passer cette église bien-aimée, tour à tour
réduite en captivité, proscrite par ses persécuteurs et leur échappant
en fugitive, la montre au dénouement triomphant du sort contraire, à
force de courage et de constance.

Si l'innocente et pure Nicolette nous rappelle tant de dames ado-
rables, modèles de vertu et de beauté, constamment en butte à la calomnie et à la persécution dans les romans de Geste, Aucassin, avec son
nom significatif, nous offre la reproduction du *Pérédur* des *Mabinogion*.
Il est le peuple, l'enfant grossier, s'élevant par l'amour à l'héroïsme
chevaleresque. Par lui sa dame-église se trouve réinstallée dans
cette même cité de Beaucaire ou de Toulouse, qu'elle avait été contrainte de fuir. Or, c'est précisément cette reprise de possession, que
le roman dont nous venons de donner l'analyse, avait pour but de dénoncer aux fidèles de dame Nicolette, tant en France qu'à l'étranger.
Aussi le petit chef-d'œuvre d'un Parfait inconnu se trouva-t-il promptement traduit dans toutes les langues, pour l'édification de ses coréligionnaires, et c'est ainsi qu'il a pu parvenir jusqu'à nous,
protégé par ce langage mystérieux qui a sauvé de la destruction tant
de compositions du même genre.

Ainsi voilà trois romans d'époques, d'auteurs et de genres différents, composés tous trois en langue provençale, et offrant le même
fond de pensées, sous des fictions variées avec un art infini. On doit
commencer à comprendre maintenant, comment les hommes qui
imaginèrent ce genre de composition, se jouèrent des entraves apportées à la liberté de la pensée ; comment ils suppléèrent, à force
d'habileté et de patience, aux moyens de communication et de
transmission qui leur manquaient, à l'imprimerie, aux journaux, à
la poste et aux télégraphes. On en verra bien d'autres ; mais nous
n'en sommes encore qu'aux romans. Aucun de ceux qui viennent
d'être passés en revue ne résistant au mode d'interprétation que nous
avons suivi, beaucoup de bons esprits, libres de toute prévention,

pourraient en conclure que celui qui parvient ainsi, par une simple analyse, à leur arracher leur secret, sans faire aucune violence au texte, sans glisser sur aucun détail, a rencontré juste et qu'il est dans le vrai; mais la routine et l'érudition sont là qui ne se tiennent pas facilement pour battues.

Nous continuerons donc sans nous lasser nos analyses, dussent-elles se succéder longtemps en pure perte. On les trouvera peut-être prolixes, mais il fallait bien, au début surtout, ne pas paraître éluder les difficultés et pour cela ne rien omettre. Il sera facile de procéder ultérieurement avec plus de brièveté, sans toutefois résumer et condenser autant que dans l'analyse du Tristan de Léonois, que nous donnons ici comme quatrième exemple. On excusera le peu d'érudition qu'on y pourra rencontrer, en songeant qu'elle fut écrite pour être lue à l'Académie des inscriptions et belles-lettres, qui du reste ne la pas jugée digne de la moindre objection.

Le roman de Tristan aurait dû sans doute passer d'abord comme le premier en date; mais il était à craindre que le travail synoptique auquel il avait fallu le soumettre, pour le rendre digne d'un auditoire d'élite, n'effrayât des lecteurs moins habitués à la synthèse. S'il vient donc seulement en quatrième, c'est plutôt pour prouver qu'il nous sera possible d'abréger beaucoup nos résumés interprétatifs, que pour fournir un élément de conviction de plus; car les preuves ne font pas défaut, Dieu merci!

QUATRIÈME EXEMPLE. — Tristan de Léonois.

Tristan est de la même famille que Garin ou Guérin, l'écuyer de l'Espagnol Ferbrace, car Garin, Guarin ou Guérin (de *garir*, guérir), ne sont qu'un même nom affecté à une même personnification, celle des Pauvres de Lyon, ces médecins des âmes. Un coup d'œil rapide jeté sur le poëme de Tristan de Léonois suffira pour en apprécier la pensée inspiratrice.

Rien de plus simple que son sujet, rien de plus compliqué que sa contexture symbolique, rien de plus habile que sa mise en œuvre :

Trois éléments religieux, trois croyances étaient en présence dans la grande et la petite Bretagne, du IXᵉ au XIIIᵉ siècle, peut-être même avant, et nous les voyons se produire dans cette œuvre remarquable comme personnages principaux, savoir :

1° Le vieil élément druidique se résignant, pour se perpétuer, à s'allier au principe chrétien, avec lequel il fait assez mauvais ménage, sous les traits du roi Marc ou Marsh, fils de Meirchiawn ; 2° la croyance orthodoxe, inclinant à l'albigéisme, acceptant donc avec hésitation et répugnance l'élément druidique, et se convertissant sur ces entrefaites à la religion de l'Amour, dans la blonde Essylt, la cavale à la blanche crinière, ou Iseult, devenue l'église d'Irlande, dont le nom signifie : belle à contempler, correspondant au *Bel-Vezer* provençal ; 3° enfin le prosélytisme albigeois dans Tristan, qui, gardien des Marcassins sacrés ou initiateur des néophytes, chez les Druides, héraut de leurs mystères, devient le missionnaire de la foi évangélique, de la religion d'Amour et d'humilité, parce que son nom signifie tout à la fois le Proclamateur, en langue gaëlique, et le pauvre, le misérable affligé, dans les idiomes romans.

Marc, Iseult et Tristan constituent donc une triade, la première du poëme, où se reproduit plus d'une fois cette forme des traditions druidiques. Le roi Marc et le roi Porc, de Strapparole, ne font qu'un.

Le Morhout irlandais, ce géant qui soumet le pays de Cornouailles à un tribut annuel de jeunes hommes, de jeunes filles et de chevaux, ce Morhout redouté, dont Tristan reste vainqueur et qui le blesse d'un glaive empoisonné, se révèle à nous comme le Monachisme, enlevant chaque année pour ses couvents les jeunes gens des deux sexes et les écus ; les monnaies armoricaines portant, on le sait, une tête de cheval. C'est en sa qualité de nièce du Morhout catholique qu'Iseult, avant sa conversion à la religion d'Amour, veut venger sa mort sur son meurtrier.

Le serpent cresté ou mitré, comme on voudra, ce *monstrum horrendum, informe, ingens*, à l'haleine empestée, rappelant la puanteur « des Gémonies de Rome, » dit naïvement Jean Maugin, ce fléau dont Tristan triomphe sur le sol de l'Irlande et dont la langue fétide lui fait une plaie envenimée, rien qu'en touchant sa peau, nous a tout l'air d'être la figure du clergé romain, naturellement disposé à prendre parti pour le Monachisme contre ses ennemis.

Enfin, dans ce vilain de la forêt qui surprend le Parfait chevalier endormi, et lui lance une flèche empoisonnée, parce qu'il a tué son père, dont le nom n'est pas indiqué, et qui pourrait bien être le Morhout monacal, ne faudrait-il pas voir la plèbe catholique, ignorante et cruelle sous la direction de ceux qu'elle appelle ses révérends pères ?

La seconde triade se composerait ainsi très-rationnellement du Morhout, du serpent cresté et du vilain.

Si Tristan et Iseult, son église bien-aimée, ont pour ennemis acharnés dans Godoïne, Ganes et Donalaïn, trois barons félons, représentant la noblesse catholique, le parti féodal dévot, ils ont d'autre part trois amis à toute épreuve, savoir : l'instituteur-écuyer de Tristan, Governal ou Gouvernail, le libre arbitre éclairé par la raison, la *nobile virtù* de Dante ; Brangien, l'adresse prudente, la dame d'honneur, la Minerve d'Iseult, et enfin Perinis, le dévouement constant (*perennis*), leur messager fidèle ; troisième et quatrième triade.

Frocin ou Frocine, le nain difforme de Cintaguel, si bien initié au secret du roi Marc, dont il est le conseiller intime, et auquel il imposa sa nature chevaline, ce méchant nain qui ne cesse de tendre des embûches aux deux fidèles d'amour, et va confier aux arbres de la forêt le secret de la difformité royale, qu'il ne doit pas révéler aux hommes, n'est-il pas la figure du vieux parti druidique ?

Quant au boire amoureux, qui décide fatalement du sort de Tristan et de sa dame-église, faudrait-il expliquer comment il n'est autre chose que l'*Awen*, l'eau du sacrifice et de l'inspiration, la même absolument que celle du Saint-Graal, contrefaçon manifeste du vase Azewladour des Druides, christianisée à l'aide de Joseph d'Arimathie ?

Que signifie ce sang dont Tristan souille successivement la couche de la dame de Belle-Ombre, qu'il ne possède pourtant pas et qui l'abandonne lestement pour un autre, puis la couche royale d'Iseult ? sinon les efforts qu'il lui faut faire dans son apostolat, ses épreuves douloureuses, les traces sanglantes du martyre laissées par lui sur son passage; blessé qu'il est tantôt par le sanglier druidique, tantôt par la faux sans pitié du catholicisme.

Que symbolisent ses déguisements successifs, en ladre, en joueur de *flavel*, en mendiant, en fou; les talents si divers dont il fait preuve comme chevalier, ménestrel, chasseur, constructeur, etc. ? sinon les diverses transformations, les expédients ingénieux auxquels a recours la propagande sectaire pour triompher des obstacles et arvenir à ses fins, ses mille et un travestissements.

Comment méconnaître dans l'ombre du roi Marc se projetant dans l'eau de la fontaine aux yeux de Tristan et d'Iseult, qu'il épie du haut d'un arbre, ombre qui les avertit de se tenir sur leurs gardes, l'élément druidique se reflétant forcément dans la doctrine d'Amour, lui suggérant des moyens de fiction, et venant lui-même en aide à la religion rivale, en lui inspirant des stratagèmes contre lui, ainsi qu'il appert de tout l'ensemble du poëme?

N'est-ce pas, en effet, à l'antique science des Druides que le proclamateur Tristan, devenu le Pauvre de Lyon, doit son habileté à se servir du langage des arbres, à faire parler les *rains* (rameaux) et leur feuillage, à « doler des copels avec son costel » dans la fontaine de science et d'amour, à façonner la branche de coudrier qu'il plante sur le passage d'Iseult (Lai du Chèvrefeuille), à bâtir une maison de verre au-dessus des nuages, et à prodiguer si ingénieusement le symbole dans sa feinte folie?

Si le Parfait chevalier traverse la chapelle de la falaise et accomplit le *saut Tristan* pour échapper au bûcher, c'est que les pauvres Albigeois étaient souvent contraints, comme lui, de traverser l'Église catholique pour se racheter des flammes et de faire ainsi le saut périlleux.

Dans ces *ladres* dégoûtants dont le chef, parlant au roi Marc d'égal à égal, lui promet, s'il veut lui livrer Iseult, la reine-église, de lui faire une vie pire que la mort, et auxquels elle est arrachée par Tristan, il nous faut bien signaler des moines, et très-probablement des inquisiteurs.

Comme Girart de Roussillon, comme la Nicolette d'Aucassin, et maints autres personnages de même essence, comme les Albigeois et Vaudois, épiés, traqués de tous côtés, Tristan devient constructeur, il édifie une *loge* dans la forêt de Morrois, où il se réfugie avec sa dame persécutée : c'est-à-dire qu'il y fonde un sanctuaire pour le prêche ; et non moins bon chasseur que Walther d'Aquitaine, il y nourrit sa dame-église du produit de sa chasse aux âmes, dont l'*arc qui ne faut* ne le laisse pas chômer ; la bouche d'où s'élance la parole dessinant la forme d'un arc ‿‿‿. D'après le même ordre d'idées le langage devenait une flèche empoisonnée s'il sortait d'une bouche orthodoxe.

Cette épée du Parfait chevalier placée entre les deux fidèles d'amour, dans la loge de Morrois, où, couchés sur les feuilles fatidiques, ils reposent *bouche à bouche*, sans toutefois que se touchent leurs lèvres, qui ne se rapprochent que pour le baiser du *consolement ;* ce glaive à double tranchant, qui devient leur sauvegarde, est évidemment un symbole du même genre. Il figure le langage à double sens, qui, tout en paraissant isoler le pasteur de son église, était en réalité l'agent, l'entremetteur de leurs relations intimes de jour et de nuit, et détournait d'eux le péril, en faisant illusion à la jalousie haineuse qui les épiait.

Quel est le lieu où Iseult, enfin justifiée, sort victorieuse de ses épreuves et, désormais réhabilitée, triomphe de ses calomniateurs, à l'aide d'un serment jésuitique et d'une métaphore assez risquée ? Il s'appelle la *Blanche lande :* c'est la terre d'innocence et de promission qui attend les *bianche stole* de Dante. Impossible d'y arriver sans traverser le fangeux marais du catholicisme. Ceux qui suivent la bonne voie, sur les indications de Tristan, revêtu de l'humble costume des Pauvres de Lyon, passent sans encombre et sans souillure au *Gué aventureux ;* mais ceux qui s'engagent follement au *Mal-pas,* dont le voisinage est perfide, sont certains de s'y embourber profondément, car la foule de gens qui suit cette route funeste l'a « effondrée » et en a délayé la fange ; aussi tel est le sort des trois félons, ennemis des deux amants. Quant à Iseult, est-il besoin de dire que le Proclamateur de ses beautés et de ses mérites incomparables lui fait atteindre le fortuné rivage, sans que la moindre tache souille sa blanche hermine ?

Quand Tristan, réduit à s'éloigner de sa dame, prend le parti de se marier, qui s'avise-t-il d'épouser ? Une autre Yseult ! ce qui est bien fait pour indigner les âmes poétiques. Disons donc de suite, comme circonstance atténuante, qu'il n'a garde de consommer le mariage, en dépit de toutes les caresses de la dame ; car la Bretonne Iseult aux blanches mains, qui peut le disputer en beauté extérieure à sa blonde homonyme, est loin de l'égaler en tendresse et en dévouement. Comme elle, on l'appelle belle à contempler, *bel-vezer ;* Église chrétienne aussi, elle n'a que le nom de commun avec l'Église d'Irlande convertie à la religion d'amour, cãr la haine et la vengeance fermentent au fond de son cœur.

Ce mariage fictif, presque toujours contracté par les Albigeois, était le plus souvent leur sauvegarde, leur moyen de salut ; aussi l'Iseult Bretonne est-elle représentée comme apte à guérir certaines blessures de son époux. Mais elle est, au résultat, la fausse Iseult, contrastant avec la vraie, de même que la fausse Berthe, cette fille de mauvais lieu (de Margiste), contraste avec la noble Berthe au grand pied.

Sans prolonger davantage cette analyse rapide, terminons par une triade capitale, celle des géants, dont les trois figures se reproduisent symétriquement au début du poëme, au milieu et au dénoûment, pour indiquer, sans doute, l'idée qui domine du commencement à la fin.

La première figure est celle du géant de la forêt, le *Satan Aleppe* de la *selva selvaggia*, qui, se repaissant de sang humain, « fit sa viande » de sa propre mère, en disant : L'Église c'est moi ; qui, nouveau Caïn, se servit d'elle pour écraser son frère, aussi bon, vertueux et aimant, qu'il est, lui, cruel, pervers et haineux. En dépit de ses énigmes, ou de ses mystères, il est tué par Apollo l'Aventureux, bisaïeul de Tristan, transformation, dans le sens albigeois, comme propagateur de lumière, du Taliésin des Druides, dont le nom, qui signifie *front radieux*, est un de ceux de *Bel* ou du soleil (*).

(*) Afin qu'on puisse juger de l'exactitude de nos interprétations nous donnerons ici le texte des deux premières énigmes proposées par le géant de la forêt. Elles suffiront pour faire apprécier l'esprit des trois autres.

PREMIÈRE.

Je d'un arbre jouy jadis,
Que j'aimais mieux que Paradis.
Cest arbre bel fruit m'apporta,

La deuxième figure est celle d'un géant appelé Brunor, ou peut-être Bruncor; il est le successeur de Dialéthès le félon, le parricide, qui se fit élever jadis le *château de Pleur*, cimenté du sang des missionnaires de Joseph d'Arimathie, *fatto a del cimeterio mio cloaca del sangue e della puzza*. Par. XXVII. Le géant Brunor, en qui revit Dialéthès, dont il a la force et la cruauté, domine, entre autres lieux, sur les îles lointaines, c'est-à-dire sur la Scandinavie évangélisée aussi par les missionnaires de la foi d'amour. C'est ce dont témoignent Dante, l'histoire et le roman d'Ogier le Danois; mais surtout le remaniement complet des *Sagas*, à la même

> Que sa grand beauté m'enhorta
> Tellement que la fleur en pris.
> Et puis du fruict tant je m'espris
> Qu'à le manger fus irrité.
> Dis-moi du cas la vérité.

Entendez que l'arbre de la croix, symbole de la loi du Christ, ce bel arbre destiné à s'étendre sur le monde entier, produisit l'Église primitive, fruit de beauté merveilleuse, dont le géant pontifical ne tarda pas à abuser et dont il finit par se repaître avidement.

SECONDE.

> Naguères furent deux vaisseaux,
> Très bien faits, fort gentils et beaux ;
> Dont l'un *juste*, l'autre *malin*,
> Ressemblaient Abel et Caïn.
> Si l'un prit d'innocent le nom,
> L'autre *ne fut estimé bon*.
> L'un certes *toujours bien aima*,
> Et l'autre *one' vertu n'estima*.
> L'un, qui fut *un long temps enclos*
> *Dans l'autre*, et gardé en son clos,
> Enfin, par mauvaise nature,
> *Dévora sa douce closture*.
> Les Dieux lors voyant ce mespris,
> Ont de feu le meschant espris.

Est-il donc bien difficile de comprendre que les deux vaisseaux sont, l'un, la mère du géant (l'Église primitive), l'autre le géant lui-même (le Pape)? Elle, vertueuse et aimante, l'autre pervers et haineux, si bien qu'il a fini par dévorer sa mère; absorbant ainsi en lui celle dont le sein le porta, *sa douce closture*, ce qui attira sur sa tête les foudres d'en haut; et c'est ce que dit Dante des géants de son Enfer, que Jupiter menace quand il tonne : *Cui minaccia Giove del Cielo ancora, quando tuona*, XXI.

époque où le même esprit d'opposition anti-romaine façonnait à son usage, avec une ingénieuse habileté, les traditions germaniques, kimriques, françaises, espagnoles, etc.; imprimait à toutes un caractère identique, celui de la chevalerie amoureuse, ennemie des opprimés, contre-partie de la chevalerie féodale, violente, dévote et tyrannique. Tristan, digne descendant d'Apollo l'Aventureux, triomphe de Brunor, espèce de Polyphême, dont la dame porte précisément le nom de Galathée. Délivrant les malheureux captifs, autour desquels une autorité orgueilleuse et brutale a tracé un cercle de fer infranchissable, il abolit la *cruelle coutume*, ou religion, qui les opprimait, non sans faire reconnaître son Iseult bien-aimée (sa Béatrice), la plus belle des dames ou des églises.

Enfin le troisième géant, dernière forme d'un même symbole, se subdivise lui-même en trois. C'est Estult l'Orgueilleux ou l'orgueil poussé jusqu'à la folie (Estult, de *stultus*). Il a pour gardes-du-corps ses six frères; or quels sont les frères de l'orgueil, sinon les six autres péchés capitaux? Son *castel-fer*, où il emprisonne ses captifs, correspond parfaitement au *château de Pleur*. Sa prétention est de dominer sur tous les rois et empereurs de la terre; il leur cherche querelle tour à tour, les défie et finit toujours par les tuer ou les blesser grièvement, le tout pour qu'ils aient à lui livrer leur barbe, de gré ou de force; leur barbe, signe de virilité et de puissance. Que fait-il de ces barbes royales? La fourrure d'un large manteau aux longs plis flottants. La fiction est-elle assez transparente?

Comme il manque encore au *pels*, au *papal ammanto*, le collet et les agrafes, pour l'assujettir solidement sur les épaules du géant, il s'attaque au roi Artus, figure du pouvoir temporel dans la Grande-Bretagne, où il s'appuie sur les douze chevaliers templistes de la Table-Ronde, successeurs des douze fils de Joseph d'Arimathie, autrement dit, sur la foi d'amour. Il somme donc Artus d'avoir à se raser le menton et à lui faire, à son tour, hommage de sa barbe. Mais dans la lutte qu'il engage avec le monarque c'est lui qui a le dessous.

Tout n'est pas fini, le Pape est mort, vive le Pape! N'a-t-il pas ses légats, ses cardinaux, plus ou moins neveux? Estult a donc des neveux, des *alter ego*, non moins orgueilleux que lui, qui poursuivent son œuvre. Celui qui le représente en Espagne, où Tristan est

5.

précisément en mission pour le service d'Artus, exige la barbe du Castillan ; le pauvre roi n'en peut mais, abandonné qu'il est de ses barons, amis et parents, car « ils tremblent tous à l'aspect d'une étole. » Plus intrépide qu'eux, Tristan, dont le potentat espagnol implore le secours, parvient à abattre l'orgueilleux géant.

A son retour dans la petite Bretagne, le Parfait chevalier a encore affaire, pour la défense de l'opprimé, avec un autre représentant du fou orgueilleux et il en triomphe de même, ainsi que de ses six frères; mais le glaive de ce troisième géant, inévitablement empoisonné, comme l'épée du Morhout monacal, la langue du serpent cresté ou mitré, la flèche du manant catholique, etc., lui a fait une profonde blessure. Il faut pour le guérir des remèdes puissants, que la vraie foi peut seule dispenser. Par malheur la perfidie d'Iseult aux blanches mains (montrant patte blanche), l'épouse de droit, non de fait, le prive par un odieux mensonge des secours que vient lui prodiguer la fidèle Église d'Irlande, et Tristan succombe, martyr de son zèle pour la religion d'amour.

Notez que, les trois géants Dialéthès, Brunor et Estult l'orgueilleux revivent dans Gérard de Nevers sous le nom de Brunigalans, géant anthropophage, seigneur des *Laides-pertes*, qui se guérit d'un mal dont il est pris périodiquement et qui dure quarante jours, comme le carême « par car d'homme que il mangue; » vous le retrouverez dans bien d'autres romans de chevalerie (*).

L'essence réelle du fou orgueilleux une fois reconnue à des signes qui ne permettent guère de s'y méprendre, comment admettre l'essence orthodoxe dans son antagoniste et son vainqueur ? Il semble donc que des allusions si multipliées, dans le poëme que nous ve-

(*) Qu'on se reporte aux *Mabinogion* publiés par lady Guest, à ces contes de l'enfance, dans lesquels M. E. Renan voit « la véritable expression du génie celtique » (*Rev. des Deux-Mondes*, 1er février 1854), on y reconnaîtra, au contraire, le génie du protestantisme albigeois s'appropriant les traditions nationales des Celtes bretons et les remaniant dans un intérêt de propagande. On comprendra, en parcourant ces merveilleux récits, avec quel empressement, le prosélytisme sectaire dut s'assimiler les fables d'une race au caractère concentré, rêveur, à l'esprit aventureux, éprise de l'idéal de la femme, et attendant avec une imperturbable confiance un Messie vengeur, un *veltro*, appelé à délivrer la Cambrie de ses oppresseurs de toute espèce, géants anthropophages, Morhout, serpent cresté, nains malfaisants, barons félons, manants grossiers, etc., etc.

nons d'analyser, sont assez palpables pour bien faire comprendre à quelle intention Dante a placé dans l'Enfer, au nombre des apostats de la foi d'amour, un personnage tout romanesque; pourquoi il a damné Tristan, coupable d'avoir épousé, quoique fictivement et seulement pour la forme, dans Iseult aux blanches mains, l'Église orthodoxe, en gardant au fond de son âme l'amour de la foi rivale.

Peut-être ces interprétations inattendues ne paraîtront-elles pas inadmissibles, appuyées qu'elles sont de tant de témoignages contemporains du poëme; car elles font apparaître, avec toute l'importance qu'il avait acquise dès cette époque, un élément trop négligé dans l'histoire du moyen âge, histoire à réédifier entièrement selon nous, savoir : l'esprit d'opposition à la papauté, le protestantisme albigeois.

Cet élément, nous le retrouvons, non pas seulement dans les poésies des troubadours, mais dans l'Edda remanié, dans le Romancero, dans les compositions des trouvères comme dans celles des minnesingers. Il se révèle en Allemagne, en Angleterre, aussi bien qu'en Italie et en Espagne.

Troubadours et chevaliers.

Peut-être paraîtra-t-il convenable de faire ici une pause, pour échapper à la monotonie et de remonter à l'origine de ces productions, dont la vogue a été si générale et si soutenue. Il peut paraître curieux de rechercher brièvement quels étaient en réalité ceux qui, se faisant au moyen âge les champions de la libre pensée, trouvèrent, à force d'art et de génie, le moyen d'échanger leurs idées, de les propager au loin, en les mettant, à l'aide d'un langage convenu, sous la protection de l'autorité même qui leur imposait violemment silence, et dont ils conspiraient la ruine. Cette recherche ne laisse pas, on le conçoit, de présenter quelques difficultés. A quels monuments recourir, en effet ? On sait que les savants désignent par ce nom les manuscrits, les vieilles chartes dont ils déchiffrent laborieusement les caractères, dont ils traduisent ou commentent le texte avec une patiente érudition, sans jamais s'aviser d'y chercher autre chose que le sens littéral.

Or, les troubadours n'ont laissé aucun monument où se trouvent consignées explicitement leur croyance, leur doctrine, leur organisation. Ils ont beaucoup écrit, et il nous reste un grand nombre de leurs compositions. On peut s'étonner qu'elles aient survécu malgré la guerre d'extermination dont elles ont été l'objet. Mais si, au point de vue littéraire, poétique et même historique, ces compositions sont des monuments, on ne saurait les considérer comme telles en ce qui concerne leurs opinions religieuses, politiques, philosophiques, puisqu'on ne voit nulle part celles-ci énoncées d'une manière claire et précise, encore moins développées ex professo.

Tous les érudits vous diront donc avec une assurance consciencieuse que les troubadours n'ont point laissé de monuments de ce genre. Et, en effet, peu jaloux d'être jetés au bûcher, vivants ou morts, de causer la ruine de leur famille après eux, ils n'ont eu garde de proclamer des principes en opposition flagrante avec l'autorité qui, dominant tout, au temporel comme au spirituel, voyait une révolte dans la moindre contradiction et la châtiait comme un crime digne du dernier supplice. Ils eurent donc le mauvais esprit de ne pas inscrire sur leur chapeau : « C'est moi qui suis Guillot, pasteur de ce troupeau. » Bien loin de là, ils dissimulèrent soigneusement leurs dogmes, leurs principes, leur organisation, leurs projets de réformes, de rénovation religieuse, politique et sociale. Persuadés que la dissimulation était leur seule ressource pour échapper à l'oppression et aux supplices, que seule elle leur procurerait les moyens de renverser un despotisme écrasant, ils n'émirent leurs idées qu'avec des précautions infinies, en prenant soin de les enfouir, comme on fait des médailles et des monnaies, dans les assises les plus profondes des monuments élevés par eux pour l'instruction des peuples.

Il s'agit donc de dégager ces idées, ces doctrines, ces opinions de l'obscurité où elles ont été ensevelies durant de longs siècles, et d'établir, sans contestation possible, que le protestantisme albigeois, dont les troubadours furent bien réellement les représentants et les apôtres, a laissé, lui aussi, ses monuments, en grand nombre, quoi qu'en disent les doctes pris pour dupes.

Il suffit pour cela d'étudier leurs œuvres avec un peu d'attention et de sens commun, d'en reconnaître les éléments, de les comparer, de scruter la pensée qui les combina, pour en faire jaillir le secret de leurs amours et de leurs haines, comme dit M. Boissard ; puis, ce travail accompli, d'en tirer les déductions logiques.

Eh bien, leur œuvre capitale, celle qui domine toutes les autres, celle qui fera éternellement la gloire de ces trouveurs infatigables, c'est la chevalerie; non pas la chevalerie féodale, batailleuse, inique, aussi corrompue qu'ignorante; mais celle qui, s'inspirant de l'esprit de sacrifice, d'amour pur et de dévouement au milieu des fureurs des partis et de l'égoïsme individuel, se voua à la pratique de toutes les vertus, à la défense de la faiblesse contre l'oppression. Nous pensons, comme M. Renan, que « l'idée chevaleresque n'a rien d'antique, rien de germanique, non plus ; rien d'arabe, encore moins. » Mais ce n'est pas pour nous, comme pour lui, « un fait trop complexe pour qu'il soit permis de lui assigner une seule origine. » Il est au contraire, à nos yeux, d'une extrême simplicité, à l'envisager sans prévention à son véritable point de vue.

La chevalerie, que nous appellerons amoureuse, pour la distinguer de l'autre, est née sur le sol français ; elle dérive de l'Évangile par l'albigéisme, et elle eut pour pères les troubadours.

De l'excessive compression naît la dissimulation, et celle-ci engendre la fiction, l'allégorie, les habiletés de langage plus ou moins raffinées. C'est précisément ce qui se passa au moyen âge, dans les pays de langue d'*oc*, où l'opposition avait établi son quartier général. Trop faibles pour affronter au grand jour une autorité devant laquelle tremblaient rois et empereurs, les Albigeois, que la persécution commune avait réunis aux Vaudois, comprirent la nécessité de s'effacer dans l'ombre, comme parti religieux. Loin de chercher le martyre, condamné dans leur croyance, ils eurent recours à l'adresse et au déguisement. Ainsi on les voit prendre toutes les formes : tour à tour artisans, colporteurs, pèlerins, tisserands, charbonniers. Leurs lettrés, leurs docteurs autrement dit, les membres de leur clergé, désignés par le nom de *Parfaits*, devinrent des troubadours. Ces docteurs n'avaient pas seulement la science, ils avaient le zèle, et la foi qui transporte les montagnes.

Déchus du droit de parler, ils se mirent à chanter, et bientôt la chaumière comme le château répétèrent leurs compositions ; la polémique leur était interdite sur le dogme et sur les institutions : ils embouchèrent la trompette épique ou firent résonner les pipeaux champêtres. Traitant des sujets tantôt légers, tantôt gracieux, tantôt satiriques, ils eurent toujours soin de se mettre à la portée des masses, en s'exprimant dans leur langage, en éveillant leur curiosité ou leurs sympathies. Exclus des chaires doctorales, ils se firent professeurs de *Gaie science* et enseignèrent l'*art d'amour*, c'est-à-dire à suivre les lois de l'Évangile, à pratiquer la vertu et la charité, cette première loi de Dieu, qui est amour.

Une fois acceptés comme troubadours et jongleurs dans la société telle qu'ils la trouvaient constituée, à cette société pervertie, selon eux, par le catholicisme, qu'ils appelaient la religion de haine, ils travaillèrent à en substituer une autre régie par l'amour, et se mirent à la représenter sous les couleurs les plus propres à lui concilier les cœurs, à la rendre l'objet des vœux de tous ceux qui souffraient ; et le nombre en était grand alors.

Champions dévoués de la civilisation nouvelle qu'ils rêvaient, ils avaient à se faire reconnaître par les opprimés comme ayant seuls le pouvoir et la volonté de leur procurer le bonheur et la paix, sous la protection des lois. Il leur fallait réussir dans cette tâche sans se trahir aux regards des oppresseurs. Qu'imaginèrent-ils dans ce but ? Mêlant la fiction à la vérité, faussant à plaisir l'histoire et la géographie, inventant des généalogies et des contrées fantastiques, ils tracèrent des récits dans lesquels ils se mirent eux-mêmes en scène, comme les champions du bon droit, en opposition à la chevalerie féodale, violente, tyrannique, adonnée à tous les vices ; comme les fidèles imitateurs du Christ, en opposition à un clergé opulent et scandaleux.

Hommes austères, menant une vie de labeur et de privations, ils s'étaient montrés, en tant que troubadours, sous les traits de joyeux docteurs, vivant en soulas dans les divertissements des cours ; hommes de paix et de charité, ils se travestirent, en tant que chevaliers, en guerriers intrépides adonnés à la galanterie, uniquement occupés de batailles, pour la défense du bon droit, et de courtiser les dames. Comment les deviner sous des déguisements si habilement conçus; comment remonter aux auteurs de ces compositions toujours anonymes, ou répandues sous un nom supposé, le plus souvent sous celui d'un clerc orthodoxe?

Ce serait toutefois une erreur de croire que les Parfaits, ces pasteurs, ces ministres de l'albigéisme, ne firent partie de la chevalerie que dans leurs fictions romanesques. Ils eurent aussi la leur, bien différente il est vrai de celle des barons du Nord, qu'elle finit pourtant par amener à proclamer ses principes et à suivre en partie ses exemples. Cette chevalerie, tout albigeoise, est connue dans l'histoire sous le nom de Massenie du Saint-Graal.

La Massenie du Saint-Graal.

Ce fut une idée de conservation et de propagande qui enfanta la Massenie du Saint-Graal, association mystérieuse dont les membres avaient pour mission de recouvrer le vase de vérité aux caractères lumineux, où avait été reçu le précieux sang du Sauveur; autrement dit, de ramener l'Église chrétienne aux temps apostoliques, à la fidèle observation des préceptes de l'Évangile.

Autour d'une table ronde, figure *parfaite,* qui n'admettait ni premier ni dernier, s'asseyaient, pour participer au banquet fraternel, les *Parfaits* chevaliers admis dans cette communauté de preux, de purs et de courtois, n'ayant au cœur que droiture et loyauté, avec l'amour de Dieu et de leur dame. On n'y était reçu qu'après avoir subi de longues et de nombreuses épreuves, qu'après s'être engagé au secret sous la foi des serments les plus inviolables. On peut se faire une idée du mode de réception et des précautions prises contre l'indiscrétion par ce qui se pratique aujourd'hui dans la franc-maçonnerie, qui n'est que la *massenie* continuée. Les grades, qui d'abord ne furent qu'au nombre de *trois,* se trouvèrent ensuite portés à *sept,* puis à trente-trois, lors de la fusion opérée par Dante entre les Albigeois, les Templiers et les Gibelins. Aussi la Comédie procède par 3 et 33.

Ces chevaliers de la foi du Christ n'étaient en réalité que de pieux missionnaires, ayant voué leur existence à répandre en tous lieux la parole évangélique ; leurs exploits guerriers consistaient à prêcher la paix, l'ordre dans la liberté, comme les disciples de saint François, à venir en aide au pauvre, au faible, à la veuve, à l'opprimé. Opprimés eux-mêmes et vivant de privations, ils s'appelaient *les Pauvres de Dieu ;* leur lance, c'était la parole ; leur glaive à deux tranchants, leurs arguments à double sens ; leur armure, leurs vertus, leur doctrine et leur bonne conscience, qui les rendaient inaccessibles à la crainte ; leur ceinture, cette foi inébranlable qui faisait leur force , *cinctorium fidei ;* leur coursier, c'était le peuple des croyants, qu'ils dirigeaient dans la bonne voie, dont ils réglaient, à l'aide du frein, les généreux élans ; les écuyers, ces compagnons fidèles des chevaliers, c'étaient leurs coadjuteurs, c'est-à-dire le *fils majeur* et le *fils mineur,* destinés à leur succéder comme *Parfaits,* de même que le jongleur du troubadour était le diacre ou le sous-diacre, venant après le fils mineur, dans l'organisation de l'église cathare ou vaudoise. Enfin l'écuyer , de même que le jongleur , n'était autre que le *socius,* dont le Parfait devait marcher accompagné. Il n'est pas, jusqu'au sommier ou au cheval de bât, portant le bagage et les provisions, qui n'eût aussi sa signification : il figurait les membres de la fabrique, comme nous dirions aujourd'hui, chargés du trésor de la communauté.

La dame, unique objet des pensées des chevaliers, n'était, on l'a déjà vu, et bientôt d'autres preuves en feront foi, que leur paroisse ou leur diocèse, selon qu'ils avaient le rang d'évêques ou de simples pasteurs. Cette dame les *requérait d'amour,* ou ils prenaient eux-mêmes l'initiative, selon que cette église, paroisse ou diocèse, manifestait d'abord le désir de répudier la religion de haine pour la foi d'amour, ou que le Parfait cherchait à s'en faire bien venir pour opérer sa conversion.

Les épreuves étaient de trois, de sept et de neuf ans ; c'est pourquoi, dans la maçonnerie, le récipiendaire est âgé de trois, sept, neuf et même de quatre-vingt-un ans. C'est pourquoi l'on voit tant de fidèles troubadours ayant atteint ce multiple de neuf, affecté aux plus hauts grades, toujours aussi amoureux de la dame de leurs ‘ pensées.

La dame donnait au poursuivant d'amour ou recevait de lui des gants, des anneaux, des cordons, et cet usage se retrouve encore dans la maçonnerie, où l'initié reçoit et donne des gants d'homme et de femme, où il est lié d'un cordon, de même que les Parfaits l'étaient d'une cordelette ou fil, porté sur la chemise par les hommes, et par les femmes, en dessous.

Les plus grandes faveurs espérées ou obtenues de ces prétendues dames, si pures, si *Parfaites*, si *bonnes chrétiennes*, miracles de beauté, de doctrine et de vertu, toutes si semblables entre elles qu'on ne saurait les distinguer l'une de l'autre, consistaient en amoureux devis, en doux messages, en tendres regards, en beaux semblants et serrements de main.

C'est-à-dire en instructions religieuses, en correspondance mystique, si le pasteur était forcé de s'éloigner, enfin en signes de reconnaissance échangés à l'aide des mains et des yeux.

Pour ces chevaliers, si différents des rudes batailleurs dont ils usurpaient le nom et les insignes dans leurs romans, le comble du bonheur était l'échange d'un baiser, *osculum fraternitatis,* qui était comme le sceau symbolique du sacrement donné par les Parfaits, sous le nom de *consolement.* « O madame, dit Bernard de Ventadour à celle qu'il appelle *Bel-vezer*, ou Beau-voir, nous avançons peu en amour ! Le temps passe et nous en perdons le plus beau, au lieu de nous entendre par *signes secrets*, et de suppléer à l'audace *par la ruse.* »

Lorsqu'il arrivait que la dame-église, enfin touchée des tourments de son serviteur, consentait à se donner à lui, c'est que le Parfait obtenait de résider sur le territoire paroissial, d'y coucher, soit en secret, soit sans en faire autrement mystère.

Ces dames avaient généralement des maris jaloux, et cela se conçoit, puisque c'étaient les membres du clergé catholique, évêques ou curés, qui devaient voir d'assez mauvais œil leurs ouailles les abandonner pour d'autres pasteurs. Cependant les maris commodes n'étaient pas rares non plus, comme en témoignent les nombreuses compositions des troubadours. Or ces maris-là étaient en réalité des ecclésiastiques peu vigilants ou dont la foi personnelle penchait elle-même vers l'hérésie, comme il en est tant d'exemples.

Notez et comprenez bien que l'*union par mariage* signifiait exclusivement l'union d'une église catholique avec son pasteur, lien tout matériel, selon les sectaires, puisque son unique résultat était de donner satisfaction à des appétits grossiers, et d'engendrer la hideuse simonie à tous les degrés de la hiérarchie sacerdotale. L'*union par amour* était, au contraire, celle de la communauté albigeoise avec le Parfait chevalier, avec le chevalier *céleste*, comme s'appelaient les dévots chevaliers du Saint-Graal. Le *consolement*, qu'il lui apportait dans le baiser de paix, devenait le sceau d'une union toute spirituelle, ne produisant que pures et chastes jouissances, conduisant par la foi et par la pratique de toutes les vertus au salut éternel.

Il est aisé dès lors de comprendre la répulsion manifestée pour le mariage par les troubadours provençaux et comment les docteurs de l'Inquisition arrivèrent à proclamer que ces Albigeois ou Cathares, dont la morale apparaissait si pure à saint Bernard, réprouvaient l'union des deux sexes, même consacrée par les lois divines et humaines. Ils auraient dû savoir pourtant que la plupart des pasteurs albigeois ou vaudois étaient mariés. Mais comment pouvaient-ils se douter que l'œuvre de chair, contre laquelle tonnait l'autorité hérétique, était la consécration du pain et du vin par des prêtres scandaleux, auxquels ils refusaient le pouvoir, indignes qu'ils étaient, de transformer les deux espèces et d'en faire le corps et le sang de Jésus-Christ? Comme ils n'admettaient pas même la transsubstantiation en principe, ils n'avaient rien trouvé de plus énergique pour manifester leur aversion contre ce qui était à leurs yeux une prétention sacrilége du clergé romain, que de comparer l'acte le plus sublime de son divin ministère à l'œuvre grossier de la chair.

Ainsi tout n'est que figures à cette époque, langage, dogmes, mœurs, institutions ; la chevalerie elle-même, telle qu'elle a été envisagée si longtemps, cet élément principal d'une civilisation qui est restée à l'état de problème historique, la chevalerie, inventée et mise en œuvre par le protestantisme albigeois n'est qu'un symbole. Il en est de même de cette autre institution qui s'y rattache essentiellement, et dont on cherche encore inutilement à expliquer l'existence. Nous voulons parler des *Cours d'amour* dont nous allons dire quelques mots, sauf à revenir aux chevaliers sur lesquels il y aurait tant à s'étendre. Mais nous ne faisons ni de l'histoire ni un traité méthodique, et, dans un voyage de découvertes, il est permis de marcher un peu en zigzag.

Cours d'amour.

Raynouard ne trouvant rien de précis ni de satisfaisant à son gré dans les *Recherches sur les Cours d'amour* du président Rolland, dans les travaux de Lacurne de Sainte-Palaye, non plus que dans Ginguéné et Sismondi, se vante d'avoir découvert « dans un ouvrage ignoré ou négligé par ces écrivains, les preuves les plus évidentes de l'existence des Cours d'amour durant le XIIe siècle. » Qu'on juge de la joie du savant académicien, il a mis la main sur un *monument*, et, selon l'habitude des érudits, pour lui il n'y a plus à en douter, ces fameuses cours ont existé, car cela est écrit.

« Cette institution, dit-il, n'a pas été l'œuvre du législateur (c'est vraiment bien heureux), mais l'effet de la civilisation, des mœurs, des usages et des préjugés de la chevalerie. » Rien de plus vrai; mais il aurait fallu savoir quelle influence avait produit ces mœurs étranges, ces usages inconcevables, en quoi consistait réellement cette chevalerie, dont les préjugés auraient été ouvertement en opposition avec les lois civiles et religieuses. Il ne s'en est pas inquiété, il avait son texte et la lettre lui suffisait.

L'ouvrage qui lui fournit les renseignements dont il fait emploi « comme historien, » assure-t-il, est intitulé : *Capitula libri de arte amandi*, etc. Ce livre, est-il dit dans le second titre latin, est composé par maître André, CHAPELAIN *du roi de France*, et adressé à son ami Gauthier, qui désirait servir dans la milice de l'amour, *cupientem in* AMORIS EXERCITU MILITARE. Suit un traité *de Reprobatione amoris*. C'est-à-dire qu'à la suite d'un livre écrit par un Albigeois, un docteur orthodoxe s'est donné, sciemment ou non, carrière contre l'amour.

Quel est ce maître André, si grand docteur ès-loix d'amour? De quel roi de France était-il chapelain? C'est ce que le manuscrit n'indique pas, comme de raison. Il était, en effet, d'usage d'attribuer à un personnage ecclésiastique les compositions auxquelles les sectaires, qui n'avouaient guère que des pièces légères, voulaient donner un certain caractère d'authenticité. Ainsi la légende de Roland fut mise sur le compte de l'archevêque Turpin, et la publication du roman de Lancelot du Lac attribuée à Gauthier Map, chapelain du roi Henri d'Angleterre, sans désignation.

La chevalerie amoureuse étant une création albigeoise, il est naturel d'en conclure que les *Cours d'amour*, nées des usages et des préjugés chevaleresques, ont la même origine : c'est ce dont on ne tardera pas à demeurer convaincu. Toujours est-il que les premières siégèrent et rendirent leurs arrêts dans les pays de langue d'*oc*. Il n'est pas de contestation à cet égard. Mais comment cette institution, d'abord toute locale, passa-t-elle en d'autres contrées? Raynouard va nous l'apprendre :

« Plusieurs historiens, dit-il, ont signalé vers l'an 1000, époque du mariage de Robert avec Constance, fille de Guillaume Ier, comte de Provence ou d'Aquitaine, un changement notable dans les mœurs et les habitudes à la cour de France. Quelques-uns même ont prétendu que cette princesse amena avec elle des *troubadours*, des *jongleurs*, etc. On convient assez généralement qu'*alors la Gaie science*, l'art des troubadours, commença à se communiquer des cours de la France méridionale *aux cours de la France du nord*. »

Les choses ne pouvaient guère se passer autrement. Or, « il est certain que si le mariage de Constance d'Aquitaine avec le roi Robert avait introduit à la cour de France les usages de la France méridionale, remarque judicieusement le même auteur, celui d'Éléonore de Guienne avec Louis VII fut une nouvelle occasion de les propager. » Et il est à croire que les Parfaits chevaliers et les Parfaits troubadours s'y employèrent de leur mieux.

Il ajoute que la fille d'Éléonore, Marie de France, devenue com-

tesse de Champagne, dut naturellement être, comme sa mère, favorable aux troubadours, et présider des Cours d'amour. Pourquoi sa
critique n'est-elle pas toujours aussi judicieuse ? Quelque chose d'ins-
tinctif aurait dû l'avertir que ces Cours d'amour devaient être autre
chose que des réunions de dames faisant fonctions de casuistes et
décidant, dans leur haute sagesse, sur les querelles soumises à leur
tribunal par amants ou maîtresses. On est en droit de s'étonner qu'il
n'ait pas été mis sur la voie par ces vers du troubadour Giraud, qu'il
cite :

> A Perga fuit tramet mon parlement
> O la bella FAI CORT D'ENSEIGNEMENT.

Il avait lu Nostradamus et devait se rappeler Estephanette de Romanin, tante de la Laure de Pétrarque, qui, de même que Brunissens, tenait école, et qu'elle est désignée, comme elle, par le nom de
dame aux enseignements.

Était-il donc si difficile de deviner que ces prétendues Cours
étaient en réalité des réunions protestantes, tenues dans tel ou tel
château-fort, toujours construit à cette époque sur une montagne
ou *puy*, sous le patronage d'un seigneur suzerain ou de quelque haute
et puissante dame, mais sous la présidence réelle d'un Parfait ; que
le ministre albigeois, pasteur de telle ou telle église, représentant dès
lors la communauté tout entière, était désigné par ses coréligionnaires sous le nom de cette église et devenait, dès lors, une dame,
usage symbolique auquel font encore allusion, dans la maçonnerie,
les deux paires de gants d'homme et de femme ?

Au lieu d'appeler ces éminences hérétiques, monseigneur de
Narbonne, de Toulouse ou de Blaye, ils devenaient madame de
Narbonne, de Blaye ou de Toulouse. Ce n'était pas plus malin
que cela

Était-il donc si difficile de comprendre que ces assemblées, entou-
rées parfois d'un grand appareil, précédées de fêtes, de tournois, etc.,
pour détourner tout soupçon qu'on pût s'y occuper de choses sé-
rieuses, avaient pour objet de ménager aux ministres du culte proscrit l'occasion de conférer en sûreté sur l'administration de leur

église, sur les points controversés du dogme, sur les mesures à prendre, sur les publications à faire dans l'intérêt de leur propagande, enfin sur les moyens de pourvoir à la sécurité commune ? De graves intérêts étaient seuls assez puissants pour déterminer celui des hauts barons qui prenait l'épervier symbolique, à se charger de subvenir aux frais, toujours considérables, d'une réunion si nombreuse, dont un splendide appareil devait écarter toute idée d'un but religieux, d'une conspiration sociale.

Nous le déclarons donc hautement, les Cours ou *Puys* d'amour n'étaient autre chose que des conciles provinciaux où étaient convoqués les pasteurs opposants, albigeois ou vaudois, pour conférer sur les besoins de leur église. Il suffira, pour s'en convaincre, de reproduire les lois d'amour promulguées par le chapelain du roi de France, dans le monument exhumé par M. Raynouard, en les accompagnant de quelques mots de commentaire.

Si nous ne désirions abréger, nous raconterions de quelle manière fut trouvé le *Code d'amour* par un chevalier qui avait requis d'amour une dame bretonne, et l'on ne douterait pas que ce récit ne fût purement symbolique. Il suffira de dire que, présenté par ce chevalier à la *Cour d'amour*, composée d'un grand nombre de dames, il fut par elle ordonné que ses règles seraient *observées à perpétuité*, sous des peines graves. Ce Code est composé de trente et un articles, que nous traduirons en majeure partie, afin d'édifier tout à la fois les ignorants et les doctes.

I. « Le mariage n'est pas une excuse légitime contre l'amour. » Ce qui doit s'entendre ainsi : Toute Église catholique ayant un époux dans son curé ne peut pas partir de là pour repousser le pasteur albigeois, autrement la propagande serait impossible.

II. « Qui ne sait celer ne peut aimer. » Celui qui ne savait pas dissimuler ne pouvait en effet s'enrôler parmi les servants d'amour, sous peine d'être brûlé, ou proscrit s'il échappait au bûcher. De là tant d'habileté à celer chez tous les disciples de l'école albigeoise ; de là tant d'obscurité calculée chez Sordel, Arnaud Daniel, Cavalcanti, Dante, Pétrarque, etc.

III. « Nul ne peut avoir deux attachements à la fois. » Rien de plus juste. Il fallait choisir entre Rome et Toulouse, qu'il était impossible d'aimer toutes deux à la fois, mais qu'il était possible de servir simultanément, du moins en apparence.

VI. « L'homme ne peut aimer que dans l'âge de la pleine puberté. » Attendu que nul ne pouvait être ordonné pasteur avant l'âge de majorité. Il n'est pas d'âge déterminé à l'égard des dames, et pour cause.

IX. « Nul ne peut aimer s'il n'y est poussé par la *persuasion* de l'amour. » C'est-à-dire par la prédication sectaire, seule capable d'initier à la *Gaie science*, à l'art d'amour, le tout à l'aide des regards et des sourires de Béatrice, de Laure, de Lucie, de Selvaggia et de tant d'autres ; regards et sourires qui sont leurs *persuasions*, dit Dante dans son *Banquet* platonique, moins compris encore qu'il n'est lu.

X. « L'amour ne loge pas dans la maison de l'avarice. » Il ne faut donc pas le chercher dans l'Enfer romain, séjour de Plutus ou de Pluton, dans la maison de l'homme riche, du *ricco padre*.

XIII. « L'amour dure rarement lorsqu'il est divulgué. » Rien de plus vrai : il ne tardait pas à expirer sur le bûcher. L'inquisition ne le marchandait pas.

XVII. « Un nouvel amour force l'autre à s'en aller. » C'est un point incontestable et des plus simples : ce nouvel amour procurait une vie nouvelle, la *vita-nuova ;* il excluait nécessairement celui par lequel on s'était laissé abuser, cette religion de haine dont le siége était à Rome.

XXX. « Rien n'empêche qu'une femme soit aimée de deux hommes ni qu'un homme soit aimé de deux femmes, » deux pasteurs pouvant en effet entreprendre la conversion d'une même congrégation, comme un même pasteur convertir et desservir deux paroisses.

XXXI. « La seule droiture rend toute personne digne d'amour. » Il semble qu'il faudrait encore bien autre chose s'il s'agissait réellement du sentiment qu'on appelle amour. Mais dans le sens sectaire, il s'agissait de donner à entendre que tout fidèle d'amour devait être exempt d'orgueil, de cupidité, d'appétits grossiers, de tous les vices, en un mot, que les sectaires reprochaient à l'Église romaine. Il leur suffisait donc de déclarer que, petit ou grand, dès qu'on avait au cœur la justice et la haine du mal, ce que comprenaient les deux mots doiture et *parage*, ou était digne d'être admis dans la communion de l'amour.

C'en est sans doute assez pour être édifié sur l'essence et la valeur de ce Code de l'amour. Ne voilà-t-il pas une morale bien édifiante et des prescriptions bien dignes d'être promulguées par un révérend chapelain du roi de France ? Elles n'en sont pas moins prises au sérieux par Raynouard, qui reçut, à n'en pas douter, les compliments des académiciens ses confrères pour une découverte *historique* si précieuse. Que voulez-vous ? c'était un *monument*. Tandis que nous, qui n'avons l'honneur d'être ni académicien, ni professeur, ni bibliothécaire, ni journaliste, ni élève de l'école des Chartes, ni quoi que ce soit, nous ne pouvons faire que des suppositions. Et qu'est-ce que cela pour ces messieurs ?

Non content d'avoir communiqué à son ami Gauthier le merveilleux Code de l'amour, le chapelain André lui indique les lieux où la justice se rend en son nom, et il cite les Cours d'amour suivantes : des dames de Gascogne, sans autre désignation ; d'Ermengarde, vicomtesse de Narbonne, vers 1185 ; de la reine Éléonore, vers 1140 ; de la comtesse de Champagne, vers 1174, et de la comtesse de Flandre, vers 1114. Or, il est aisé de s'assurer que l'hérésie était en force dans toutes ces contrées, et qu'elle avait surtout un foyer important à Montwimer, au diocèse de Châlons, c'est-à-dire dans la Champagne.

Une fois fixés sur la législation de l'amour, sur les contrées où il rendait ses arrêts, sur le personnel de ses cours de justice, il convient de connaître sa jurisprudence. C'est à quoi va nous aider le même P. André, chapelain d'un roi de France quelconque, ce qui doit inspirer toute confiance.

Les termes dans lesquels sont posées les questions étant en latin, et pouvant dès lors braver l'honnêteté, peut-être vaut-il mieux, au lieu d'en rapporter quelques-unes textuellement, se borner à traduire le prononcé du jugement.

Voici le premier qui se présente : Une dame-paroisse ne peut refuser d'être desservie par le premier pasteur-amant qui a entrepris sa conversion, lorsque cette conversion est déterminée par un autre.

Dicimus, c'est le chapelain André qui parle, *Dicimus quod,* DOMI-
NARUM JUDICIO, *ad prioris coamantis est reducendus amplexus, si
prius coamans istud voluerit.*

Ainsi, cela est clair, si le premier amant l'exigeait, la dame devait
lui rendre ses embrassements, quelques preuves de tendresse qu'elle
eût depuis données à un autre. Les mères du concile n'étaient-elles
pas bonnes princesses, et le greffier André n'excellait-il pas à reproduire leurs arrêts?

En voici un autre sur un point très-controversé : Le véritable
amour peut-il exister entre époux? « La question, soumise à la
comtesse de Champagne (sans doute au puy de Montwimer), fut ré-
solue par elle négativement. » Qu'on ne s'en étonne pas; l'immoralité n'est qu'apparente dans la jurisprudence amoureuse, comme
l'orthodoxie dans la poésie amoureuse, qu'elle soit provençale, italienne, allemande, espagnole ou française. Avec un peu de critique
ou de connaissance des faits contemporains, on se serait épargné
bien des bévues.

Rien de plus intelligible que le motif réel de cette réponse né-
gative, si l'on se rappelle ce qui a été dit précédemment sur la différence que faisaient les sectaires entre le mariage et l'union par amour.
Pour eux, le véritable amour n'existant pas dans la foi romaine, religion de haine, en opposition flagrante à la loi du Christ, il ne pouvait donc se trouver entre le prêtre catholique, mari jaloux, et sa
dame-église; tandis que dans la foi albigeoise, dérivant de l'amour qui
en est l'essence, il subsistait invariablement entre le pasteur-amant et
sa dame-congrégation, tous deux *unis par amour.*

Notez maintenant ceci : « La dame (la comtesse de Champagne)
prononça *consideratione philosophica,* se fondant sur ce qu'il n'y a
pas de comparaison à faire entre *choses d'origine entièrement différente,* lors surtout qu'elles sont prises dans un sens équivoque,
INTER RES EQUIVOCE SUMPTAS. Il faut être juste, le chapelain André
ne pouvait guère parler plus clairement.

De son côté la comtesse de Narbonne, Ermengarde, décidait
qu'une demoiselle-église, forcée de subir un mari dans un curé,
n'avait pas à renoncer pour cela à son pasteur-amant, à moins de
vouloir renier pour toujours la religion d'amour. On peut en con-

6.

clure que les accommodements avec le ciel remontent loin. En effet, on ne cessait pas d'être fidèle d'amour pour assister forcément aux offices de l'Église romaine, ni pour s'approcher même des sacrements, pourvu qu'on gardât constamment sa foi et qu'on en observât les rites dans le secret. Les preuves ne manquent pas, on le voit.

La reine Éléonore, à son tour, se fondant sur l'arrêt ci-dessus de la comtesse de Champagne, prononçait qu'une dame-paroisse, déjà engagée envers un pasteur-amant, et ayant promis à un autre que, si elle perdait le premier, elle lui accorderait la préférence, était tenue de tenir sa promesse, lorsqu'on lui donnait pour mari-curé celui qui avait commencé sa conversion, « d'après ce principe que le véritable amour ne peut exister dans le mariage, et qu'elle avait perdu son premier amant en l'épousant. »

Rien de plus logique assurément et de plus conforme à la jurisprudence des Cours d'amour. En effet, l'hérésie ayant envahi le clergé romain lui-même, il n'était pas rare de voir un ecclésiastique converti à l'albigéisme, et faisant même de la propagande, appelé à desservir une cure. Les Parfaits jugeaient prudent alors de lui adjoindre un coadjuteur secret, afin qu'il n'eût pas à faire double office et à prêcher deux doctrines opposées. De même ils exigeaient du prêtre converti à leur foi d'abandonner sa cure, ses paroissiens eussent-ils comme lui changé de religion.

Dans tous les pays où les sectaires n'étaient ni assez nombreux, ni assez forts pour rompre en visière à Rome, il y avait tout à la fois dans chaque paroisse, comme dans chaque diocèse, deux ministres du culte, l'un officiel, l'autre n'agissant que dans l'ombre ; l'un mari, l'autre amant. C'est ce qui explique cet autre arrêt de la vicomtesse ou du concile provincial de Narbonne.

Il statue qu'une dame-église, dont le mari-curé a été révoqué par l'autorité ecclésiastique, ce qui constitue le divorce, n'est pas coupable, mais *qu'elle est même honnête*, lorsqu'elle le prend pour amant-pasteur.

La comtesse de Champagne estime que certaine dame-paroisse, qui sans doute craignait fort d'être compromise à l'égard de l'inquisition, a été trop sévère en se faisant un grief contre son pasteur-amant de ce qu'il lui avait donné des louanges publiques, lorsqu'on

tenait de mauvais propos sur son compte. C'est qu'en effet, les éloges
de certains troubadours ou chevaliers, bien connus des inquisiteurs,
pouvaient être un grave indice à leurs yeux.

Dans l'opinion de la reine Éléonore, une dame-paroisse n'a point
à prendre jalousie de ce que son pasteur-amant fait des tentatives de
conversion dans le voisinage, et feint même au besoin le catholicisme
pour parvenir à ses fins. Elle n'a point à lui refuser le baiser de paix
sous pareil prétexte, à moins d'avoir la certitude qu'il a violé la loi
d'amour. On voit combien cette bonne reine Éléonore était indul-
gente pour tout ce qui concerne les menus gages, les innocentes co-
quetteries d'une dévotion bien entendue; mais elle était inexorable
pour l'infidélité au grand complet, c'est-à-dire, lorsque de l'apparence
orthodoxe, recommandée, pratiquée par tous les docteurs, on passait
traîtreusement à la réalité.

La comtesse de Champagne estimait que la longue absence du
pasteur-amant n'autorisait pas la dame-paroisse à lui donner un successeur, à moins de preuve certaine de son apostasie; car l'absence
de messages « s'explique par une *extrême prudence* et par la crainte
de révéler les *mystères de l'amour.* Il faut dire de plus qu'il n'était
pas toujours facile aux Parfaits troubadours, forcés souvent de se
cacher ou d'entreprendre de longs voyages, d'entretenir un commerce de lettres édifiantes avec leur dame-paroisse, au milieu de
mille dangers, en l'absence de tous moyens de communication ré-
guliers.

Les dames-églises se faisaient parfois tirer l'oreille pour faire la
dernière enjambée, et passer de Rome à Toulouse. Mais comment
ne pas se soumettre à un arrêt formulé en ces termes : La dame-
paroisse qui a reçu du Parfait-amant les menus présents de la Massenie, à savoir : les gants, le cordon mystique, etc., acceptés par
elle « en vue d'amour, » est tenue de se donner à lui, sous peine
d'être considérée comme une de ces viles prostituées prenant modèle
sur la Sémiramis romaine, *che libito fece licito in sua legge.* Tel fut
sur cette importante question le jugement de la reine Éléonore :
« *Meretricum patienter sustineat cœtibus aggregari.* »

Il semble qu'il n'en faille pas davantage pour qu'on puisse juger
sur quel fonds commun roulaient tous ces prétendus arrêts dont

l'authenticité est incontestable aux yeux des érudits, prêts à jurer de l'orthodoxie des belles dames qui les ont rendus, comme ils jurent de celle de Dante, de Pétrarque, de Tasse, ces continuateurs des troubadours. Raynouard, qui n'en doutait pas plus qu'eux, aurait assez mal mené quiconque aurait ri en sa présence de cette magistrature féminine, dans laquelle il voyait des parlements en robe décolletée. « Il paraît, dit-il, qu'en certaines circonstances, les Cours d'amour faisaient des règlements généraux. » Pourquoi, lorsque ces Cours se constituaient en conciles, n'auraient-elles pas eu aussi leurs Canons ? C'est pour cela que « la cour de Gascogne, du consentement de toutes les dames qui y siégeaient (dames-églises représentées par leurs pasteurs), ordonna que son jugement serait observé comme *constitution perpétuelle.* » Comment chicaner l'illustre académicien sur la conséquence si naturelle qu'il est disposé à tirer de cet arrêt souverain ? « Il est permis de croire que les jugements déjà prononcés par les Cours d'amour faisaient jurisprudence. » Lui-même n'en fournit-il pas des preuves ?

Qu'il nous soit permis, à notre tour, de rapporter encore une décision d'un jurisconsulte ou d'un casuiste d'amour, dont le chapelain a omis de donner le nom, mais qui n'était certes pas moins zélé que les belles dames d'Aquitaine et de Champagne pour la fidèle observation des lois d'amour.

Guillaume de Bergedam se présenta comme plaignant devant ce seigneur expérimenté, car ce n'était pas à un simple chevalier de statuer en pareille matière, et il prononça, « non sans avoir longtemps hésité, » qu'une dame-paroisse, dont ledit Guillaume avait reçu promesse d'un baiser, lorsqu'elle serait plus avancée en âge, c'est-à-dire lorsque, ayant atteint trois, sept ou neuf ans, âge du Parfait en Massenie, elle serait plus instruite, ladite dame-paroisse était bien et dûment engagée avec lui ; qu'elle serait en conséquence à la merci du pasteur-amant, lequel « lui prendra un baiser et lui en fera immédiatement la restitution. » Entendez qu'elle était tenue de se faire albigeoise et de se faire administrer par lui le *consolement,* selon les rites sectaires.

La forme poétique appelée *Tenson* était particulièrement employée à propager les décisions de ce genre ; nous nous contenterons de rapporter, quant à présent, comme exemples, deux ou trois des questions posées dans ces jeux d'esprit, qui jouissaient alors d'une grande vogue :

« Vaut-il mieux aimer une damoiselle toute jeune, *ne sachant point encore aimer,* mais *en voie de l'apprendre,* qu'une belle dame *déjà Parfaite* et expérimentée en amour? » Celle-là sans doute se commente d'elle-même. Vaut-il mieux avoir affaire comme pasteur à des néophytes qu'à d'anciens croyants ?

« Lequel est préférable d'être aimé d'une dame, d'en recevoir *la preuve la plus désirée* (d'être admis à lui donner le *consolement*), et de mourir aussitôt après (au propre, martyr de sa foi ; au figuré, d'en être séparé), ou de l'aimer de longues années sans en être aimé (sans la convertir) ? »

« Qu'aimeriez-vous mieux, demande Guigo à Bernard dans un .enson de la moitié du XII⁰ siècle, d'un manteau enchanté avec lequel vous vous feriez aimer de toutes les dames, » c'est-à-dire d'un déguisement orthodoxe qui vous permettrait de faire des conversions à la barbe des inquisiteurs, « ou d'une lance à fer tranchant ayant la vertu de jeter à terre tout chevalier qui en serait atteint? » La lance d'Astolphe, le Parfait chevalier anglo-lombard, est là en germe, et l'on comprend que cette bonne lance est une dialectique armée d'arguments irrésistibles contre les docteurs orthodoxes, ces chevaliers terrestres.

Fourvoyé comme Lacurne de Sainte-Palaye, comme le président Roland, comme le philosophe abbé Millot, comme Ginguéné et tant d'autres dans cette civilisation qui leur produit l'effet d'un rêve, Fauriel ne tarit pas en étonnements sur les mœurs et les usages de la chevalerie. Selon lui, « la barbarie prolongée du mariage féodal produisit, en contraste avec elle et comme pour en être la compensation, phénomène moral et social des plus singuliers, l'amour chevaleresque. » C'est phénomène immoral et anti-social qu'il aurait fallu dire, au moins selon la lettre; mais il y avait plus qu'un contraste, il y avait lutte, guerre acharnée.

Le docte professeur cite encore cette décision extraite d'une pièce provençale : « Un époux ferait quelque chose de *contraire à l'honneur* s'il prétendait se comporter envers sa femme comme un chevalier avec sa dame, puisque la *bonté* de l'un ni de l'autre *ne pourrait s'en accroître,* et qu'il n'en existerait pour eux rien de plus que ce qui existait de droit. »

Eh bien, sous ce sens si étrange et si immoral en apparence, il ne soupçonne pas que s'en dissimule un autre, se réduisant à ces simples termes : Tout curé-mari converti se mettrait en état de forfaiture envers la religion d'amour, s'il prétendait exercer, comme amant-pasteur, le saint ministère dans la même paroisse; il doit d'abord se procurer, en passant par les grades rituels, l'instruction nécessaire; autrement, faute d'avoir acquis la perfection, la *bonté* indispensable, il ne pourrait accroître la *bonté* de sa dame-église, et ses enseignements ne produiraient guère de résultats supérieurs à ceux qu'il obtenait, en vertu de son droit canonique, en qualité d'époux ou de curé. Cette décision, ainsi entendue dans son véritable sens, nous reporte bien loin, ce semble, d'une question de galanterie.

Avec un esprit si éminent, M. Michelet est tombé dans la même erreur que ses prédécesseurs au sujet de la poésie du Midi et des Cours d'amour, dont plus qu'à personne il lui appartenait de pénétrer les mystères : « Gracieuse, mais légère, trop légère littérature, s'écrie-t-il, qui n'a *connu d'autre idéal que l'amour de la femme.* L'esprit scolastique et légiste envahit dès leur naissance les fameuses Cours d'amour. *Les formes juridiques y étaient rigoureusement observées* dans la discussion des *questions légères de galanterie.* Pour être pédantesques, les décisions n'en étaient pas moins immorales. » Et l'historien philosophe cite les arrêts que nous venons de ramener à leur signification véritable.

M. Michelet ne diffère donc en rien de la manière de voir de Raynouard, ni de celle de Fauriel. « Pour les troubadours, dit ce dernier écrivain, qui en ont exposé et retourné, rebattu et subtilisé la métaphysique dans tous les sens, l'amour était le principe suprême de toute vertu, de toute valeur morale, du *joy* et de la *joia.* » Il explique comment le *joy,* dans son acception philosophique, est une certaine exaltation de l'amour, capable d'enfanter des actes d'héroïsme et de dévouement, d'où résulte la *joia,* et prenant, selon les circonstances, le nom de *valeur, courtoisie, solas* et autres.

Nous sommes convaincu, nous, que le *joy* était, pour le pasteur albigeois, chevalier ou troubadour, l'élan produit par l'ardeur de la foi et par la conscience du devoir ; que le nom de Jaufire, par parenthèse, est un composé de *joy* et d'*affre*, angoisse. « L'amour étant donc le principe de toute vertu (oui, dans ce sens, que tout ce qui est vrai, bien et beau, dérive de Dieu, qui est amour), la première et la plus grave affaire du chevalier, c'était le choix d'une dame..... A prendre les choses telles que les montrent beaucoup d'*exemples certains*, il paraît qu'un chevalier cherchait de préférence sa dame parmi celles qui étaient parvenues à se faire un plus haut renom de *vertu*, de grâce et d'amabilité, de sorte qu'*il y avait d'ordinaire plus de moralité que de sensualité dans les motifs de son choix.* » Comment en douter lorsqu'on sait le fond des choses ; mais comment le croire et ne pas s'en étonner beaucoup dans un siècle si corrompu, lorsque le clergé lui-même donnait l'exemple du plus grand relâchement ?

« En général, le plus ou moins de renommée d'une dame dépendait du plus ou moins de louanges qu'elle recevait des troubadours, et du plus ou moins de célébrité de ces troubadours. La dame la mieux chantée était aussi la mieux servie en amour. » Ainsi, plus une dame aurait eu de galants s'appliquant à la compromettre publiquement, en affichant pour elle une ardeur passionnée, plus elle aurait gagné en renom et mérité qu'on ambitionnât l'honneur d'être aimé d'elle. On a eu longtemps la foi robuste.

Le même écrivain, après avoir rapporté le fameux arrêt d'Éléonore de Guienne, déclarant que la dame qui prend l'homme qui l'aime pour mari le perd comme amant, sentence expliquée plus haut, n'élève pas le moindre doute sur le fait en lui-même. « Ce fut donc *réellement*, dit-il, des mœurs et des opinions dominantes *dans la haute société féodale du Midi* que ce point anti-conjugal de morale chevaleresque passa dans les fictions des romanciers. » Oui, assurément, ces idées, dans leur sens arcane, passèrent de la société dans le roman, et de là dans l'histoire ; mais, on l'a vu, la société hérétique l'entendait tout autrement que la société orthodoxe, dont en réalité les mœurs étaient loin d'être très-exemplaires, si nous en croyons saint Bernard, de préférence aux docteurs de l'*Univers*, se disant religieux.

On l'a vu, Raynouard ne doutait pas plus que Fauriel de l'existence des Cours d'amour. Intimement persuadé qu'il vient de « la démontrer d'une manière incontestable » à l'aide du chapelain André, le digne académicien se demande « quelle était l'autorité de ces tribunaux ? » Et il répond bravement : « L'opinion, cette autorité si redoutable partout où elle existe..... L'opinion devant laquelle les tyrans eux-mêmes sont contraints de reculer. » Ne serait-ce pas le cas de s'écrier : « Mon Dieu, que les gens d'esprit sont bêtes ! » et d'appeler le moment où l'opinion, qui, elle aussi a sa tyrannie, et qui, depuis des siècles, à la remorque des savants officiels, s'est arrangée de la manière de voir adoptée par Raynouard sur les Cours d'amour, finira par avoir honte d'elle-même, et par reculer devant la critique et la vérité.

La voilà bien et dûment saisie des pièces du procès. Cette opinion souveraine, non-seulement elle a sous les yeux le *Code de l'amour*, mais encore les arrêts de ses Cours, et de plus des gloses toutes nouvelles sur le texte, comme aussi des appréciations non moins neuves sur cette antique jurisprudence.

Que ceux qui se prétendent ses organes veuillent donc bien répudier leur rôle de muets. Quant à nous, persuadé de la bonne foi et de l'habileté de l'honorable écrivain qui oppose sérieusement à nos interprétations raisonnées l'*astralisation* de Napoléon par M. Pérès, nous lui proposerons une épreuve bien simple. A croire M. Boissard, rien de plus facile que de réduire à de purs symboles les faits les plus notoires et les mieux constatés ; eh bien , qu'il prenne un titre quelconque du Code civil, celui du mariage, par exemple ; qu'il ouvre le recueil de Dalloz et y choisisse un certain nombre d'arrêts, et qu'au sens littéral il en substitue un à sa guise, se rattachant rationnellement à un symbole quelconque en rapport avec les circonstances, les personnes, les croyances, les lieux et les temps. Il y trouvera peut-être plus de difficulté qu'il ne suppose ; mais, s'il réussit dans une semblable tâche, il nous trouvera tout disposé à renier une méthode d'interprétation qui, au lieu de conduire à la découverte de la vérité, ne serait qu'un moyen d'arriver à l'erreur.

Jusque-là, il nous permettra de l'employer à éclairer certains événements, dans lesquels l'influence albigeoise n'a pas été soupçonnée par les historiens. Il en est un, notamment, dont les conséquences désastreuses ont laissé de longs souvenirs en France ; la reine Éléonore, cette présidente de Cours d'amour, y ayant joué le principal rôle, il paraîtra tout naturel que nous nous y arrêtions plus spécialement.

Influence de l'Albigéisme sur les événements politiques. Les Croisades, Éléonore de Guienne.

Les Albigeois et Vaudois, appelés aussi Cathares, Patérins, Beggards, Lollards, etc., étaient des chrétiens, il ne faut pas l'oublier, que les scandales trop bien constatés du clergé à cette époque avaient fait se séparer de l'Église romaine : c'étaient, en général, des gens de mœurs austères ayant en horreur l'effusion du sang. Ils prétendaient ramener l'Église aux premiers temps évangéliques, et c'est dans ce but qu'ils annonçaient le règne de l'Esprit-Saint : en conséquence, ils allaient prêchant l'amour et la paix ; mais leur propagande, réduite à se cacher pour échapper à la persécution, s'entourait de précautions et de mystère.

Le but de la chevalerie amoureuse était le même, puisqu'elle était leur création, leur œuvre, un des nombreux déguisements sous lesquels leurs Parfaits cachaient leur caractère sacerdotal. « L'objet suprême de la chevalerie, dit Fauriel, était la paix (1.524). » Ce but suprême de la part de gens censés guerriers par état aurait dû éveiller l'attention. Nullement. La paix était aussi nécessairement le but des troubadours, rattachés par tant de liens à la chevalerie, dont ils faisaient partie pour la plupart. Cependant, maints troubadours ont chanté la guerre et les combats.

Rien de plus facile à expliquer et à comprendre. Parmi ces missionnaires de la foi d'amour, il y avait les mystiques et les politiques. Les premiers ne songeaient qu'à édifier sur la terre la sainte Jérusalem, et croyaient fermement que la prédication secrète, que leurs compositions en prose et en vers, goûtées dans toutes les contrées et dans tous les rangs de la société, suffiraient à leur sainte tâche. Les autres pensaient qu'en certaines circonstances et contre certains souverains, le glaive viendrait efficacement au secours de la parole et hâterait l'avénement de cette paix désirée.

De ce nombre, et à leur tête, fut Bertrand de Born qui, haïssant dans la France du nord la plus redoutable ennemie de la France méridionale et de sa foi, comme protectrice constante du saint-siége, mit tout en œuvre pour lui susciter un puissant ennemi dans Henri II d'Angleterre, ne cessa de pousser ce monarque à recouvrer les provinces arrachées à sa couronne, et, voyant ses excitations vaines, alla jusqu'à faire révolter les fils contre le père, dans l'espoir que le *jeune roi*, conquis à la foi sectaire, seconderait mieux ses desseins.

De ce nombre fut Dante, qui, désireux de la paix, écrivant le traité *de Monarchia*, dans un but de paix universelle, et répondant *pace* à ceux qui l'interrogeaient, appelait sur sa chère Florence tout l'effort des armes de Henri VII, et célébrait dans son Enfer la haute raison de ce même Bertrand de Born qu'il semblait y livrer aux supplices des damnés.

Reconnaissant donc qu'il serait difficile d'empêcher, d'un côté, les rois de France, de reconquérir peu à peu les provinces tombées au pouvoir des Anglais; de l'autre, de mettre un terme aux querelles d'ambition entre les diverses puissances, ainsi qu'aux guerres privées entre seigneurs; que cet état de luttes continuelles avait pour effet de retarder la pacification générale, tout en mettant obstacle aux progrès de leur église ; les politiques ne jugèrent rien de plus opportun que de donner un autre cours aux ardeurs belliqueuses des souverains et des barons féodaux. Les croisades leur offrirent ce dérivatif.

Opposés d'abord à ces expéditions aventureuses, s'abstenant autant que possible d'y prendre part, si les troubadours tardèrent peu à s'en faire les ardents promoteurs, ce fut sous l'influence des politiques, dans l'espoir d'arriver, par ces combats au dehors, à la paix, au dedans, et, en poussant les farouches guerriers de l'Occident sur la terre d'Orient, d'ouvrir une nouvelle carrière à leur prosélytisme.

Dans ce but, ils eurent peu de peine à se rallier les mystiques, ces chrétiens égarés, mais à la foi vive, à qui la délivrance du tombeau du

Rédempteur offrait une noble et sainte tâche. Puis ne se flattaient-ils pas, de même que saint François d'Assises, revendiqué par Dante comme un de leurs frères, de convertir les Sarrazins à la religion d'amour, fille de l'Orient.

Mais les uns et les autres avaient conçu un plan d'une plus vaste portée. Il s'agissait de faire de Jérusalem, de la ville sainte où le Christ avait proclamé la bonne nouvelle, la glorieuse et puissante rivale de Rome, d'y constituer le siége de l'albigéisme, de rallier dans son sein et autour d'elle toutes les populations de l'Orient, et de réaliser ainsi sur la terre la Jérusalem du ciel. Les Templiers, ces alliés de l'hérésie, le seul ordre religieux dont, selon la remarque de Raynouard, les troubadours aient chanté les louanges, les Templiers, ces soldats du Christ, auraient été la garde sainte, la milice sacrée de ce royaume des Parfaits. Ce fut pour réaliser ce plan que Godefroy de Bouillon fut élevé au trône de Jérusalem, après avoir porté dans Rome le fer et la flamme, tué de sa main l'anti-César Rodolphe, « le roi des prêtres, » et chassé le Pape de la ville sainte.

Doute-t-on que de pareils projets, d'une combinaison si profonde, si audacieuse, aient jamais existé? Qu'on se rappelle en quels termes certains chroniqueurs parlent de ce héros du pays des *Tisserands*. C'est à qui vantera son courage, sa force prodigieuse, sa piété, ses vertus, si rares à cette époque. C'est vraiment un Parfait, un *pur*, car, ne s'étant jamais marié, il serait mort vierge à trente-huit ans. Lisez les *Actes des Saints*, vous y verrez que sa mère, sainte Ida, rêva, enceinte de lui, que « *le soleil descendait dans son sein.* » D'où la conséquence, sans doute, qu'elle devait enfanter *un fils de lumière;* non pas que, selon le biographe contemporain, cela signifiât que des rois sortiraient d'elle. « L'humilité de Godefroy, sa mansuétude, sa sobriété, sa justice, son insigne chasteté, » sont portées aux nues, en reproche indirect à la noblesse catholique et surtout au clergé, dont les vices contraires étaient trop généralement le partage ; et l'on a soin de noter que le pieux héros « resplendissait encore plus comme une *lumière* pour les moines, LUX *monachorum,* que comme chef militaire. » Puis, quand ce fait, au moins étrange, se trouve consigné dans l'histoire : Que le général des croisés aurait amené avec lui une *colonie de moines,* établie ensuite à Jérusalem sous son patronage, on peut bien concevoir quelques soupçons sur la religion à laquelle appartenaient ces prétendus moines.

Les troubadours, ces hérauts, ces chantres de l'hérésie, auraient-ils donc montré tant de sympathie, tant d'enthousiasme pour le croisé brabançon Godefroy, cet homme du Nord, s'ils n'eussent vu en lui un frère? Voyez si jamais leurs éloges se sont égarés, et jugez par les noms qu'ils vantent, par ceux qu'ils taisent ou conspuent, de ce qui pouvait motiver leurs haines et leurs amours. Eh bien, ils ne tarissent pas en louanges sur le pieux, le pur Godefroy. C'est leur héros de prédilection : ils le célèbrent dans leurs poésies, dans leurs romans, et il est signalé par les Cathares, par les *purs*, comme un modèle de *pureté*, dans leurs fictions sectaires du *chevalier du Cygne*, du *Dolopathos*, etc.

Conserve-t-on des doutes? Qu'on s'en rapporte à Dante, gourmandant amèrement les Papes de l'abandon où ils laissent le tombeau du Sauveur, à Pétrarque, à l'Arioste, exprimant les mêmes regrets, au Tasse, chantant les exploits des croisés, mais surtout ceux du Flamand Godefroy, du Normand Tancrède et de l'Italien Renaud, marchant sur les traces du preux de Montauban ; aux deux Frédéric de Hohenstauffen, qui certes n'étaient pas des modèles de piété, et qui, cédant pourtant à la double pression des pontifs et de leurs coréligionnaires, allèrent eux-mêmes guerroyer en Orient.

Il est certain que les troubadours ne prirent aucune part à la première croisade, et virent d'assez mauvais œil la seconde, à en juger par une composition de Marcabrus ; si bien que le vaillant Raymond de Saint-Gilles n'obtint pas même un mot d'éloges. Or, il en fut tout autrement de 1189 à 1193, durant les apprêts de la troisième ; mais aussi l'expédition avait pour chef Frédéric Barberousse et Richard Cœur de Lion, héros favoris de ces poëtes, comme les appelle Fauriel, sans s'inquiéter comment ces deux princes du Nord avaient pu s'attirer pareille sympathie de la part des Français du Midi. La cause en était dans la communauté de foi et d'opposition à la papauté, mais surtout dans l'espoir de voir ces deux monarques réaliser, en s'emparant de la Palestine, le rêve de la Jérusalem terrestre.

Dans leurs compositions appelées *prezies, predicanzas,* les troubadours semblent, tant ils déploient d'habileté, vouloir se faire les auxiliaires des prédicateurs catholiques, lorsqu'ils poursuivaient un but si différent. Lisez, en témoignage de leur indignation, lors du brusque retour de Philippe-Auguste, la prière de Pierre Vidal, de Toulouse : » LE PAPE, s'écrie-t-il, et les FAUX DOCTEURS (le clergé orthodoxe) ont mis en telle détresse la sainte église (celle des Cathares, seule pure et sainte à ses yeux), que Dieu lui-même en a courroux... C'est de *France* que vient le désastre; de France, autrefois la terre des preux. » (Au temps de Renaud, de Roland, de Girart de Rossillon, d'Olivier etc, etc.) L'enthousiasme des troubadours se soutient aussi ardent que lors de la croisade de Frédéric II, lors de laquelle Fauriel reconnaît lui-même qu'ils se préoccupèrent plus de l'intérêt de ce prince, leur protecteur, parce qu'il partageait leur croyance, que de ceux du catholicisme.

Qu'on s'étonne, après cela, de l'élan qui entraînait chevaliers et troubadours en terre sainte, où ces pieux missionnaires de l'amour allaient pour recruter moins encore parmi les infidèles que parmi les croisés eux-mêmes. Ne serait-ce pas, en effet, dans le cours de l'expédition où elle accompagna son époux, que l'Aquitaine Éléonore, cette présidente des Cours d'amour, fut conquise à la foi albigeoise ? Cette conquête n'aurait-elle pas été habilement préparée, durant la traversée, par un de ces Parfaits troubadours, comme elle enfant du Midi, et parlant la même langue ? Le fait est « que la présence de beaucoup de belles dames et de *nombreux troubadours*, dit M. H. Martin, donnait à l'expédition une physionomie toute différente de la première croisade. » La conversion définitive de la reine n'aurait-elle pas été déterminée à Antioche par l'influence de Raymond de Poitiers, en qui on a voulu voir un amant ?

Oncle de la reine, Raymond était à cette époque âgé de cinquante ans, il ne pouvait donc être un séducteur bien dangereux pour la jeune et brillante Éléonore. Dès lors, s'il y eut adultère de la part de celle-ci, nous serions beaucoup plus porté à croire, avec M. H. Martin, qu'elle aurait accordé le don d'amoureuse merci à « un beau captif musulman, dont le roi aurait été bien plus jaloux encore que de Raymond. »

Nous ne faisons nulle difficulté de croire que le prince d'Antioche, frère puîné du dernier duc d'Aquitaine, Guilhem X, vanté comme un chevalier *Parfait*, avait embrassé la foi albigeoise, qu'il eut peu de peine à décider sa nièce, fille du Midi, élevée dans les habitudes d'une civilisation raffinée, à répudier la foi des hommes du Nord, dont son époux, élevé par des prêtres dans la pratique de la vie dévote, aurait plutôt contribué à l'éloigner; que les entretiens secrets nécessaires pour amener cette conversion, furent vus de très-mauvais œil par Louis le Jeune; enfin que Raymond d'Antioche, en agissant ainsi, fut dirigé tout à la fois par un intérêt sectaire et par la rancune qu'il gardait au roi de France, pour lui avoir refusé, contrairement même à l'intérêt des chrétiens d'Orient, le secours de son armée contre les Turcs de Syrie et de Mésopotamie.

Quel fut ensuite le prince dans les bras duquel l'influence albigeoise jeta l'héritière de l'Aquitaine? Ce fut précisément un prince affilié à l'hérésie, un duc de Normandie, héritier du trône d'Angleterre, ce comte d'Anjou, dont nous allons voir le père négocier l'alliance de Guillaume de Poitiers avec les sectaires de Toulouse; Henri II, en un mot, contre lequel Bertrand de Born, jadis son ami, indigné de sa mollesse envers la France, fit révolter ses fils, et qui pourtant lui pardonna, bien plus en raison de la communauté de croyance, comme à son frère en Massenie, qu'en souvenir de son fils rebelle.

Si ces suppositions sont fondées, comme tout invite à le croire, le coup le plus funeste porté à la monarchie française aurait été dirigé par une pensée albigeoise. Cette pensée hostile à une puissance constamment empressée à prêter main-forte au saint-siége, serait ainsi parvenue à faire passer les riches provinces apportées en dot par Éléonore à ses ennemis naturels, à ces princes normands, toujours en lutte ouverte ou cachée avec les Papes, et dont la plupart, pactisant ainsi que leurs sujets avec l'hérésie, n'attendaient que le moment de se déclarer pour elle. Ainsi les croisés de Montfort, appuyés de l'influence française, n'auraient fait que venger sur les Albigeois les désastreuses conséquences de ce triomphe de leur politique.

Guillaume de Poitiers. — Sa politique en chansons.

L'influence de l'albigéisme se révèle bien plus manifestement encore dans les faits qui signalèrent la carrière politique du comte de Poitiers. Libre penseur, il fut aussi un prince ambitieux et un poëte distingué, un troubadour célèbre. C'était de plus, comme Godefroy de Bouillon, Tancrède de Hauteville, le prince d'Antioche, et bien d'autres seigneurs du Nord et du Midi, un membre de la chevalerie féodale affilié à la chevalerie amoureuse, confondue avec l'autre par les savants. Pas un de ces faits qui n'ait son témoignage dans l'histoire.

Ce seigneur suzerain, dont les domaines comprenaient toute la Gascogne, et à peu près la moitié septentrionale de l'Aquitaine, le Poitou, le Limousin, le Berry et l'Auvergne, Guillaume IX, comte de Poitiers, était né en 1071. S'il figure en tête de la liste des poëtes provençaux désignés sous le nom de troubadours, cela ne veut pas dire qu'il ait été le premier à *trouver*, à composer en vers dans la langue romane, mais qu'il est le plus ancien parmi ceux dont quelques compositions ont survécu. Il fut précédé en effet par des hommes plus ou moins versés dans l'art où il brilla, art qui avait dès lors en plus d'une contrée ses écoles et son enseignement traditionnel, et dont le foyer central était à Toulouse.

A peu près à la même époque, les deux vicomtes de Ventadour, Ébles III et Ébles IV se signalaient par leur goût pour la poésie provençale, comme en font foi le nom de *Cantor*, donné au premier, et le témoignage de Jouffroy, prieur du Vigeois, en Limousin, disant du second, dans sa chronique latine : « Jusque dans sa vieillesse il cultiva avec amour les chants poétiques de la joie, » *carmina alacritatis*, c'est-à-dire la poétique du *gai savoir*, inspirée par le *joy*. On peut en croire ce moine de Saint-Martial, qui paraît avoir été fort au courant de tout ce qui concernait la Gaie science, à en juger par le plaisir que lui causa la chronique albigeoise du faux Turpin, dont il fit venir tout exprès d'Espagne un manuscrit.

Pour que de grands seigneurs comme ceux-là cultivassent la poésie

dans une langue qui n'était ni celle du Poitou ni celle du Limousin, et n'y pouvait avoir que la valeur d'un idiome littéraire, il faut admettre qu'elle y avait été importée par des maîtres dont elle était la langue maternelle, et que son adoption, après un certain temps nécessaire pour apprendre non-seulement à l'entendre, mais encore à l'écrire habilement, fut déterminée par un motif plus puissant que la mode ou la curiosité. Ce motif était tout autre, en effet, et, pour le plus grand nombre, essentiellement religieux.

Mais pour Guillaume IX, la croyance religieuse, comme il arrivait souvent à cette époque, dans les hautes régions de la société, fut plutôt un moyen qu'un but; l'intérêt politique étant son principal mobile.

Tout différent de son père, Guillaume VIII, l'un de ces seigneurs du midi de la France, dont le pape Grégoire VII avait su se faire des champions dévoués contre l'Allemagne, où des mœurs grossières répugnaient à leurs habitudes polies, le jeune comte, comprenant trop bien les projets temporels du pontife romain, prit à tâche de les contre-carrer. Aussi les lettres que lui adressa Urbain II, à plusieurs reprises, ne contiennent-elles que des plaintes et des reproches pour les violences dont il usait souvent, tant envers les prêtres qu'envers leurs églises.

Son ambition se dirigeait surtout vers le comté de Toulouse, sur lequel son mariage avec Philippa, fille de Guillaume IV, et nièce de Raymond de Saint-Gilles, lui donnait à ses yeux des droits légitimes ; rien ne fut donc négligé par lui pour les faire triompher, et tous les moyens lui parurent bons dans ce but. En effet, à peine Raymond de Saint-Gilles était-il en terre sainte, que, de concert avec les habitants de Toulouse, où l'hérésie albigeoise avait fait invasion depuis longtemps, et qui était devenue sa capitale, en même temps que l'Athènes des troubadours, il s'emparait de leur ville sur Bertrand, fils aîné de Raymond, et s'y installait pour ne l'évacuer qu'en 1100.

Que Guillaume fût resté paisible possesseur de sa conquête et l'eût réunie à ses vastes domaines, tout le midi de la France n'eût pas tardé à former un État non moins riche que puissant, sous la loi de ce prince entreprenant. Alors l'hérésie albigeoise, ayant à sa tête un chef bien autrement énergique et résolu que Raymond VI, aurait eu chance de se poser, un siècle plus tôt, en rivale du catholicisme, et de rendre impossible une croisade comme celle dont Innocent III donna contre elle le signal.

Par bonheur pour Rome, les événements contraignirent Guillaume de regagner le Poitou en toute hâte. On l'y vit bientôt envahir à main armée l'église où l'évêque de Poitiers était prêt à excommunier le roi de France, Philippe Ier, et le réduire, ainsi que les prélats qu'il avait réunis, à s'évader furtivement de la ville. Puis il est forcé lui-même, comme tant d'autres princes et barons, de céder à l'entraînement général qui poussait l'Occident sur l'Orient.

Parti à son tour pour la croisade en 1101, bien contre son gré, Guillaume échappe, lui sixième, à la déroute qu'éprouvent les chrétiens sur les bords du fleuve Halys ; et c'est précisément le Normand Tancrède qui lui offre un asile dans Antioche, où il passe l'hiver. Puis, à la fin de 1102, il revient à Poitiers, après avoir visité Jérusalem en simple pèlerin.

Cela ne l'empêche pas d'être excommunié par l'évêque de Poitiers. Il n'est guère possible, d'après ce qui précède et ce qui va suivre, quand les historiens ne sont pas d'accord sur les motifs de cet acte de rigueur, de lui en assigner d'autre que son attitude hostile envers l'Église et ses menées suspectes avec les hérétiques. La puissance ecclésiastique le trouva du reste assez modéré, car sa vengeance se borna à chasser de la ville le prélat, après lui avoir dit froidement : Je ne vous aime pas assez pour vous envoyer en paradis. Paroles où il y a plus d'ironie que de foi.

Dans cette même année 1114, Guillaume, reprenant son projet favori, d'acquérir Toulouse à tout prix, renouait son alliance avec la faction qui l'en avait déjà rendu maître, et qui n'était autre, on en sera bientôt convaincu, que celle dont le mot d'ordre était : Périsse la grande Prostituée pour que triomphe la religion de l'amour ! Avec l'aide de cette faction, dévouée à ses intérêts, parce qu'elle voyait en lui un des siens, il s'empara de nouveau de la ville des Capitouls, sur Alphonse Jourdain, fils de Bertrand, parti à son tour outre-mer.

Il est difficile d'admettre avec Fauriel, « qu'un certain attrait d'homme cultivé pour la politesse, la littérature et le bel idiome des habitants, portât ainsi Guillaume à s'approprier Toulouse, *qui dès*

7.

lors était un des foyers de la civilisation nouvelle. » On ne se fait guère conquérant pour un caprice littéraire et par goût pour le beau langage. Une pensée plus sérieuse et d'une plus haute portée, dont les résultats auraient pu être immenses, s'il était parvenu à ses fins, fut le mobile de cette expédition. Nous l'avons dit, son but était d'abord de s'agrandir, puis, d'asseoir fortement l'albigéisme dans le midi de la France, d'en faire sa place d'armes, et de mettre l'hérésie en état de braver de là les foudres du catholicisme.

Tout semblait lui promettre une réussite complète, puisqu'il ne s'agissait plus pour lui que de s'assurer du concours des princes voisins, plus ou moins favorables à la secte. Mais, pendant qu'il guerroyait les musulmans en Espagne, afin de s'assurer un allié dans Alphonse Ier, roi d'Aragon, qu'il aidait à prendre Sarragosse et à gagner la bataille de Cotenda, le parti catholique se soulevait dans Toulouse ; il y rétablissait Alphonse Jourdain, qu'il ne fut plus possible à Guillaume de déposséder. En vain continua-t-il ses correspondances mystérieuses avec les Albigeois qui, ayant d'abord circonvenu le jeune Alphonse Jourdain, l'avaient pris en haine comme déserteur de leurs rangs, ce dont témoigne Dante par ce vers à double sens dans sa Comédie, *veramente Giordan è volto retrorso*, le comte de Poitiers dut renoncer à ses rêves d'ambition.

A vouloir le juger tel que le montre l'histoire, Guillaume IX aurait donc dissimulé, sous les apparences d'une gaieté frivole et souvent licencieuse, un libre penseur et un profond politique. Ce jugement paraît pouvoir s'appuyer sur les poésies qui nous restent de lui. Les vers qu'il composa au moment de partir pour la croisade, prouvent à quel point il lui coûtait de quitter son pays, son fils, « *la chevalerie et la joie* » (comme si l'on n'eût pas fait chevalerie en combattant l'infidèle), pour s'associer à un engouement qu'il ne partageait pas.

Quant à ceux qu'il écrivit à son retour de la terre sainte, et qui ne sont pas parvenus jusqu'à nous, la seule idée de tourner en ridicule les désastres d'une expédition dans laquelle il avait été lui-même cruellement éprouvé, indique chez ce personnage une tendance remarquable à rompre en visière avec les croyances, les opinions et les instincts dominants. Mais Guillaume de Poitiers nous donne lui-même la preuve de l'indépendance philosophique de son esprit dans des pièces assez licencieuses, du moins quant à leur forme littérale, dont Fauriel dit : « Il n'y a guère de doute que l'auteur n'y fasse impudemment allusion à des aventures réelles de sa vie. » Rien de plus vrai, quant au fond. Il s'agit en effet d'aventures réelles ; rien aussi de plus vrai quant à la forme, qui peut blesser de justes susceptibilités ; mais on va voir combien c'est à tort qu'on s'est laissé abuser par la lettre, en se figurant qu'il s'agit, dans ces compositions, d'aventures galantes, lorsque le fond du récit est bien autrement sérieux.

Oui, il fut une époque de sa vie où Guillaume se trouva assez perplexe entre deux influences opposées, où se laissant tirailler par elles en sens contraire, sans vouloir prononcer un mot en faveur de l'une ni de l'autre, il sut exploiter les deux rivales à son profit. Il est bien vrai qu'après s'être obstiné à rester muet, malgré toutes leurs obsessions, et avoir tiré d'elles ce qu'il voulait, non sans avoir passé par d'assez rudes épreuves, il rompit un beau jour le silence pour les prier toutes deux d'avoir à le laisser en paix.

On va voir toutes ces circonstances se reproduire dans le récit dont on concevra que nous ne donnions qu'une analyse sommaire. Fauriel n'aurait pas été aussi étonné du ton de l'œuvre, si, moins préoccupé de la forme extérieure, il en eût pénétré le sens mystérieux. Mais combien il était loin de soupçonner que l'auteur, se conformant au procédé habituel des troubadours, ses confrères, avait représenté sous la figure de deux femmes les deux églises rivales, la romaine et la vaudoise. Qu'on en juge.

L'une s'appelle Ermessen, celle qu'on déserte, de deux mots provençaux, *esser*, être, et *erm*, désert, d'où ermitage ; l'autre a nom Agnès, d'*agnel*, pour indiquer sa douceur et son humilité. Cette dernière est la femme de Garin, du médecin spirituel, de *garir ;* tandis que Ermessen a pour mari Bernard, l'âne ou *l'arceprêtre,* dans le vieux roman de *Renart,* dont nous aurons à nous occuper, et dont nos érudits n'ont pas su comprendre le premier mot.

C'est Ermessen, comme la plus délurée, qui adresse la première la parole à Guillaume, lorsqu'elle le rencontre « s'en allant en Auvergne, par Limoges, » indubitablement pour gagner de là Toulouse.

Afin qu'on ne s'y méprenne pas, c'est en latin qu'elle s'exprime ; non pas en patois, comme on a voulu le traduire, mais dans la langue rituelle de l'Église romaine. Il est tout simple que, le voyant s'acheminer vers un pays d'hérétiques, elle lui dise charitablement qu'il suit une mauvaise voie, et se rend chez de folles gens : « *Trop en vai per est camin de folla gent.* »

Guillaume ne trouve rien de mieux pour la circonstance que de contrefaire le muet, et de répondre par des sons inarticulés. C'était le moyen de ne se compromettre ni d'un côté ni de l'autre. Certaines de ne pas être trahies par un pareil galant, les deux dames l'entraînent au logis, où elles lui font faire chère lie ; mais pour plus de sûreté, elles le soumettent à l'épreuve du chat, dont les griffes ne lui arrachent pas autre chose que des sons confus. De ce moment il peut en agir librement avec les deux dames et tirer le meilleur parti possible de sa double aventure. Puis, rentré dans ses foyers, il envoie Monet, son page, à celles qui l'ont si bien traité, pour les inviter de sa part à tuer leur chat : « *Diguas lor que per m'amor ancizo 'l cat.*

Tout l'artifice de cette composition consiste à faire des deux églises, qui certes jamais ne frayèrent ensemble, deux bonnes amies, vivant sous le même toit, et à mettre au même moment en scène des acteurs qui n'y figurèrent que successivement.

Quant au chat qui fit subir de si cruelles épreuves à la patience du prétendu muet, et dont il désire que ces dames veuillent bien se débarrasser, pour l'amour de lui ; dans la pensée du malin troubadour, il n'est autre que le clergé de l'une et de l'autre église, à savoir : l'évêque de Poitiers et les légats du pontife, le harcelant et l'excommuniant ; les prédicants albigeois, le sermonnant et le menaçant de faire avorter ses projets sur Toulouse ; le clergé tour à tour caressant et cruel à son égard, commençant par faire patte de velours, puis le déchirant traîtreusement à belles griffes, sans le faire se départir ni de son sang-froid ni de sa ligne de conduite. Qui sait s'il ne comparait pas les chants religieux de l'un et de l'autre clergé à des miaulements, et les excommunications lancées contre lui, aux jurons arrachés par la colère à la race féline ? Il ne faudrait pas en jurer. Dans le roman de Renart, Tybert, le chat, est le prêtre tudesque.

On retrouve la politique à double face du libre penseur entre les deux églises ennemies dans une autre pièce où elle n'est pas moins clairement exprimée. Sous l'allégorie assez étrange de deux beaux coursiers également à son gré, il y signale deux dames entre lesquelles se partage son cœur, mais dont chacune a *la prétention d'être aimée seule*. Était-il donc si difficile de reconnaître dans ces dames si exigeantes les deux églises rivales? N'est-il pas même étonnant qu'on ne les ait pas devinées sous la double allégorie, quand surtout l'audacieux troubadour conservait à l'humble et pacifique Vaudoise son nom d'Agnès, en désignant l'orgueilleuse Romaine sous celui d'Arsène? celle qui brûle ou fait brûler, du verbe roman *ardre* ou du latin *ardere,* d'où arsenic. Il semble qu'il y avait là un peu plus que de l'indifférentisme religieux ; c'était pourtant le bon temps, au dire des révérends Pères de l'*Univers.*

S'il se rencontre quelque lecteur studieux capable d'ouvrir le *Canzoniere* de Dante, il reconnaîtra que les deux dames au sujet desquelles il demande comment un cœur peut rester entre elles avec *un amour parfait,* sont absolument les mêmes que celles du comte de Poitiers. Il comprendra que l'amour parfait est bien loin de se partager entre les deux dames, puisque le sonnet se termine par cette déclaration : On peut aimer l'une par amusement, *per diletto,* pour abuser l'ennemie, et l'autre pour opérer de grandes choses, *per alto oprare.*

L'hésitation du comte de Poitiers eut pourtant un terme, et ce fut, selon toute apparence, lorsque la faction albigeoise se trouva assez forte pour le rendre, la seconde fois, maître de Toulouse. Alors il change subitement de ton. Écoutez-le s'écriant : « Il me prend à *aimer* une *joie* à laquelle je veux *m'abandonner tout entier.* » Le voilà proclamant sa conversion, comme fera plus tard Frédéric II, dans un chant poétique ; il appartient désormais à la religion d'amour, d'où dérive le *joy* et la *joie* ou l'inspiration et la *Gaie science.* « Et puisque je veux *vivre en aimant,* » selon les lois d'amour conséquemment, « je dois bien, s'il est possible, être heureux ; » je dois réussir à recouvrer Toulouse, la ville des Parfaits. « *Ma nouvelle pensée* est désormais *mon plus bel ornement.* » Rien de plus vrai, sa nouvelle religion est assurément sa meilleure recommandation près de ses nouveaux frères. « Toute *fierté* doit s'abaisser devant ma dame et *toute puissance doit lui obéir*, pour son *bel accueil*, son *charmant et doux regard.* » Comme elle accueille par un baiser de *consolement* et qu'elle donne l'enseignement à l'aide de ses regards et de son sourire qui, à en croire Dante, sont ses enseignements et ses persuasions, il est impossible que l'*orgoth* pontifical ne s'abaisse pas devant elle, et qu'abdiquant à la fois l'autorité temporelle et spirituelle, *toute sa puissance,* il ne s'empresse pas de lui prêter serment d'obéissance.

« De la joie d'une telle dame un *mourant* peut guérir, » oui, certe, même un mort, tout catholique étant considéré comme tel ; car la *Gaie science,* qui était la *joie* d'une telle dame, lui donnait une *vie nouvelle* dans la religion d'amour... « Une *plus belle* qu'elle, nul ne peut la trouver ; » surtout à Rome, car la dame des sectaires, leur foi doctrinale, ce symbole de liberté, d'amour et de paix, était la belle des belles, la pure des pures, le résumé de toutes les perfections..... « Je l'ai choisie *pour mon bien,* » et à coup sûr dans mon plus grand intérêt, « pour raffraîchir mon cœur, » en y substituant l'amour à la haine, « et pour *renouveler mon corps,* si bien *qu'il ne puisse vieillir.* » La recette paraîtra neuve à beaucoup, mais tels étaient les miracles de l'eau de *Jouvence* et de la *vita nuova,* que nous avons si vainement révélés il y a déjà quatre ans.

Fauriel signale entre cette pièce et la précédente « un contraste aussi frappant que possible, s'étendant à tout, à la forme, au ton, aux idées, aux sentiments. » Comme il est loin de soupçonner la cause qui fait surgir tout à coup, en place d'un grossier sensualisme, « un sentiment enthousiaste, délicat, respectueux qui relève, qui *divinise son objet ;* » au lieu d'un dévergondage licencieux, toute la délicatesse de « la galanterie chevaleresque, avec ses raffinements, ses formules, *ses conventions caractéristiques ;* » le spirituel professeur déclare que « le comte de Poitiers *n'exprimait pas des sentiments qui lui fussent propres, une manière de concevoir l'amour qui fût la sienne.* » L'assertion n'est-elle pas curieuse, et bien qu'erronée, ne témoigne-t-elle pas en faveur de la pénétration du critique ?

« Le comte de Poitiers, continue-t-il, n'exprimait, en parlant de la sorte, que *des sentiments et des idées généralement en vogue* dans son temps, au moins *dans le Midi,* parmi les *hautes classes de la société.* » La guerre albigeoise a prouvé qu'ils étaient au moins aussi répandus dans les rangs inférieurs. « Il y avait, pour peindre ces sentiments et ces idées, *une poésie spéciale,* qui était celle des troubadours. » Nous ne disons pas autre chose. Continuons donc d'établir qu'elle était la spécialité réelle de cette poésie.

Ce fut, à n'en pas douter, avant sa conversion définitive à l'albigéisme, lorsqu'il était encore en négociation avec les chefs de la secte, qui s'efforçaient de l'attirer à eux, que Guillaume composa les vers dont nous allons nous occuper, lorsqu'il n'était encore lié à eux par aucun autre serment que celui d'une discrétion inviolable. A en croire Fauriel, ces vers sont « une pure extravagance, capable d'embarrasser fort quiconque s'aviserait d'y chercher un sens sérieux. » Et pourtant, nous sommes arrivé, sans le moindre embarras, à lui trouver un sens très-intelligible. Il en eût été de même pour le savant écrivain, s'il avait pu savoir que les sectaires, et Dante tout le premier, considérant l'Empereur comme étant tout, et le Pape comme rien, désignaient le premier sous le nom de messire *Tout*, et le second sous celui de Néant, *Niente.* S'il l'eût su, cette extravagance lui aurait paru prendre assurément un caractère de gravité fort inattendu.

Essayons de jeter quelque lumière sur cette composition ténébreuse : « Je vais faire des vers sur un pur *néant*, » c'est-à-dire sur un sujet qui intéresse au plus haut point le chef de l'église : « il n'y sera question ni de moi ni d'autre. » Je m'arrangerai pour ne compromettre ni moi ni ceux avec qui je suis en négociation. « Il n'y sera question ni d'amour ni de Jouvence. » Je ne parlerai en conséquence, ni de la foi d'amour, ni de cette eau de Jouvence qui donne la *vie nouvelle* et une éternelle jeunesse. « Je ne sais quelle est ma nature; je ne suis ni joyeux, ni colère, ni sauvage, ni apprivoisé. » J'ignore à quelle croyance j'appartiens; je ne suis ni pour celle dont la Gaie science ne parle que de joie et d'amour, ni pour celle dont les paroles ne respirent que haine et colère. Je ne fraie ni avec ceux qui tiennent leurs prêches dans les lieux déserts, et qui sont les *chevaliers sauvages* de la dame désignée par le nom de *rose sauvage* ou d'*églantine*, ni avec ces brebis, *brutes détestables*, selon Dante, quoique très-apprivoisées, dont les pasteurs surveillent le bercail au milieu des villes ; impossible sans doute d'exprimer plus clairement qu'il se tient en dehors des deux églises belligérantes.

« Toujours est-il que j'ai été, de nuit, ensorcelé sur une haute montagne. » C'est de nuit que, cédant à des incitations puissantes, à des promesses de concours dévoué, véritable sorcellerie, je me suis rendu à unconciliabule sectaire, autrement dit à une Cour d'amour, ou du *puy,* mot équivalant à montagne..« Je ne sais encore si je dors ou si je veille. » Je ne reviens pas de ce que j'ai vu et entendu, en assistant aux mystères de la Massenie. « Le fait est que je ne me suis pas laissé prendre. » On a eu beau me presser, j'ai voulu me réserver le temps de la réflexion, dans une affaire aussi grave, et n'ai pris aucun engagement. « Je suis malade, et de peur de mourir, il me semble que je dois appeler un médecin ; mais je ne sais lequel. » Entendez : Je suis malade d'inquiétude, et une plus longue hésitation pouvant être la mort de mes espérances du côté de Toulouse, si je me brouille avec la secte, ou de ma puissance comme seigneur suzerain, si j'ai maille à partir avec Rome ; ce serait le cas d'appeler un médecin de l'âme, un prêtre ou un pasteur ; mais là est l'embarras, n'ayant de confiance ni dans les uns ni dans les autres.

« J'ai *une amie,* mais *j'ignore qui elle est,* ne l'ayant jamais vue, et n'ayant jamais reçu d'elle ni bien ni mal, sans m'en soucier. » L'église sectaire ne demanderait pas mieux que de m'avoir pour adorateur, et d'être mon amie, tandis que l'orgueilleuse romaine, la terrible Arsène, me tracasse. Mais je ne la connais pas, cette église amie, malgré tout le bien que m'ont dit d'elle ses parfaits serviteurs, à la cour du Puy, et je n'ai eu jusqu'à présent à me plaindre ni à me louer d'elle, ce dont je me souciais peu. « Au surplus, il n'y eut jamais en mon logis ni Français ni Normand. » Jusqu'ici je me suis tenu également à l'écart des Français du Nord, ces dévots catholiques, et des Anglo-Normands, dont le patelinage envers Rome aide si bien, chez eux, à la propagation de l'hérésie.

« Jamais je ne l'ai vue, et je l'aime fort... » Je l'aime beaucoup, de confiance, en considération des importants services que cette église inconnue peut me rendre. « Je ne sais le lieu qu'elle habite, si c'est en mont ou en plaine. « Cette dame est en deux personnes à vrai dire, l'une albigeoise, l'autre vaudoise ; l'une habitant la plaine, Toulouse

par exemple, l'autre les montagnes ; « je n'ose dise le tort qu'elle a
à mon égard... » Ce serait la désigner trop clairement, ce tort étant
précisément de n'être pas une, et dirigée par une seule volonté, bien
que l'albigeoise et la vaudoise soient réunies par leur haine commune
contre le catholicisme.

« Je ne sais sur qui je fais ces vers et je les transmettrai à celui qui,
là, vers l'Anjou, s'entremettra pour *un autre*, afin qu'il me fasse
passer la contre-clef de sa cassette. » Il le savait si bien qu'il a dit que
c'était « sur un pur néant. » Quant à celui qui résidait vers l'Anjou,
ce serait aux historiens de nous dire quel était alors le seigneur anglo-
normand, en relations assez directes avec l'Angleterre, pour s'entre-
mettre auprès du roi régnant ou du parti sectaire. Car l'un d'eux
est évidemment *l'autre*. Mais si l'on désire savoir ce que nous en
pensons, ce serait tout justement Geoffroy Plantagenet, comte d'Anjou, père du futur époux d'Éléonore de Guienne, celui dont nous avons
parlé plus haut. Le comte avait besoin de connaître les rapports de
l'*autre* avec Toulouse, la vérité sur son alliance avec elle ; alliance mise
sans doute en avant par les négociateurs albigeois ; enfin les dispositions
de l'Angleterre au cas où lui, Guillaume, entreprendrait la conquête
du Languedoc. On conçoit qu'il n'osât s'engager dans une aventure si
périlleuse sans être initié aux secrets de *l'autre*, et qu'il désirât obtenir la contre-clef de la cassette où il les tenait enfermés.

Tout porte donc à croire que cette pièce, d'un caractère tout diplomatique, fut composée au moment où l'opposition sectaire était en
pourparlers avec le comte de Poitiers, et mettait à son concours, pour
le rendre maître de Toulouse, la condition de se vouer à sa défense,
en adoptant sa foi et ses doctrines.

On a pu remarquer jusqu'ici qu'en poursuivant, sans nous détourner, nos investigations, nous découvrons aussi nos *monuments*, dont,
nous déchiffrons sans trop hésiter les inscriptions hiéroglyfiques. Il
semble aussi que nous suivions assez sûrement notre voie dans le si-
nueux labyrinthe du moyen âge, et que, lorsqu'une porte se trouve
fermée sur notre passage, quelque solide et habilement charpentée
qu'elle soit, elle s'ouvre sans trop de peine à l'aide de cette clef, toujours la même, dont les uns ont fait fi dédaigneusement, quand chez
d'autres elle provoquait un sourire ironique ou de spirituelles raille-

ries. Il est donc à espérer qu'elle ne nous fera pas défaut de sitôt, et pourra nous rendre encore plus d'un bon service. Mais il nous faut en finir avec Guillaume de Poitiers, quoiqu'il reste beaucoup à dire à son sujet.

Si nous laissons de côté ses autres compositions, nous ne saurions passer sous silence celle qui commence par ces mots : *Pues vezem de novelh florir*. Le ton de mélancolie qui y règne est trop peu habituel au comte de Poitiers pour que nous croyions nous tromper en disant qu'elle est d'une date postérieure à 1120, c'est-à-dire d'une époque où Guillaume, dépossédé une seconde fois du comté de Toulouse, avait vu s'évanouir ses plus chères espérances. Les termes mêmes dans lesquels elle est conçue ne laissent pas de doutes à cet égard.

« De *l'amour* je ne dois dire que du bien, *n'importe que je n'y gagne la moindre chose.* » J'espérais agrandir mes domaines et augmenter ma puissance en me faisant affilier, dans la Massenie, au nombre des *fidèles d'amour ;* je me suis trompé et n'y ai *rien gagné ;* mais je dois rendre justice à mes frères en religion, je n'ai que du bien à dire de leurs doctrines et de leurs actes. « Peut-être n'en méritais-je pas davantage. » Je ne dois m'en prendre peut-être qu'à mes fautes et à mon peu de docilité à suivre leurs conseils. « Je n'ai jamais été heureux pour avoir aimé et ne le serai jamais... » Parce que les mêmes fautes, au point de vue religieux, et la même indocilité présomptueuse, au point de vue politique, amenèrent les mêmes résultats. « Mais je fais ce que mon cœur me dit et je sais bien que c'est en vain. » Parce que le cœur est un mauvais guide en politique et que l'occasion favorable ne revient plus une fois qu'on l'a laissée échapper. « Je me donne ainsi l'air d'un insensé, *voulant ce que je ne puis avoir.* » Toujours ce comté de Toulouse qu'il avait vu deux fois lui échapper. « Ah ! certes, le proverbe dit vrai : *Que celui qui a grand vouloir ait grand pouvoir*, sinon malheur à lui. » Voilà le secret de son ambition et de son initiation à la Massenie. Penserait-on qu'un grand pouvoir soit aussi indispensable en amour ? « Quiconque veut aimer doit servir tout le monde. » La religion d'amour étant toute de charité, et la charité consistant à se vouer au service de ses frères ; tandis qu'en amour proprement dit on ne doit servir que sa dame. « Il doit savoir faire de nobles actions et se garder de parler bassement en cour. » Attendu que la religion d'amour avait pour but le vrai, le bien et le juste, l'*alto oprare*, comme dit Dante, et que les délibérations des Cours d'amour roulaient sur les moyens d'atteindre ce triple but. Ces derniers vers donneraient à supposer que Guillaume de Poitiers se reprochait le langage tenu par lui dans ces conseils de la secte, et imputait ses revers au peu d'égards qu'il avait montrés pour l'opinion d'hommes dont il avait reconnu trop tard la sagesse et les généreuses intentions.

Jamais, avec un peu de réflexion, il ne sera possible d'admettre que des chagrins d'amour se soient exprimés en pareils termes, quand surtout chaque vers révèle, à ne pas s'y méprendre, les chagrins d'un ambitieux déçu.

Qu'il nous soit permis, avant de terminer pour le moment avec Guillaume d'Aquitaine, d'émettre un doute au sujet d'une espèce de Parc aux cerfs qu'il est accusé par les historiens d'avoir fondé à Niort. Au risque de passer pour un critique superficiel ou trop aventureux, nous inclinerions beaucoup à croire que cette maison « constituée, est-il dit, sur le plan d'un monastère, sous la direction d'une abbesse, » était un de ces établissements que les Cathares, dit M. Schmidt, leur historien, avaient soin de former dans les pays où ils prenaient pied, pour l'enseignement des jeunes filles de leur communion, de même qu'ils en avaient pour les jeunes gens, qui tenaient tout à la fois de l'hospice et du séminaire.

Or, à nos yeux, cette fondation aurait été l'un des principaux gages donnés par Guillaume à ses alliés du Languedoc. Admettez maintenant que, faute d'oser s'exprimer plus clairement, le premier qui mentionna le fait l'ait consigné en ces termes dans sa chronique : « Le comte de Poitiers fonda à Niort une maison de *joy*, » expression en rapport avec la *Gaie science* et toute différente de joie, comme il a été expliqué précédemment ; ceux qui vinrent après lui n'ont-ils pas dû traduire une *maison de joie*, d'autant plus que l'organisation intérieure de l'établissement pouvait prêter à la confusion ? Puis, historiens et chroniqueurs de se copier les uns les autres, comme il arrive toujours, sans songer à vérifier la réalité de l'allégation, et une bévue historique de plus à enseigner aux générations.

Mais nous craignons de nous égarer en nous engageant trop avant sur le terrain de l'histoire; n'oublions pas que nous n'écrivons plus pour les savants, et reprenons l'analyse de nos vieux contes ; ils nous ramèneront naturellement aux Parfaits troubadours, sur lesquels il reste tant à dire encore. C'est toujours Fauriel que nous prendrons pour guide, en résumant d'après lui de très-anciennes compositions dont l'origine est contestée, par la seule raison que nul n'y a soupçonné l'élément albigeois ; on jugera si, pour s'y trouver à l'état latent, il ne s'y reproduit pas moins avec tous les caractères signalés dans les compositions précédentes.

Les Skaldes, les Nibelungen et Walther d'Aquitaine.

Notre ignorance complète des langues germaniques ne nous permettant pas de hasarder une analyse régulière des anciens poëmes appartenant, soit à la branche scandinave, soit à la branche teutonne, nous nous bornerons à relever, dans le travail de Fauriel, les épisodes les plus caractéristiques à nos yeux ; les combinaisons dans lesquelles se révèlera plus particulièrement l'élément albigeois, venant modifier les traditions populaires du Nord, et se les assimiler en leur imprimant le sceau chevaleresque.

Dans son histoire de la poésie provençale, Fauriel signale d'abord des rapports évidents entre l'ancien poëme latin de Walther d'Aquitaine et les vieux monuments de la poésie teutonique. « L'action de ce poëme, dit-il, se lie par divers fils à l'action du fameux poëme des Nibelungen ; et la liaison est si intime, qu'en attribuant, comme on y est obligé, les deux poëmes à *deux littératures différentes*, il faut de toute nécessité supposer entre ces deux littératures *un contact prolongé*, une espèce de collision antérieure au xe siècle. »

Rien peut-il mieux expliquer ce contact que les excursions des missionnaires de l'albigéisme en Allemagne et jusqu'au fond de la Scandinavie, pour y faire des prosélytes à leur foi ? Est-il même possible d'y trouver une autre explication ? Est-il rien de plus naturel, en effet, que les troubadours, ces chantres d'amour, aient fait en Germanie l'éducation des *minnesingers*, ces chantres d'amour de l'Allemagne, celles des skaldes en Scandinavie, comme ils firent celles des trouvères dans la France septentrionale? qu'ils leur aient appris à exploiter, à remanier, dans un sens et dans un but sectaire, les traditions nationales du culte d'Odin, conformément à ce qu'ils firent dans les autres contrées pour les traditions héroïques et légendaires?

« C'est une chose intéressante et curieuse, dit Fauriel dans l'Histoire générale de la littérature, que la manière dont les *mêmes traditions* populaires, les *mêmes fables* poétiques, se modifient et s'altèrent, se décomposent et se recomposent, *se combinant avec de nouveaux accessoires*, à mesure qu'elle passent d'un pays et d'un peuple à un autre peuple et à un autre pays. » Il aurait bien dû indiquer comment, à son sens, les fables poétiques du Nord, celles des skaldes notamment, auraient pu se trouver transplantées en Provence. On comprend parfaitement, au contraire, comment le prosélytisme religieux poussa vers le Nord les apôtres de la foi dissidente, et les fit s'ingénier, pour s'y procurer des auditeurs attentifs, à revêtir leurs fictions des couleurs locales.

Les exemples ne manquent pas à cet égard. Ainsi, dans la lutte de Brunhilde et de Gudruna, il est facile de reconnaître la guerre acharnée des deux églises rivales, albigeoise et romaine, se disputant la suprématie; dans le héros Sigurd, autre Roland, la noblesse féodale convertie à la foi d'amour, sachant triompher de la puissance temporelle, abattre le *serpent* Fafnir, avare gardien d'immenses trésors, et se baigner dans son sang, bain qui le met à même d'entendre *le langage des oiseaux* (du ciel) ou des troubadours. Le breuvage enchanté dont se laisse enivrer Sigurd, et qui lui fait oublier Brunhilde pour Gudruna, reproduit évidemment l'idée du *boire amoureux*, dont l'effet est si puissant sur Iseult et Tristan; de même que le glaive « à fil tranchant comme le feu, » qu'il place entre Brunhilde et lui dans la couche qui les reçoit, ne diffère en rien de cette épée que le roi Marc voit briller nue entre Iseult et Tristan, pendant leur sommeil, et qui le convainc de leur innocence.

Oui certes, « à considérer d'une manière générale les éléments, les matériaux des compositions où figurent ces personnages, en Scandinavie et en Allemagne, on y reconnaît aisément *deux ordres de tra-ditions* rapprochées et comme fondues ensemble. Conjointement avec les données mythologiques, il y a sans doute des données histori-ques. » Rien de plus vrai, mais ces dernières ne sont pas à beaucoup près celles qu'indique le professeur.

«Le poëme des *Nibelungen* proprement dit, les parties du *livre des héros* qui s'y rattachent, les chroniques islandaises qui roulent sur le même argument, ont tous cela de commun que chacun de ces ou-vrages *porte en lui-même la preuve* de n'être qu'une *rédaction nou-velle* de matériaux donnés par des *traditions antérieures*, que la *modification* plus ou moins hardie d'*un fond déjà ancien*. » Eh bien, nous soutenons que cette modification fut l'œuvre d'une pensée unique, de la pensée albigeoise ; qu'elle fut opérée, soit par les maîtres eux-mêmes, à mesure qu'ils s'initiaient à des idiomes si éloignés du leur, soit par les disciples formés à leur école ; parce que de ce côté seulement il y avait intérêt réel, immédiat à remanier les anciennes fictions symboliques, afin de les approprier à une croyance toute différente, en leur conservant leur caractère allégorique et national.

L'origine même généralement attribuée aux chants de l'Edda est une preuve de plus de leur nature sectaire. Ce qui a eu lieu en France pour les romans des cycles d'Artus et de Charlemagne, pour les lois d'amour recueillies par le chapelain André, se reproduit exacte-ment en Scandinavie ; un membre du clergé orthodoxe est censé fourbir des armes contre Rome : « Un savant ecclésiastique islandais, nommé Semund, qui vivait de 1056 à 1121, aurait recueilli et mis en ordre les chants de l'Edda pour s'en aider dans *ses travaux histo-riques*. » C'est toujours le même artifice. Que ces chants aient été rassemblés, ordonnés par un membre du sacerdoce, c'est chose plus que probable, mais il n'appartenait certes pas au clergé romain, qui aurait bien plutôt mis tous ses soins à les détruire.

De même, Snorro Sturleson, qui, de 1179 à 1241, compila le nouvel Edda en prose, pour servir de règle et de modèle aux skaldes de son temps, Snorro Sturleson était à coup sûr un disciple de la Gaie science, *un fidèle d'amour ;* son but fut alors celui que poursui-vait Dante lorsqu'il composait, vers 1315, son traité *De vulgari eloquio ;* une pensée semblable dirigeait Jean Molinier, écrivant peu d'années après ses *Flors del gay saber* ou *las leys d'amors*. Comme eux et avant eux, Snorro se proposait d'amasser des matériaux pour ses coreligionnaires, de les initier aux synonymes métaphoriques ou *kinningar* du langage poétique.

Mais, circonstance bien remarquable, et dont Fauriel, qui pourtant la signale, n'a pas senti toute la portée ; ce n'est pas dans les chants de l'ancienne Edda, comme il eût semblé naturel de le faire, que Snorro puise ses citations et ses exemples de métaphores poétiques ; non, les quatre-vingts skaldes, auxquels il emprunte des exemples, « forment une série non interrompue durant trois siècles entiers, du xᵉ au xiiiᵉ » Pourquoi en est-il ainsi ? Par la raison toute simple que l'hérésie ne prit pied en Scandinavie que du ixᵉ au xᵉ siècle, et que la poétique, partie intégrante du nouvel Edda, fut combinée dans cet intervalle précisément, d'après les idées et conformément aux procédés des Albigeois, dans le but de propager leurs doctrines dans ces parages lointains.

Peut-être en croira-t-on Fauriel, disant : « Ce que Snorro voulait offrir aux skaldes de son temps, c'étaient *des exemples des artifices*, *des obscurités* et du *mécanisme puéril* dans lesquels était tombée alors la poésie scandinave ; car *les vieux chants de l'Edda étaient graves et simples dans leur forme.* » Qui donc avait ainsi perverti le goût des Septentrionaux ? qui les avait amenés « à prendre pour de l'art de misérables artifices de diction, » dans le genre de ceux dont fait si grand cas G. Molinier ? De quoi traite le *De vulgari eloquio ?* Quels sont les auteurs que Dante y signale comme des modèles à suivre ? On le voit, le même système, les mêmes procédés se reproduisaient au nord comme au midi, parce que la même pensée doit partout se révéler par les mêmes résultats.

Si de la Brunhilde des Sagas nous passons à celle des *Nibelungen*, nous la retrouvons avec le même caractère d'orgueil, de cruauté et de force indomptable. Si le héros Siegfried parvient à triompher d'elle, ce n'est de même qu'à l'aide de la ruse ; en se faisant contre elle une égide d'une cape merveilleuse, comparable à l'anneau d'Angélique, puisqu'elle a aussi la faculté de rendre invisible. Malgré l'énorme *pierre ronde* qu'elle lance, comme une bulle, aussi facilement qu'un simple trait, et qu'elle suit d'un saut, qui en mesure tout le

8

trajet, Brunhilde est obligée de reconnaître un vainqueur dans le Parfait héros qui, marié à la belle Chrimilde, l'a combattue *invisiblement*, pour le compte d'un ami dont elle devient la femme. De même que dans les Sagas, la lutte s'engage acharnée entre les deux dames ou les deux Églises rivales, et Brunhilde, traitée de *prostituée*, de femme à deux maris, par Chrimilde, tire vengeance de celui qui l'a exposée à cet outrage en le faisant assassiner.

Devenue veuve de son bien-aimé Siegfrid, Chrimilde ne respire que vengeance, et c'est dans l'espoir de l'obtenir qu'elle consent à épouser Attila. Le roi des Huns a, dans ce poëme, la même valeur, que Charlemagne en France et Artus en Angleterre; il y représente le pouvoir temporel unitaire; de plus, l'apparition tardive de ce personnage figure l'union intime de l'église dissidente avec le chef de l'empire germanique, appelé par les vœux de l'opposition sectaire à devenir la terreur, le fléau de Rome. Ajoutez que Dietrich est le représentant des sectaires italiens, réduits à chercher un refuge à la cour impériale; que les compagnons du féroce Hagen, *buvant du sang* pour se désaltérer au milieu de l'incendie *allumé par Chrimilde*, symbolisent la barbarie sauvage des champions de l'orthodoxie, s'abreuvant du sang de leurs frères, quand tout s'embrase autour d'eux des flammes de l'amour.

Est-on curieux maintenant de savoir à qui les Allemands doivent la conservation de ce poëme qu'ils prisent si haut, tout en ignorant sa valeur historique? Il va sans dire que ce n'est pas à un laïque. Conformément à l'usage invariablement adopté pour toutes les compositions sectaires, les diverses branches des *Nibelungen* auraient été recueillies et mises par écrit, en latin, par ordre d'un évêque de Passau, en Hongrie, du nom de Pélerin, pour l'agrément de son parent Rudiger, margrave de Bechlare. Bien qu'il y ait preuves historiques, dit-on, de l'existence de personnages de ce nom au xe siècle, nous croyons avoir un peu droit d'incrédulité. Nous nous rappelons que la Hongrie est le pays où régnèrent ce Floire et cette Blanchefleur, qui eurent pour fille Berthe aux grands pieds; Floire et Blanchefleur, dont M. E. Duméril vous dira que l'existence est aussi historiquement constatée. On pourrait de même être tenté de voir dans cet évêque Pélerin, si soigneux des vieilles lé-

gendes, pour l'agrément de son parent, un *pèlerin d'amour*, et un
évêque de la même famille que l'archevêque Turpin, le chapelain
Map, le chapelain André, le moine des Iles d'or; comme aussi dans le
Conrad employé par lui à ce travail, un de ses disciples germains,
devenu maître en la Gaie science. Mais il faut laisser aux érudits
allemands le soin de faire à cet égard les recherches nécessaires.

Quoi qu'il en soit, il est indubitable pour Fauriel, que le poëme des
Nibelungen, comme la plupart de nos romans de Geste, est « le travail successif de divers auteurs et qu'il porte l'empreinte de *diverses
époques.* » Mais ce qui doit, selon lui, être attribué au Minnesinger
inconnu, dernier rédacteur du poëme, « c'est *tout ce qu'on y
remarque d'allusions aux mœurs et aux usages chevaleresques,* c'est
la teinte de galanterie qu'il a parfois jetée sur certaines parties de
son sujet. »

Il en est de même pour le poëme de Walther d'Aquitaine. Il
donne la preuve incontestable que, dès le ixe siècle, il existait des
communications au moins littéraires, entre la Gaule et la Germanie.
En effet, de même qu'il est fait maintes allusions frappantes à cette
composition dans les chants des *Nibelungen*, il se rattache lui-même
à cette fable légendaire par les personnages qu'il met en scène et par
les faits qu'il rappelle. Or, jusqu'à ce qu'on parvienne à nous expliquer
comment des relations assez intimes purent s'établir entre les Aqui-
tains et les Germains, peuples de langages et de caractères si différents, pour qu'ils en vinssent à adopter réciproquement leurs héros,
leurs fictions, leurs traditions populaires; nous soutiendrons, en nous
appuyant sur les témoignages de l'histoire, sur les productions littéraires des deux contrées, que ces rapports furent le résultat de l'a-
postolat religieux et des liens qu'il établit entre l'Allemagne et le
midi de la France, foyer principal de l'hérésie militante et chevaleresque.

Qu'un moine de l'abbaye de Fleury ou de Saint-Benoît-sur-Loire,
nommé Gérald, soit l'auteur ou seulement l'arrangeur, le traducteur
du poëme latin de Walther, ou que, sous ce pseudonyme, se soit caché, comme il en est le plus souvent, un prédicant albigeois, c'est ce
que nous ne voulons pas rechercher ici. Mais il ne faut que parcourir l'œuvre pour s'assurer qu'elle a été inspirée dans son entier par

8.

l'esprit sectaire, exécutée d'après les procédés les plus raffinés de la poétique albigeoise.

Walther n'est pas désigné pour rien comme un fils de l'Aquitaine, cette terre de l'hérésie, dont il symbolise l'apôtre héroïque. Walther est le Parfait chevalier ayant mission d'évangéliser la Germanie, de lui faire répudier la religion de la haine pour celle de l'amour. Il est appelé prince d'Aquitaine ou d'Espagne, attendu que l'albigéisme dominait sur ces deux contrées voisines. Il est donné comme otage à Attila, personnification de l'empire teutonique, pour indiquer les dispositions de la France du Midi à chercher de ce côté un appui pour sa foi et un protecteur contre Rome. Il est fiancé à Hildegunde, princesse des Burgondes, autrement dit à l'église sectaire de Bourgogne, que le roman de *Girart de Rossillon* nous autoriserait seul à considérer comme étroitement unie à celle d'Aquitaine; quand nous n'aurions pas appris par celui de Ferbrace, que l'église d'Espagne, sous le nom de Floripar, avait accepté pour époux et pasteur spirituel le Parfait chevalier Gui de Bourgogne, l'ami, le compagnon d'Olivier, le Parfait chevalier provençal.

Walther acquiert à la foi et à l'empire de nombreuses provinces, puis, désireux de revoir son pays, il s'évade avec la chaste et pure Hildegunde, du palais d'Attila. Ce qui le décide surtout à prendre ce parti, c'est qu'il ne veut pas devenir l'époux d'une princesse des Huns, c'est-à-dire qu'il n'entend pas apostasier en renonçant à Hildegunde, à celle qui personnifie la religion de l'amour.

Les deux coffrets remplis de perles et de bijoux précieux, emportés par la belle dame-église, font évidemment pendant avec les deux barillets suspendus à la selle de Ferbrace. Le contenu, également d'une valeur inappréciable, est toujours l'Ancien et le Nouveau Testament expurgés par la commission albigeoise de l'index. Quand Walther dit à sa fiancée : « Fais forger par les ouvriers de la reine des hameçons à prendre des oiseaux et poissons, » en ajoutant : « je serai moi-même l'oiseleur et le pêcheur, » il n'est pas difficile de reconnaître le pêcheur d'hommes, l'oiseleur troubadour attirant par la douceur de ses chants ceux qu'il veut captiver, apprivoiser, en leur enseignant à chanter l'amour à son exemple, à devenir des *Minnesinger*.

Comment n'a-t-on pas été frappé de l'équipement grotesque du terrible chevalier, lorsqu'il se met en route avec sa dame ? « De la main droite il tient sa lance, de la gauche son bouclier et une ligne de pêcheur. » L'étude de la lettre rend donc myope ? De même que les Parfaits et tous les membres d'une secte proscrite, il chemine de nuit et se cache de jour dans les bois, évitant les bourgades, les fertiles campagnes, et cherchant les lieux sauvages, les montagnes, les forêts. Chemin faisant, il ne néglige pas « de tendre diverses sortes de piéges aux oiseaux et d'avoir recours à ses hameçons. » C'était bien le moins que, malgré le péril, le Parfait chevalier ne laissât pas mourir d'inanition dame-église Hildegunde, la Bourguignonne, qui lui prêtait assistance au besoin, ne fût-ce que pour faire la *guette* pendant son sommeil, comme les dames dans la bouche desquelles les troubadours mettent les naïves aubades que nous verrons plus tard.

Quand Walther d'Aquitaine, ce pêcheur-oiseleur que nous connaissons, a gagné la forêt des Vosges, il se trouve exposé à un grand péril, car il est sur la terre des Franks, dont les rois, fils aînés de l'Église, ne plaisantent pas avec ses ennemis, avec les champions de ses rivales, qu'elles s'appellent Chrimilde, Hildegunde, Floripar, Brunissens ou Nicolette. En effet, Gunther, le roi frank, lance contre le missionnaire aquitain ses douze pairs, que celui-ci renverse, bien entendu, l'un après l'autre, non pas avec sa ligne et ses engins d'oiseleur, mais avec la lance aiguë de sa dialectique et le glaive tranchant de sa parole. Alors, en bon chrétien, en Parfait chevalier, professant pour doctrine que Dieu veut le salut de tous les hommes, et qu'il n'y a d'autre enfer que ce monde, il embrasse ceux qu'il a tués, et « s'agenouillant, la *face tournée vers l'Orient*, » il remercie Dieu de l'avoir gardé des attaques de ses ennemis : « Je prie humblement le Seigneur, dit-il, *qui veut la destruction du mal, non du méchant*, de me faire revoir tous ces morts dans le ciel. » Ne voilà-t-il pas un pourfendeur de gens bien édifiant ?

Un seul adversaire paraît être digne de Walther ; c'est Hagen, son ancien compagnon à la cour d'Attila, avec qui il a passé ses premières années et qui est un ami pour lui. Ses devoirs de vassal obligent Hagen à en venir aux mains avec Walther ; le combat est rude et acharné ; les deux adversaires se font de terribles blessures, et ils ne se réconcilient, la coupe (de la cène) en main, qu'après s'être mutilés réciproquement. Ces chevaliers-là avaient la vie dure ; quelques membres de moins ne les empêchaient pas, encore tout saignants, de boire et de manger de bon appétit.

Walther a perdu la main droite et Hagen l'œil droit. On admettra bien peut-être que ces deux mutilations sont symboliques. Mais que signifient-elles ? Rien de moins compliqué. Hagen qui, dans les *Niebelungen,* devient le meurtrier de Sigfried, et que certaines fables germaniques font le fils d'un méchant génie, d'un démon, Hagen est la personnification de la partie la plus civilisée de la noblesse féodale dans la France du Nord, de celle qui, accueillant troubadours et trouvères, était la plus accessible aux idées de réforme. Il serait donc assez porté à se rallier à l'hérésie, mais il est retenu par le lien féodal, qui ne lui permet pas de déserter la bannière de son suzerain, l'allié du Pape. Il combat dès lors forcément contre celui dont il ne demanderait pas mieux de rester l'ami, et tous deux se font à regret de cruelles blessures.

L'Aquitain perd en réalité sa main droite en frappant, dans le Frank, celui dont il obtiendrait l'assistance la plus efficace, et le Frank, privé de son œil droit, devient à demi aveugle en s'aliénant un voisin qui, plus éclairé que lui, pourrait seul lui procurer les lumières qui lui manquent. Enfin le roi frank Gunther, relevé du champ de bataille avec la moitié d'une jambe et d'un pied emportés, figure l'affaiblissement causé à la monarchie française par l'hostilité dont elle n'a cessé de faire preuve contre l'église dissidente et ses apôtres. Cherchez et vous trouverez des explications analogues pour toutes les horribles blessures dont sont ensanglantés les romans de chevalerie.

Un Gallo-Romain d'Aquitaine a pu seul, comme le remarque Fauriel, être l'auteur d'un poëme dont le héros aquitain est exalté comme supérieur aux Germains et plus encore aux Franks. En effet, « d'un bout à l'autre de la composition, Walther est représenté comme hostile aux Franks, comme professant pour eux le *mépris d'un homme civilisé pour des barbares.* » Non content de les traiter en général de bandits, il fait mainte allusion à leur avidité, à leur goût pour le pillage, et il en agit avec Gunther, leur roi, « non comme avec un adversaire redouté, mais comme *avec un voleur,* dont on se débarrasse moyennant un peu d'or. » Il semble assez difficile de croire qu'une hostilité si peu déguisée n'ait pas eu un mobile religieux ; elle suffirait seule à nos yeux pour révéler l'origine albigeoise du poëme, si l'on n'y trouvait pas tant d'autres motifs de conviction.

L'adoption du héros en Allemagne, où ses aventures devinrent très-populaires, ne permet pas de douter des progrès du protestantisme albigeois à une époque très-reculée, sur le sol qui devait enfanter Luther, et donne à connaître comment au XVIe siècle le terrain s'y trouvait tout préparé pour la réformation. L'histoire de Walther passa dans les *Sagas* islandaises, probablement vers le XIIIe siècle, époque où Hackon, roi de Norwège, se rendait « fameux par le zèle avec lequel il patronnait les traducteurs islandais des romans de chevalerie le plus en vogue en Europe. » Comment d'après cela révoquer en doute la faveur accordée par ce prince à la foi dissidente ? Il est encore moins possible d'en douter lorsqu'on rapproche ce fait de la manière méprisante dont le poëte florentin parle du *Norwégien,* son successeur.

Dans la chronique islandaise, Walther n'est plus Aquitain, changement significatif, il est neveu d'Hermanrick, et le petit-fils de Samson de Salerne, chevalier d'une audace et d'une force prodigieuse, *conquérant de la Grèce* et de l'Italie, héros « qui a bien l'air, dit Fauriel, d'un représentant poétique de quelqu'un des conquérants normands de la Sicile. » Pourquoi cet éminent professeur n'a-t-il pas toujours vu aussi juste ? Oui, ce redoutable Samson, non moins avisé que vaillant, qui devient roi de Pouille, qui de l'Italie, soumise par ses armes, pousse ses conquêtes jusqu'en Grèce, est bien un de ces aventuriers normands pour lesquels les poëtes de l'hérésie ne manquent jamais une occasion de témoigner de leur sympathie ; c'est Robert Guiscard, le vainqueur d'Alexis Commène, placé intrépidement par Dante au nombre des saints, dans son *Paradis,* avec Godefroy de Bouillon, Guillaume au Cort-nez et son Sancho, le grotesque Rainoard.

Nous ne saurions passer sous silence que, dans cette chronique, Walter, vainqueur de Hagen, comme dans le poëme, renverse ce représentant de la noblesse franke, en lui lançant *un os de sanglier,* qu'il venait de ronger. Si l'on se rappelle que le sanglier était le symbole du druidisme, peut-être pensera-t-on qu'il y a là une allusion aux romans du cycle d'Artus et du Saint-Graal, ce *Per* des anciens druides ; romans où sont mises si habilement en œuvre les traditions celtiques, pour battre en brèche l'église française et triompher de ses champions féodaux.

Enfin la popularité de Walther, soutenue par le zèle religieux, se répandit jusque chez les populations slaves ; à telles enseignes que Boguphali, évêque de Posen, mort en 1253, inscrivait ses aventures, « *comme un fait d'histoire nationale,* » dans une chronique de Pologne. Évêque ou non, l'auteur de cette chronique, en modifiant à sa façon les éléments dont il s'inspirait, a voulu donner à entendre que la secte cathare avait pris pied sur le territoire de Cracovie, et qu'elle y avait possédé, sous le nom de Walther le Fort, le château ou l'église de Tyneg. Pour le soi-disant évêque, dame Hildegunde, devenue Helgunda, est si bien un personnage symbolique, que *celui qui lui tourne le dos* est sûr d'être vaincu. Walther lui-même perd l'avantage lorsque ses yeux se détournent de sa dame-église. Comment en aurait-il été autrement, quand les yeux de ce modèle de perfection, tenant cours d'enseignement, étaient, si l'on s'en souvient, ses démonstrations ?

On se figure peut-être que, parti des rives du Gard ou de l'Adour, Walther d'Aquitaine, après avoir parcouru l'Allemagne, la Pologne, la Norvège et l'Islande, dut aspirer à terminer ce long pèlerinage sur le sol natal. Nullement. Nous sommes en mesure de détromper ceux à qui cette idée sourirait. Ce fut au pied du mont Cenis, dans les gorges alpestres habitées par ses chers Vaudois, qu'il vint chercher un repos si bien dû à ses glorieuses fatigues. Comme Guido de Montefeltro, comme le vieil Ezzelin de Romano et une foule d'autres personnages aussi peu orthodoxes, il prit le froc et choisit précisément, pour se réfugier dans le cloître, le monastère de la Novalèse.

La chronique où le fait est inscrit, découverte par Muratori, qui l'a publiée, est bien entendu l'œuvre d'un moine ; c'était le passe-port convenu, à moins qu'on ne veuille admettre que ce moine fût hérétique, ce qui s'est vu. Or, ce moine, qui connaissait parfaitement le poëme de Walther, puisqu'il en entremêle les vers dans l'extrait qu'il donne en prose, vous affirmera que le héros aquitain, las de prouesses ou de conversions, désormais uniquement occupé du ciel, vint s'enfermer, en plein pays vaudois, dans ce monastère isolé; que là, l'humble missionnaire de la loi d'amour, le pieux serviteur de MARIE, pour qui l'humble Béatrice avait tant de dévotion, y sollicita l'emploi de *jardinier*, comme le plus humble de tous. Ainsi l'habile pêcheur, le subtil oiseleur, abandonnant la ligne, les appaux, et les filets, prit la bêche à la fin de ses jours et se mit, non pas à planter des choux, mais à cultiver ce jardin que Dante a offert à nos yeux sous de si splendides couleurs dans son *Paradis*. Là encore il travailla à multiplier ces roses si chères au jardinier éternel, comme l'appelle le chantre florentin, pour glorifier d'autant la Rose des roses.

C'était bien le moins que le principal personnage de plusieurs des poëmes dont se compose le *Helden-buch*, et particulièrement de celui qui est intitulé le *Jardin des roses*, finit sa carrière par le rôle de jardinier.

Et sur ce, nous recommandons cette dernière composition, dont le titre sent quelque peu le fagot, à la critique des érudits allemands. Il n'est pas qu'à l'aide des indications données ici très-succinctement, ils ne parviennent à découvrir dans ce mystérieux jardin tout autre chose que ce qu'on y a vu jusqu'à présent, avec les yeux d'une foi des plus robustes. Il n'y aurait pas à s'étonner qu'un bon coup de bêche en fît jaillir certaines données à l'aide desquelles on arriverait à compléter la topographie du catharisme.

La même recommandation, adressée aux doctes de l'Espagne au sujet du *Romancero*, pourrait aussi porter ses fruits; mais les descendants des Goths sont trop empêchés dans le présent pour s'occuper des temps passés. Il y aurait plus à compter sur MM. Viardot et Damas-Hinard, qui, tous deux versés dans cette littérature, seraient mieux que personne en France à même de dire s'ils ne trouvent pas quelques traits de ressemblance entre le fameux Ruy Diaz, surnommé le *Cid*, le seigneur, et les Parfaits chevaliers comme Roland, Walther d'Aquitaine, Girart de Rossillon, Guillaume au Cort-nez, et beaucoup d'autres, la terreur des *mécréants*, qui ne seraient, selon nous, ni des Sarrazins, ni des adorateurs d'Allah. Ils s'assureraient si son bon cheval Babiéça ne serait pas de la même race que les infatigables et intelligents coursiers des preux de France et d'Aquitaine ; sa solide armure, de la même fabrique que les leurs ; son invincible épée à deux tranchants, de la même trempe. Peut-être trouveraient-ils, avec le compilateur de la *Wilkina Saga*, Biorn ou tout autre, quelque chose d'un peu surnaturel dans les exploits et les qualités de ces héros, qui semblent tous sortis d'un même moule, comme la dame, objet constant de leurs affections ; avoir tous vécu, à point nommé, dans un temps où l'on trouvait encore de si merveilleux chevaux, de si bonnes épées, de si impénétrables armures et des femmes si parfaites. Mais ils ne se tireraient probablement pas d'affaire, comme le pieux Biorn, en disant : « Dieu pouvait bien leur donner tout cela et moitié en sus. » Ce à quoi nous n'aurions rien à repliquer.

Quant aux Italiens, il y a peu à leur demander, pour raisons connues de tous. Il suffit de les inviter à profiter des loisirs qui leur sont faits pour étudier un peu plus à fond leur histoire, pour fouiller leurs archives, leurs riches bibliothèques, et pour prendre bonne note des documents qu'ils pourront y recueillir. Ils se trouveront ainsi préparés à émettre une opinion sur les questions assez neuves qui nous occupent lorsque, Dieu et le Piémont aidant, ils auront reconquis, avec la liberté de la parole et de la presse, le droit au travail de la pensée écrite en lettre moulée.

Retour à la chevalerie, aux troubadours et aux Cours d'amour.

Il semble que tant de fictions dévoilées, tant de déguisements percés à jour, d'énigmes expliquées les unes par les autres, doivent ébranler quelque peu les convictions que ne défend pas l'*œs triplex* de la prévention. Il semble, en effet, qu'au milieu de cette multitude de fils entre-croisés, liens imperceptibles à l'œil nu, rattachant les unes aux autres des compositions d'auteurs et de pays différents, il y ait moyen de se reconnaître assez bien ; qu'il soit même possible de rapprocher tous ces fils, de les renouer entre eux sans trop d'efforts, de manière à satisfaire les gens sensés. Quant aux incrédules endurcis, il n'est pas qu'ils ne sentent avec indignation germer quelques doutes dans leur esprit. Cramponnés à la chevalerie, ils s'écrient : Pourtant elle existe, elle agit, elle se meut, *eppur si muove ;* c'est un fait historique démontré. Mon Dieu, cela est vrai, c'est un fait historique faussé par les historiens devenus romanciers.

Il en est des chevaliers redresseurs de torts et constamment amou-reux d'une adorable dame, toujours aussi vertueuse que belle, comme des troubadours qu'on nous représente en tunique beurre frais, écharpe et toque bleu-ciel, quand toutes les anciennes vignettes les montrent vêtus comme la bourgeoisie l'était alors, et le plus souvent avec des habits de couleur sombre.

Il n'y avait réellement, dans la civilisation du Midi, comme dans celle du Nord, bien moins avancée, et il ne pouvait y avoir qu'une seule chevalerie ; elle était purement féodale et nullement amoureuse. Celle des Tristan, des Lancelot du Lac, des Amadis et des Galaor n'a jamais existé que dans les romans et dans les assemblées secrètes de la *Massenie* albigeoise. C'est dans cette dernière qu'il faut chercher les chevaliers du Cygne, de l'Aigle noir et blanc, d'Orient et d'Occident, etc., ainsi que les poursuivants d'amour à tous les degrés.

Fauriel, qui nous donne des explications si spirituelles de ce qu'il n'est pas parvenu à comprendre, malgré des travaux très-méritants, regrette que « les monuments de la poésie provençale et les documents historiques ne lui permettent que d'entrevoir des idées et des usages qui, formant *un système étrange à peine soupçonné*, sont, à quelques égards, très-difficiles à exposer. » Comment sortira-t-il de « ce vague et de cette obscurité » qu'il déplore? En recourant précisément à ceux-là qui, à force d'habileté, sont parvenus à fourvoyer si bien les historiens. « Dès l'instant où le chevalier, dit-il, avait arrêté dans sa pensée le choix de sa dame, il y avait dans ses relations avec elle une *progression obligée* et très-marquée... Je traduirai le passage *le plus positif*, et par là même le plus curieux que j'aie trouvé là-dessus dans la métaphysique galante de ces poëtes. » Voici ce passage qui, pour lui aussi, est un monument historique :

« Il y a quatre degrés en amour : le premier est celui d'hésitant (*feignaire*), le second, celui de priant (*prégaire*), le troisième, d'é-couté (*entendeire*), et le quatrième celui d'ami (*druz*). Celui qui a bon vouloir d'aimer une dame et la va souvent courtiser, mais sans oser lui parler d'amour, celui-là est un hésitant timide ; mais si la dame lui fait tant d'honneur et tant l'encourage qu'il ose lui conter sa peine, il est alors justement nommé priant ; puis, si à parler et à prier il fait si bien qu'elle le *retienne* et lui donne *gants, cordons* et *ceinture*, le voilà élevé au grade d'*écouté ;* si enfin il plaît à la dame d'accorder par un baiser son amour à son loyal écouté, elle en fait son *ami.* »

Est-il rien de moins obscur, avec les éléments d'interprétation déjà exposés et employés, qu'un pareil langage, et ne se traduit-il pas couramment en ces termes :

Le Parfait qui désire convertir à la religion d'amour des Albigeois une congrégation catholique, et va souvent l'édifier par ses pieux en-tretiens, qui, avant de se hasarder à confesser sa foi véritable, hésite à se déclarer, et, feignant encore l'orthodoxie, va sondant prudem-ment le terrain, celui-là est un *feignaire*. Mais si la dame-église se montre disposée à l'écouter favorablement, si, encouragé par son peu de sympathie pour le pasteur orthodoxe, son mari, il ose se ré-véler pour ce qu'il est réellement, pour le ministre d'un culte proscrit ; s'il *lui conte ses peines*, les persécutions auxquelles il est en butte, et la conjure de lui venir en aide, d'adopter la seule foi qui conduise au salut ; il est alors justement appelé priant. Si ensuite, à force de *prières* et de prédications, il parvient à déterminer cette dame-église, une Francesca de Rimini, une Pia des Tolomei, une Louve de Penau-tier ou toute autre, à le *retenir* près d'elle, c'est-à-dire à l'inviter à lui continuer ses instructions, au moyen de cet échange de *cordons*, de *gants*, de *ceinture* dont l'usage s'est perpétué dans la Maçon-nerie, le voilà élevé au grade d'écouté ; si enfin il plaît à la dame pa-roisse d'embrasser résolûment la foi nouvelle et d'augmenter le nom-bre des fidèles d'amour, elle reçoit le *consolement* au nom de l'Esprit saint, dans un baiser confraternel ; ce baiser qui fit une Vaudoise de l'église de Rimini et après lequel elle n'eut plus besoin d'être prê-chée davantage, *Più non leggemmo avanti.*

Voilà, assurément, une explication qu'on n'accusera pas d'être

tiraillée, appuyée qu'elle est sur d'assez bonnes et nombreuses autorités, sans compter celles à produire. Mais poursuivons :

« Lorsqu'après des *épreuves* plus ou moins longues, le chevalier
était accepté pour *serviteur* par la dame de son choix, à *genoux
devant elle*, et les deux mains dans les siennes, il se dévouait tout
entier à elle, et lui jurait de la servir fidèlement jusqu'à la mort. La
dame, de son côté, déclarait accepter ses services, lui engageait son
cœur, et en signe d'union, *lui présentait* ordinairement *un anneau*,
puis elle le relevait, en lui donnant un baiser, toujours le premier et
souvent le seul qu'il devait recevoir d'elle. » O sainte simplicité !
qui jamais se serait douté qu'il fallût la chercher à l'Institut ?

Mais comprenez donc qu'il s'agit ici de l'union du pasteur avec
son église, devant laquelle il se met à genoux, pour recevoir l'anneau, en signe d'investiture ; que le baiser qu'il échange avec elle
pour la première fois sans doute, mais non pour la dernière, est le
baiser rituel entre croyants et Parfaits ; symbole de paix et d'amour,
qu'ils appelaient le *consolement*, et qui scellait l'*union par amour*
du pasteur albigeois avec son église ; union qui apparaîtra si différente du *mariage* du prêtre catholique avec la sienne.

Les poursuivants d'amour avaient nécessairement leurs décep-
tions, leurs inquiétudes, leurs tourments, qu'ils chantaient, pas un
écrivain qui n'en convienne, d'une manière un peu monotone.
Mais que voulez-vous ? c'était toujours la même gamme à parcourir.
La forme variait sans doute, c'étaient des chansons, des aubades, des
pastourelles, des retrouandes, etc., mais le fond était toujours le
même, et quiconque n'était pas initié au vocabulaire de la secte, à
ce qu'on appelait la *langue limosine*, ou la langue de l'aumône,
puisque c'était celle des Pauvres de Lyon, ne trouvait dans ces compositions qu'une inextricable obscurité ; nous en rapporterons
maints exemples, en y joignant le commentaire explicatif, si les limites
que nous ne voulons pas dépasser nous le permettent.

A côté des vrais tournois, exercices militaires de la chevalerie
féodale, il y avait les tournois fictifs de la chevalerie amoureuse,
dont les Albigeois ont été seuls à tenir note, dans leur langage conventionnel. Ces tournois-là n'étaient, bien entendu, que des assauts de
paroles, des controverses théologiques avec les païens de l'Église ro-

maine, avec ses docteurs, adorateurs des images, chevaliers félons, toujours amoureux de quelque horrible vieille, de quelque prostituée. Il en est de même de ces défis à tout venant, imitation de la chevalerie féodale, pour soutenir une parole mise en avant, une opinion en l'honneur d'une dame ; usage que Fauriel traite d'extravagant, mais auquel il n'ajoute pas moins foi entière, comme tous ceux qui l'ont précédé ou suivi, en constatant qu'il est « dans l'esprit de la chevalerie. » A réfléchir quelque peu sur cet extravagant usage, que peut-on y voir avec un, grain de sens commun ? Rien autre chose que le défi adressé par les Parfaits aux docteurs du clergé romain de venir discuter contre eux les questions qui divisaient les deux croyances. L'histoire témoigne de plusieurs de ces disputes réglées, notamment lors de la conférence de Lombez. Voilà les combats qui se livraient non pas toujours à armes courtoises, et l'on comprend le zèle des Parfaits troubadours à proclamer la victoire de leurs champions.

« On trouve au XIII⁰ siècle, nous dit toujours Fauriel, un autre usage galant, plus passionné encore et aussi général peut-être que celui de ces défis enthousiastes en l'honneur des dames. Il y avait une façon toute particulière de se consacrer au service, je dirais mieux, *au culte d'une dame* (le docte professeur ne savait pas si bien dire). Cela se faisait, à ce qu'il semble (rien de plus certain vraiment), par une sorte de *vœu analogue aux vœux de religion*, en témoignage duquel on se faisait couper les cheveux ou peut-être faire *un tonsure circulaire* vers le sommet de la tête, *à l'imitation de la tonsure cléricale*. (Et tout cela ne lui a pas ouvert les yeux !) Ainsi, Granet, chevalier-troubadour, conseille à Sordel de Mantoue, alors réfugié en Provence, s'il ne veut plus faillir, de se faire tondre, comme plus de *cent autres chevaliers*, qui se sont fait raser la tête pour la belle comtesse de Rhodez. » C'était à coup sûr bien des amoureux pour une seule dame, quelque belle qu'elle fût ; mais ce n'était pas un clergé trop nombreux pour le diocèse de Rhodez.

Désire-t-on savoir maintenant dans quelle classe se recrutait la chevalerie amoureuse et la classe nombreuse des troubadours, c'est-à-dire ce clergé si dévoué, d'une vie si exemplaire, au témoignage de ses adversaires ? Le même auteur nous l'apprendra : « Ces hommes qui prenaient l'amour sur un ton si exalté, n'étaient ni *de grands barons*, ni *de puissants feudataires* (comment les mœurs et usages de la haute noblesse auraient-ils tant différé de ceux de la noblesse inférieure?), c'étaient pour la plupart de pauvres chevaliers sans fiefs. Les fragments biographiques relatifs aux troubadours fournissent la preuve de ce fait général. Parmi les chevaliers plus ou moins renommés comme poëtes, dont il est question dans ces fragments, le *plus grand nombre appartenait aux rangs inférieurs de la féodalité*, et plusieurs sont expressément *cités pour leur grande pauvreté* et le peu de figure qu'ils faisaient dans le monde. Or, c'est précisément à cette portion la plus poétique et la plus désintéressée, la plus libre et la plus enthousiaste de l'ordre chevaleresque, qu'appartiennent les *traits délicats, profonds ou touchants* parmi ceux qui caractérisent l'amour dans la chevalerie. » On verra à quoi se réduisent dans la réalité ces *traits délicats, profonds ou touchants*. Ne semble-t-il pas que Fauriel ait ignoré ou complétement oublié qu'il existait à cette époque dans le midi de la France une religion dont les croyants s'appelaient les PAUVRES DE LYON et les ministres Bonshommes, Bons chrétiens, Parfaits?

Il remarque comme chose étrange, à propos de Pierre Roger qui, chanoine de Clermont, position alors élevée dans la société, la quitta pour se faire jongleur, comme aussi Hughes Brunet, clerc de Rhodez, que pareille chose se reproduisait souvent. Cela se conçoit, le jongleur, l'assistant du troubadour, qu'il ne faut pas confondre avec le bouffon, n'étant autre que son diacre dans le sacerdoce albigeois. « Rien n'est plus fréquent, dit-il, que de voir des clercs, des hommes élevés pour le sacerdoce ou déjà engagés dans les ordres, y renoncer pour se faire troubadours ou chanteurs des troubadours. » Mais cela ne l'amène pas à soupçonner dans ce changement de position un changement de religion.

De même il signale cet autre fait que les troubadours les plus célèbres moururent presque tous dans le cloître et sous l'habit de moine; mais il ne songe pas qu'il en fut de même d'Ezzelin de Romano, surnommé le moine, de Gui de Montfeltro, de Walther d'Aquitaine lui-même. Il ne se doute pas que maints couvents, tant d'hommes que de femmes, étaient envahis par l'hérésie, notamment ceux des Franciscains, ces pauvres de Dieu, si sympathiques aux Pauvres de Lyon, comme à Dante ; que tout ce monde-là se dérobant à la persécution sous la livrée de Rome, allait s'y reposer près de ses frères des labeurs d'une vie de fatigue et de dangers.

« Les chevaliers vivaient dans les meilleurs termes avec les troubadours, » et il n'en pouvait être autrement, leur vocation tendant au même but. « Souvent un même personnage réunissait les deux qualités, » et tout aussi bien que le troubadour devenait chevalier, en avançant en grade dans la Massenie, le chevalier se faisait troubadour ; ce qui signifie que le Parfait, non content de lutter dans les tournois de la parole contre le clergé catholique, se mettait à *trobar* et célébrait en rimes la religion d'amour, en dénigrant sa rivale. Enfin les jongleurs, ces diacres et sous-diacres de la petite église mystérieuse, devenaient eux-mêmes, dans un ordre hiérarchique, troubadours et chevaliers, après avoir passé un certain temps d'épreuves à chanter en s'accompagnant de la harpe, ou à réciter les compositions des docteurs du *gai saber*.

Rien ne saurait mieux donner une idée de l'organisation secrète de la chevalerie amoureuse, de cette société mystérieuse constituée au sein de la société patente fonctionnant au grand jour, qu'une composition de Giraud Riquier, à laquelle les doctes ont fait fort peu d'attention. Chaque classe, chaque profession y est indiquée avec son caractère et sa destination propre, de manière à produire une illusion complète et à faire croire qu'il s'agit vraiment des seigneurs, des bourgeois, commerçants et artisans rencontrés journellement dans les rues, quand le rusé troubadour s'occupe uniquement des membres de son église. Mais cette pièce est très-longue, et les annotations indispensables pour la faire comprendre nous entraîneraient trop loin. On la trouvera en grande partie dans l'Histoire des troubadours, de l'abbé Millot, t. III, p. 351, livre des plus faciles à consulter.

SIXIÈME ET SEPTIÈME EXEMPLE.— **Roman de Renart.
— Blanche de Castille. — Renaud de Montauban et
Roland. — Roman de la Rose.**

Ne faites pas de gros livres, nous recommande-t-on, si vous voulez
être lu, et soignez davantage votre style. Rien de plus facile à dire ;
mais quand, d'une part, on a dans ses cartons des matériaux à dé-
frayer vingt volumes sans être épuisés, quand, de l'autre, on est arrivé
à un âge où les jours qui restent à vivre sont comptés, où l'on sent la
mémoire fléchir, où les infirmités menacent, on n'a guère souci de
perdre son temps à polir des périodes, et, après avoir consacré vingt
ans de sa vie au triomphe d'une idée, en y dépensant une partie de
sa fortune, on a hâte d'arriver au but. Ce qu'on a de mieux à faire
alors, c'est de jeter au plus vite sur le papier, sans beaucoup regarder à la forme, ce que l'on croit le plus propre à éveiller et à piquer
la curiosité, dans l'espoir que, près des gens sensés, le fond fera trouver grâce pour le reste. La concision exige encore plus de temps que
l'élégance et la correction du style, et pourtant là se dirigent plus particulièrement nos efforts ; puissent-ils nous valoir l'indulgence si nous
manquons à quelques autres conditions de l'écrivain !

Nous sommes, on l'a assez dit, l'ennemi de toute poésie ; nous la
tuons en la matérialisant, en offrant aux regards le squelette décharné,
en place de la beauté que nous dépouillons brutalement de ses atours
et de ses fraîches couleurs ; nous sommes, de plus, un grand massa-
creur d'innocentes. Non content d'avoir porté notre couteau sacrilége sur Beatrice et Francesca, nous immolons sans le moindre re-
mords, les Iseult, les Brunissens, les Genièvre, les Berthe, les Blanchefleur et tant d'autres victimes d'une fureur iconoclaste. Nous
avons entendu les cris d'horreur arrachés à une foule de cœurs sen-
sibles par notre manie barbare, et ces cris désespérés nous ont fait
faire plus d'une halte, prendre plus d'un détour. Si nous continuons
notre tâche, c'est pour ne pas nous perdre tout à fait la main. En
preuve de bonne volonté, nous descendrons cette fois d'un degré
dans l'échelle des êtres. Poursuivant donc nos exécutions, non plus

: ur des personnages humains, mais sur les animaux, nous recherche-
rons si leur autopsie n'aurait pas à révéler aussi quelques traces du
poison dont les vestiges ont été signalés dans les momies authentiques
de tant de belles dames et de Parfaits chevaliers.

Que d'aperçus intéressants pourrait fournir le vieux poëme de
Renart, s'il y avait moyen de s'étendre un peu ; mais il faut être
bref et se résigner à procéder par simple esquisse sur une œuvre qui
réclamerait un examen approfondi. On voudra donc bien se contenter, en attendant mieux, du rapide coup d'œil que nous allons y jeter.

Dans notre ancienne langue, l'animal qu'on appelle aujourd'hui
renard était désigné par le vocable *goupil, gorpil* ou *volpil, du vulpis*
latin. Le mot renard, devenu aujourd'hui le nom appellatif de l'animal, ne fut dans l'origine que son surnom scénique, celui sous lequel il figure dans l'épopée comique dont nous nous occupons. Cette
appellation, nous doutons que personne ait encore donné cette étymologie, dont il faut se défier, nous savons si peu de philologie !
dérive de *re,* roi, *rei* et *reg ,* en provençal, d'*in* ou *'n,* en, et d'*art,*
ruse, artifice ; elle équivaut ainsi à roi dans l'art de tromper. Croyez-
en, du reste, l'auteur : « *Cil Renart nos sénéfie ceus, qui sont plains
de félonie.* » Car il est « celui qui tot le mont (le monde) déçoit. »
C'est lui « qui tant à homes decéuz, *cent paroles a faitt accroire
dont il n'i avoit nule voire* (vraie). »

A qui donc les Albigeois pouvaient-ils appliquer une pareille qua-
lification, sinon au clergé romain dont les troubadours ne cessent de
flageller dans leurs sirventes la ruse, la trahison, les instincts envieux,
cupides ? Aussi, Renart est-il envieux ; or, « envie est telle racine où
tous li max prennent orine (origine). » Il n'a pas moins d'*eschar-
setez,* laquelle « est une vice qui forment aime avarice, » et l'avarice
ne le cède en rien à l'envie pour engendrer tous les maux de la terre,
car, « cil qui les granz rentes ont, ce sont cil qui grant mal en font. »
Qui donc, s'il vous plaît, possédait les grandes rentes au moyen âge ?
Y a-t-il a s'y méprendre lorsqu'on voit Renart agir successivement
en qualité de moine, de chanoine, de prêtre ; quand, bien plus,
il donne les ordres à Primaut, frère cadet d'Yssengrin, et le fait lui-
même moine ; lorsqu'il part en pèlerinage pour Rome et va se con-
fessant à tout propos, sans jamais s'amender ?

Le manoir de Renart est Maupertuis, c'est-à-dire mauvais trou, équivalant à *Margiste*, dans Berthe au grand pied ; Dante en a fait ses *maleboïgie*, ce dont Ozanam ne s'est pas douté plus que ceux qui suivent sa bannière.

Renart est époux et père de famille, sa femme s'appelle Ermeline, nom correspondant à celui de l'Ermessen de Guillaume de Poitiers, et ayant la même racine, c'est-à-dire *erm*, désert, en y ajoutant *linh*, lignage. Ermeline signifierait donc race à déserter, et celle qui porte ce nom ne serait autre que la nombreuse lignée monacale. Ce couple perfide et rusé a trois rejetons : l'aîné, Malebranche ou mieux Malegriffe, que Dante a donné évidemment pour père à ses *Malebranche*, et qui représente l'inquisition ; le cadet, nommé Percehaie, parce que, représentant du moine quêteur, il se glisse dans le logis du pauvre pour épier ses paroles et ses actes, en lui soutirant sa subsistance. Le sordide Percehaie est la contre-partie du généreux Perceval, le chevalier céleste du Saint-Graal. Le dernier est Rougeot et il personnifie le cardinalat.

Que serait donc alors Issengrin ? Cherchez quelle peut être l'étymologie de ce nom, affecté au loup, et vous serez aussitôt sur la voie. *Issir*, en vieux roman, signifie sortir et n'a plus que son participe, issu ; violence se dit *engres* en provençal ; Issengrin équivaut donc à issu de violence, et rien ne pouvait mieux s'appliquer à la noblesse féodale, à ces barons toujours bardés de fer, vivant de rapines, détroussant sans façon pèlerins, marchands et voyageurs. « *Tot cil qui sorent bien rober sont bien à droit dit Issengrin.* » Cela est clair et précis ; il s'agit donc d'un personnage collectif. Mais, entendons-nous ; dans un poëme satirique d'essence albigeoise, il ne peut être question que de la noblesse orthodoxe, et, comme Issengrin est qualifié « Connestable, » dignité conférée à la plus haute noblesse française, peut-être bien faudrait-il voir en lui l'un des premiers barons chrétiens, quelque Bouchard de Montmorency.

La femme du haut et puissant seigneur Issengrin a nom Hersent, de *ers* ou *erz*, élevé, escarpé. Ainsi ce n'est pas en bas qu'il faut chercher. Mais quelle institution peut symboliser dame Hersent la louve ? Eh, mon Dieu ! la plus élevée de toutes, l'Église papale. N'est-elle pas la louve romaine, la *lupa* de Dante, à l'avidité insatiable ?

9.

Sous la plume de Pétrarque, Hersent se transforme, elle devient Epy, la nymphe du pasteur *Mitis* (Clément VI) ; pour d'autres, elle est la roche, la pierre brute, en opposition à la pierre cubique.

Hersent a nécessairement tous les vices. Quand Hubert l'Escofle, le milan, supplié par l'hypocrite Renart de l'entendre en confession, le somme d'avoir à quitter dans sa louve une vieille prostituée, une carcasse dégoûtante, impossible de rapporter les termes dont il se sert. Qu'on en juge par le peu que nous transcrivons. Il la traite de « vièle espoitronée, *qui ne peut mez sur piez tenir. .. Trop est* vièle sa puterie, dit-il, *à droit* a nom Hersent *la love*, que c'est *celle qui toz maus cove.* » A bon entendeur, salut. Mais il convient de prévenir ceux dont l'attention se portera sur cette *branche* si remarquable du roman, que Hubert l'Escofle est un Parfait de Lombardie ; il est milan, et cela suffit. Comme oiseau chasseur d'âmes, il fait pendant à un autre oiseau chasseur, à l'un de ces *moines noirs*, dont la concurrence était si redoutable ; en un mot, le milan est l'antagoniste du faucon de Félon d'Albarua, dont nous avons fait connaissance avec Jauffre, autrement dit de saint Dominique.

Quel personnage les auteurs très-peu catholiques du roman de Renart ont-ils opposé, pour sa douceur, à l'avide et sanguinaire Hersent? La brebis, la femme de Bélin, le mouton, l'Agnès de Guillaume de Poitiers. Elle a dans le poëme le nom de *Cortoise,* parce qu'elle est la dame suzeraine des Cours d'amour, d'où dérivaient *courtoisie* et *parage ;* parce qu'elle est l'humble et pure église albigeoise, dont elle a la blancheur. Aussi Renart veut-il manger son confesseur, quand celui-ci, non content d'injurier vilainement sa chère louve, se met en frais d'éloquence pour lui faire donner la préférence à « Cortoise, la femme à Bélin. »

N'est-il pas remarquable que ce nom de Bélin se retrouve dans le fameux roman de *Garin le Loheraine ?* C'est celui d'un château de Guienne, censé situé dans la province de Blaye, appartenant en fief à *Bègue* ou Bégon, frère de Garin. Veut-on savoir pourquoi ? C'est que dans l'amitié de ces deux frères, toujours en guerre contre Fromont et les siens (de *fora mondo*), est symbolisée l'union des deux églises, vaudoise et albigeoise. En effet Bègue, dont le nom dérive du radical *beg*, mendier, d'où *Bégards*, représente les Pauvres de Lyon ;

de même que Garin (de *garir*), le médecin spirituel, l'apôtre de la Lorraine, est la figure de l'albigéisme et, par suite, frère de Bégon, seigneur du château de l'Agneau. Les théologiens ont beau diviser les deux croyances, leur union intime n'est pas moins attestée de toutes parts.

Renart et Issengrin sont compères, le prêtre et le baron ayant souvent besoin l'un de l'autre ; ils s'associent pour faire le mal, mais ne tardent pas à se brouiller lorsqu'il s'agit de mettre la main sur le butin. Du reste, les torts sont presque toujours du côté du clergé Renart. Il n'est pas de mauvais tours qu'il ne joue à son compère, constamment dupe de sa malice, et pourtant obligé d'avoir sans cesse recours à son astuce profonde. Non-seulement Renart le dupe, le vole, lui fait courir danger de mort, en l'engageant dans de folles aventures, mais encore il abuse de sa femme Hersent au conspect de ses enfants, à sa barbe, « ses ieulz voiant ; puis si le gabe et va moquant. » Puis cet indigne galant, assez mal embouché parfois, traite ladite dame de « *pute orde vivre* (vipère), *pute serpent, pute coleuvre*, » empruntant ainsi ses invectives au vocabulaire albigeois. Il fait pis encore, et c'est Issengrin lui-même qui le dénonce en ces termes : « Dant Renart alla tencier à mes Loviaux en la tesnière et il pissa sur ma lovière, si les bati et chevela et avoutres (bâtards), les appela et dist que cox estoit leur père. » Ailleurs il est dit que Renart « vient as Loviaux si les compisse, » et qu'il les a « laidengiez et bien batus, autre si *com s'il fut* LOR MESTRE. »

Et toute cette satire si acre, si incisive, dont chaque trait porte, n'a dessillé les yeux de personne. Les protestants eux-mêmes ne se sont rappelés ni le rôle que jouait le clergé au moyen âge, ni l'influence que la confession lui donnait sur les femmes, ni le prestige que son caractère sacré exerçait sur les maris, barons, princes ou rois, ni l'enseignement qu'il avait seul qualité pour donner aux enfants. Or, c'est précisément à cet enseignement qu'il est fait allusion dans l'acte ordurier commis par Renart à l'égard des louveteaux de noble lignée. La pensée secrète qui a dicté cet épisode fut évidemment de dénoncer le clergé romain comme souillant par l'immoralité de ses exemples et de ses leçons, par ses actes mêmes, le corps et l'esprit de ses disciples. C'est un croqueur de *gélinas*, ou Gauloises.

Bien que dame Hersent, la louve romaine, soit la préférée de Renart, il ne se fait pas faute d'en conter à d'autres. Ainsi il obtient les faveurs d'une certaine dame Harouge (de *red hair* ou de *red hare*). Comme elle a pour mari le seigneur Hardi, le léopard, habitant probablement le château de Windsor, nous croyons, à sa chevelure *auburn*, reconnaître en elle l'église catholique d'Angleterre. fort peu selon le cœur de son époux normand, qu'il eût nom Guillaume, Richard Cœur de Lion, Henri III ou Henri VIII, personnages très-hardis, en effet, et dont l'écu.portait le Léopard.

Renart réunissant à beaucoup d'orgueil beaucoup d'ambition, a encore un tendre caprice pour dame Orgueilleuse, la royale épouse de sire Noble, le lion, dont la résidence est désignée expressément sous le nom de « Château-Gaillard ; » et, en effet, l'astucieux personnage parvient à subjuguer en elle l'église gallicane. Messire Noble subit ainsi le sort de messire Hardi et de messire Issengrin.

L'impudence de Renart va jusqu'à faire parade de sa triple conquête, et, un beau jour, on le voit embarquer les trois dames dans sa nef (il n'est pas dit que ce soit celle de saint Pierre, mais cela s'entend de reste), et il fait voile avec elles vers son château de PASSE-ORGUEIL, bâti sans doute sur les bords du Tibre, d'après les plans d'un grand architecte nommé Estult. On doit commencer à se reconnaître au milieu des principaux personnages de cette Comédie, qui n'eut jamais de prétention à être appelée divine.

Les acteurs secondaires ne seront pas dès lors difficiles à dépouiller de leur costume scénique. On a voulu à tort que Bernard, l'âne, appelé aussi l'*archeprêtre,* figurât dans le poëme le saint abbé de Clairvaux. Lesphiloloues auraient dû reconnaître au premier coup d'œil ce qu'il en était. Comment sommes-nous réduit à leur apprendre qu'*archeprêtre* ne signifie pas archi-prêtre ; que ce mot dérive d'*arca*, coffre, huche, et qu'il signifie dès lors la huche du sacerdoce romain ? On voit donc de suite que l'âne symbolise le paysan, le prolétaire laborieux, frugal, récompensé le plus souvent de ses services par les mauvais traitements de ce clergé qu'il nourrissait de ses sueurs et qui lui devait sa richesse ; qu'il est le peuple orthodoxe, comparé à l'âne pour son ignorance et son obstination à croire des moines avides et corrompus, pour sa patience à endurer la cupidité, l'arrogance et la domination cléricales.

Nous passons sur les autres comparses, car le poëme contient 30,362 vers, sans compter la suite, qui n'en a pas moins de 8,048. Mais nous ne saurions laisser à l'écart Frobert, le grillon, que Renart veut manger, comme Hubert, le milan, *pour savoir ses chansons*. Encore une allégorie de la plus grande transparence, que pas un œil n'a su pénétrer pourtant, pas même le savant professeur Rothe. Le grillon, vivant solitaire dans sa cachette, où il ne cesse de chanter, faut-il donc l'apprendre à nos savants? Frobert « le clerc chantant » est un troubadour, un Parfait albigeois. Quand le clergé Renart lui crie : « Dant clerc, dites votre psautier, » Frobert comprend aussitôt qu'il lui tend un piége ; car les psaumes albigeois, comme ceux de Dante, différaient un peu de ceux de l'Église de Rome. Il reproche au félon ses mauvaises intentions à son égard ; il l'accuse d'avoir voulu l'avaler : « Je estoie yvres, répond Renart, je cuidoie ce fust ce livres ; certes, se mengié t'eusse, trestotes tes chansons séusse, » et par suite il aurait eu contre lui des pièces à conviction. Il voudrait en faire autant à Chantecler, le coq, le gaulois.

Pensant s'être suffisamment excusé de son guet-apens, Renart prie Frobert de l'entendre en confession. « Il n'a entor *mul prestre*, lui dit-il, et vos savez bien tot cel estre, *car clerc estes et bons et sages*. » C'est comme s'il lui déclarait que, sous l'apparence du troubadour, il reconnaît très-bien en lui le Parfait ; et pour mieux s'expliquer encore, il ajoute : J'aurais beau chercher aux environs, « ne troveroie *plus preudon* ; » je ne rencontrerais pas un prud'homme, un *bonhomme* plus digne que vous. Le grillon troubadour ne fait que rire de la ruse du traître ; « n'avoit soin de sa chançon dire, bien connoissoit les fez Renart ; » aussi se refuse-t-il à confesser l'astucieux imposteur, qui, pour se venger, le calfeutre dans son trou, et s'en va chercher d'autres dupes.

Le doute n'est pas plus possible assurément sur ce pauvre et obscur figurant que sur les premiers rôles, auxquels nous revenons pour un moment ; car nous n'en avons pas fini avec dame Orgueilleuse, la lionne subjuguée par Renart, dont les amours adultères souillent la couche royale. Nous avons dit qu'elle symbolisait l'église catholique de France, de même que dame Harouge, la léoparde, celle d'Angleterre. Mais l'auteur a voulu de plus personnifier l'église gallicane dans un personnage historique, et il fournit, autant qu'il est en lui, les données nécessaires pour qu'il soit reconnu. Le roi Noble est incontestablement l'image de la royauté française, car il a son connétable dans Issengrin, le loup, et de plus, on s'en souvient, il a pour demeure le Château-Gaillard d'Andely, dont les ruines dominent encore le cours de la Seine. Andely n'étant pas à bien grande distance de Poissy, où naquit saint Louis, on doit être sur la voie.

Oui, c'est bien à Blanche de Castille, mère de saint Louis, et à ses amours, vrais ou supposés, avec le cardinal légat du Pape, Romain de Saint-Ange, que l'auteur sectaire a entendu faire allusion ; on sait en effet que le lion figurait sur l'écu de Castille et de Léon. Ce qu'il n'osait exprimer en France que sous le voile de la fiction, en Angleterre, pays du libre parler, Matthieu Paris le consignait en toutes lettres ; et nous ne le répétons qu'en tremblant, quoique ce mauvais bruit remonte à plusieurs siècles. Nous renverrons les gens désireux de se former une opinion sur cette belle reine, aimée et célébrée par Thibaut, comte de Champagne, qui lui aussi fut un troubadour, au chroniqueur anglais et au tome IV de l'*Histoire de France*, par M. H. Martin, ouvrage couronné par l'Académie.

Fière comme une Castillane, « aimant ardemment, violemment, » dit cet historien, jalouse même de l'affection de son fils pour la reine sa femme, elle sut tirer habilement parti de l'amour du comte, à l'aide d'une politique toute féminine. Il est vrai qu'elle s'était assurée à l'avance d'un auxiliaire aussi actif qu'intelligent dans la personne du légat. « Elle s'empara si bien de ce prélat spirituel, adroit et remuant, qu'il parut désormais plus dévoué à la reine qu'au Pape même, et que *les malveillants expliquèrent son dévouement par des relations intimes.* » Dieu nous garde d'être du nombre des malveillants ! nous nous bornons au rôle de rapporteur.

A en croire M. Michelet : « La régence et la tutelle du roi Louis IX, après la mort de son père, eût appartenu, d'après les lois féodales, à son oncle Philippe le Hurepel, comte de Boulogne : le légat du Pape et le comte de Champagne, *qu'on disait également favorisés de la reine-mère*, Blanche de Castille, lui assurèrent la régence. » Nous n'insistons pas.

Il est deux figures chevaleresques, dont le nom est populaire, qu'on ne soupçonnerait pas d'être la contre-partie de maître Renart et de messire Issengrin. Elles leur font pourtant bien réellement pendant et contraste. Tout, en effet, est oppositions et contrastes dans cette langue conventionnelle dont on doit commencer à admettre au moins la possibilité. Nul ne s'aviserait peut-être de chercher ces deux figures capitales dans les romans du cycle de Charlemagne ; on les y trouvera cependant sous le nom de Renaud et de son cousin Roland. En effet, le digne seigneur du Mont des Blancs ou *purs*, Renalt ou Reginalt de Montauban, Renaud en français, dont le nom se rapproche beaucoup de celui de Renart, symbolise le sacerdoce albigeois, comme Renart le clergé catholique. Il brille surtout par une prudence et une habileté qui ne font rien perdre à son courage. S'il emploie la ruse, c'est dans un but élevé, *reg in alt*, généreux, à la différence de Renart ou du clergé romain. Il est vaillamment secondé dans ses entreprises par *ses frères*, représentés montant avec lui le *même cheval*, emblème d'union et de communauté qu'on retrouve dédoublé sur le sceau des Templiers. Il est d'ailleurs le fils aîné du duc Aymon ou Aimons, pour ne pas dire du grand chef Amour ; et de plus, proche parent du seigneur Ayme, dont on a fait si étrangement le duc Nayme, etc., etc. Enfin, c'est lui qui, dans le roman d'Aspremont, ou de l'Apennin, opère la conversion de l'Italie centrale. On n'en douterait pas un moment si nous avions le temps d'analyser cette épopée.

Roland, de son côté, le fort, l'intrépide, l'invulnérable, se distinguant non moins par sa force physique que par sa foi et sa sagesse, est le représentant de cette noblesse du Midi qui se sacrifia héroïquement pour la défense de l'hérésie. C'est le neveu de Charlemagne, tous les princes étant frères. Il est comte de Blaye par la même raison que Geoffroy Rudel, le troubadour, en fut prince et que Bégon fut châtelain de Bélin, l'hérésie étant en force dans cette contrée. Il est seigneur d'Anglant, ou plus correctement d'*England*, demandez plutôt aux philologues, parce que l'albigéisme avait ses coudées assez franches en Angleterre, grâce aux Normands maîtres de ce pays. De même pour son comté d'Angers ou d'Anjou. A tant de titres, il joint celui de sénateur romain, car il possédait nombre de fiefs dans la campagne de Rome ; si bien qu'il réduisait parfois le Pape à déménager.

Il ne faudrait pas répondre qu'en terre pontificale il ne s'appelât pas Colonna.

Mais coupons court à cette digression qui, en réalité, ne nous aura pas éloigné de notre sujet, s'il faut voir réellement dans Renaud et dans Roland, Parfaits chevaliers, les deux plus redoutables ennemis du sacerdotal Renart et du noble baron septentrional Issengrin. Toute succincte qu'elle est, notre analyse du vieux poëme dont ces derniers sont les héros, suffira pour ceux qui n'ont aucune idée de cette composition où l'esprit gaulois s'est donné libre carrière. Elle pourra être complétée ultérieurement pour ceux dont la curiosité est plus exigeante et ne se rassasie jamais d'explications; car de quel droit a-t-on la vue meilleure qu'eux? Il y a nécessité d'abréger plus encore, à l'heure qu'il est, en passant à un autre poëme non moins curieux, mais dont la forme est plus élégante et plus mystique.

Le roman de la Rose serait donc aussi à votre avis une composition albigeoise? demandera-t-on. Oui et non. Que ces deux monosyllabes soient notre réponse à ceux qui, nous traitant dédaigneusement d'homme à système, nous reprochent de voir partout des Albigeois. Il y aurait bien à leur dire qu'il y en avait partout un très-grand nombre en effet, et beaucoup plus qu'on ne croit. Mais assurément si la majorité était catholique au moyen âge, la croisade est là pour démontrer que la minorité faisait alors assez de progrès pour devenir un péril et menacer l'autorité de l'Église romaine. Expliquons notre réponse.

La première partie du roman de la Rose, la moins longue, porte en elle tous les caractères de l'hérésie, et Guillaume de Lorris, son auteur véritable ou supposé, qui laissa son poëme inachevé, appartenait certainement à la secte albigeoise. Il en est tout autrement de la seconde partie et de son auteur, Jean de Meung. Le jugement à porter sur le continuateur et sur son œuvre peut se formuler très-brièvement. L'écrivain appartient à l'Église catholique, mais il a peu de foi; c'est un esprit sceptique, matérialiste et frondeur; l'ouvrage, lourd et prolixe, est une satire grossière, brutale, plus particulièrement dirigée contre les femmes et contre le clergé qui, à cette époque, il faut en convenir, était loin d'être exemplaire. Mais on y chercherait vainement la symbolique de la poésie albigeoise et le mysticisme de la première partie. Les personnages allégoriques qui y figurent sont des êtres moraux sans aucun caractère religieux. Il n'y a donc pas à s'occuper de cette seconde partie, et il suffira de quelques indications sur le travail de Guillaume de Lorris pour en apprécier l'esprit et le caractère.

Afin d'indiquer dès l'abord l'essence à la fois philosophique et mystique de son poëme, l'auteur le compare au Songe de Scipion par Macrobe. C'est à vingt ans, et non comme Dante à quarante, qu'il est initié aux mystères de la Massenie, en devenant amant ou fidèle d'amour. L'époque de son initiation est la même que dans tous les récits des troubadours et de leurs coréligionnaires ; elle a lieu à l'équinoxe de printemps, au mois de mai, au *renouveau*.

Un beau jour il se dirige vers la rivière de science, qui s'écoule abondante et pure d'un lieu élevé, et, comme fait Dante à l'entrée du purgatoire, « de l'iave clère et reluisant mon vis (ma face, mes yeux) rafreschi et lavé. » Arrivé à un verger, l'*Amant,* car c'est ainsi qu'il s'appelle, le trouve entouré d'un mur aussi élevé que celui du verger de Brunissens, haut mur en dehors duquel sont des inscriptions, des peintures et des sculptures, telles qu'en offrent les parois de la montagne du purgatoire, dans la *Comédie,* nommée divine par les Albigeois qu'elle canonisait.

En dehors donc du *verger d'amour,* peuplé de plantes nouvelles ou de néophytes, il voit figurées, pour en être à jamais bannies : haine, félonie, vilenie, convoitise, avarice, envie, tristesse, vieillesse, avec *papelardie* et pauvreté. C'est-à-dire tous les vices reprochés au clergé romain par les sectaires qui, dans leur langage antithétique, leur opposant amour, féauté, noblesse, courtoisie, largesse, gai savoir, jouvence, avaient en horreur un faux étalage de dévotion, et la mendicité au sein de l'abondance.

La haute muraille servant de clôture au verger s'étendait en carré, comme la pierre cubique et dans la forme rituelle des loges maçonniques. « Haut fut li mur et tous quarrés. » Charmé par le chant des oiseaux, troubadours et trouvères, bien entendu, il désire être admis dans l'enceinte bénie : « Lors m'en alai grant aléure açaignant la *compasséure* et la cloisen du mur *quarré.* » Un étroit guichet s'offre enfin à ses yeux et, lorsqu'il a frappé, comme on frappe à la porte des loges, le guichet lui est ouvert par une noble pucelle « qui moult estoit et gente et bele. »

Cette belle personne, faisant fonction de sœur portière, est pourtant OYSEUSE ; mais gardez-vous de la confondre avec l'oisiveté. Reconnaissez en elle la figure de la vie contemplative, qui conduit à la science d'amour, la Rachel du Purgatoire. En effet, elle porte sur sa tête « un chapel de *roses* tout frais, » et, de même que la Rachel de Dante « qui jamais ne se sépare de son miroir, » où elle apprend à se connaître soi-même, et, *oiseuse* qu'elle est aussi, « reste assise tout le jour, » la belle dame « en sa main *tient un miroir.* » Ajoutez qu'elle n'a « soussi ne esmay de nule riens, fors seulement de soi atorner noblement. » Car Parfaits et Parfaites ne pouvaient avoir d'autre soin ni d'autre but que de travailler à acquérir plus de perfections.

Après avoir ouvert à l'Amant, elle décline son nom ou plutôt celui qu'elle se donne, pour déguiser son véritable caractère : » *Je me fais appeler Oyseuse*, dit-elle, *à tous mes congnoissans ;* » c'est-à-dire par tous les initiés aux mystères de l'amour platonique des Albigeois. Elle ajoute : « Quant suit pignée et atornée, adonc est fète ma jornée. » « Sa tâche n'étant autre que d'attirer par ses perfections de nouveaux fidèles au culte de l'amour. « Privée (intime) sui moult et acointe (proche parente) de Déduit, le mignot, le cointe. » Inutile de dire, sans doute, que Déduit est le bonheur mystique auquel conduit la méditation et la science ; le *gai saber*.

Or, ce beau jardin est le domaine de Déduit « qui de la terre as Sarradins, » c'est-à-dire de l'Orient,» fit ça ces arbres aporter. » Le renseignement est positif et il n'est pas moins vrai, l'histoire attestant que l'albigéisme vint de la Grèce, par la Bulgarie, d'un côté, par la Provence de l'autre. Ces arbres de science, Déduit les » fist par ce verger planter, » les fit prospérer et se propager dans ce riant jardin provençal ; puis ses disciples élevèrent ce haut mur de fictions, tout chargé de représentations symboliques, pour en exclure à jamais les ennemies figurées au dehors, haine, félonie, avarice, papelardie, etc.

C'est dans cet agréable séjour que Déduit et ses suivants viennent « maintes fois esbanoier » sous l'ombrage à écouter le doux chant des oiseaux, clercs chantants non moins habiles que Frobert le grillon ; or, les suivants de Déduit, on peut s'en douter, sont la plus belle compagnie qu'il y ait au monde, « et *cortoise* et *bien enseignée*. » Comment en eût-il été autrement, composée qu'elle était de dames Parfaites, de Parfaits chevaliers et troubadours, ayant tous reçu l'enseignement à la même école d'amour, tenant eux-mêmes « corts d'enseignement. »

L'amant ne manque pas de demander à Oyseuse la faveur d'entrer et d'être introduit en si noble « assemblée » ou église. A peine a-t-il passé le seuil de ce sanctuaire du *gai savoir*, il se sent « liés et baus et joyeux. Sachiez, dit-il, que je cuidai estre por voir (vraiment) en paradis terrestre. » C'était une conséquence naturelle, la terre orthodoxe étant l'enfer pour les Albigeois. Aussi « Tant étoit li leu délitables qu'il sembloit estre espéritables. » Les oiseaux, chantres d'amour, y gazouillaient à l'envi, cherchant à se surpasser l'un l'autre ; « Ils chantoient un chant itel cum s'il fussent esperitel. »

Telle est l'œuvre de Guillaume de Lorris, et personne après ces courtes explications ne nous demandera, sans doute, avec M. Boissard, si elle est le produit de la pensée albigeoise. Ainsi donc, que Gerson, chancelier de l'Université de Paris, qui n'est pas plus que Thomas A'kempis l'auteur de l'*Imitation de Jésus-Christ*, resté non moins inconnu, par de bonnes raisons sans doute, que ceux des romans de Geste, « ait attaqué ce livre comme dangereux, » il n'y a guère a s'en étonner. Ce qu'on en peut conclure, c'est que le sévère chancelier avait pénétré le sens allégorique de l'œuvre, et reconnu l'essence sectaire de ces chants *espéritels*.

Traits touchants des troubadours et chevaliers.

« L'existence des troubadours est, au dire de M. H. Martin, plus animée, plus brillante que celle des trouvères ; la tradition a conservé les *aventures plus ou moins authentiques* d'un grand nombre d'entre eux avec un soin qu'on ne retrouve pas dans le Nord pour leurs rivaux. » Cette différence résulte de ce que l'hérésie était bien plus généralement répandue, beaucoup plus populaire dans le Midi que dans le Nord. A croire l'éminent historien qui, lui aussi, s'est laissé décevoir par le mirage chevaleresque « le pur amour de l'âme, l'esprit de la vie intérieure et contemplative appliqué à la passion a existé ailleurs que dans les livres. » Qu'apporte-t-il en preuve pour « montrer à quel degré d'exaltation morale pouvait porter une telle idéalité? » Il cite l'histoire du troubadour Geoffroi Rudel. « Épris de la comtesse de Tripoli, sur *la seule renommée de ses vertus*, il en fit désormais l'unique pensée de sa vie, passa la mer pour aller trouver sa dame en Syrie; mais atteint durant la traversée d'une maladie mortelle, il ne put soutenir les émotions de sa première, de son unique entrevue avec la comtesse. Il expira à ses pieds. Elle entra dans un cloître le même jour. »

Fauriel n'est pas moins touché du dévouement amoureux de Geof- froy Rudel. A l'en croire « c'est dans la classe moyenne des cheva- liers qu'il faut, malgré son titre de prince, chercher ce Geoffroy Rudel. » Pourquoi, s'il croyait sur parole l'auteur d'un pareil récit, quant au fond, ne pas lui accorder confiance sur les détails? Le hé- ros de l'aventure était bien réellement prince de Blaye; oui, mais il l'était comme Roland; comme Bègue était seigneur de Bélin. Ainsi que nous l'avons déjà expliqué, c'était un évêque albigeois, et par suite un prince de Merci.

La belle comtesse, objet de son amour, était de la maison de Tou- louse, puisque Tripoli de Syrie, pris par les croisés en 1109, avait été érigé en comté par Bertrand, fils de Raymond de Saint-Gilles. La dame n'était donc pas une pauvre fille des *tisserands* de Flandre ou des *poblicans* de Vezelay ou de Montwimer, c'était une belle et bonne église albigeoise, fondée en Syrie par ces troubadours pro- vençaux qui avaient accompagné les croisés. Elle avait donc continué d'entretenir de fréquentes relations avec ses *frères* et *sœurs* du Midi de la France, surtout avec les chefs de son illustre famille. Aussi le prince évêque de Blaye, édifié par sa correspondance et ne recevant sur elle que de bons rapports, la prit-il vite en affection. Il se mit donc, pour l'affermir dans la voie du salut, à célébrer ses perfections dans maintes compositions poétiques. Mais, chose étrange, la dame, d'origine toulousaine, ne comprenait pas la langue de son pays natal;

il fallait que les vers de son pasteur-amant lui fussent « chantés par un interprète, car ils sont, dit-il, en langage *roman.* »

Rien peut-il mieux prouver que la dame-église de Tripoli était un personnage collectif, car il tombe sous le sens que la majeure partie des fidèles d'amour de Syrie, soit naturels du pays, soit croisés du Nord, récemment convertis à l'albigéisme, ne pouvaient comprendre la poésie provençale ? Toujours est-il que, dans l'excès de son zèle apostolique, et désireux de juger par lui-même des progrès de cette église d'outre-mer, le prince-évêque s'embarque pour l'Orient. Il tombe gravement malade en route, mais il est assez heureux pour arriver encore vivant et à temps pour expirer dans les bras de ses coréligionnaires, de sa dame-église. La belle dame du noble sang de Toulouse lui rendit les derniers devoirs, après avoir échangé avec lui le baiser du *consolement,* puis se livra dans la retraite à la douleur causée par une perte si cruelle. Mais le lieu de la sépulture est à noter, ce fut « *chez les Templiers de Tripoli* qu'elle le fit enterrer pompeusement. »

Vouliez-vous donc que ce récit édifiant fût raconté à son de trompe sur les places publiques en pleine domination pontificale ? Les troubadours poétisèrent le fait d'après leur procédé ordinaire, ce qui lui vaut d'exciter encore l'admiration des cœurs tendres et d'être cité par des écrivains sérieux.

Il en fut de même de l'aventure de Guillaume de Balaun, se faisant arracher un ongle pour obtenir le pardon de sa dame-église *Guillel-mine* de Taviac ; de celle de Pierre de Barjac avec une *noble dame* de Javiac qui, ayant pris un *autre ami,* est invitée par lui à l'accompagner *devant un prêtre,* afin d'être dégagés tous deux. Il en fut de même de celle de Pierre Vidal avec une dame du diocèse de Carcassonne ; elle est trop curieuse et trop significative pour ne pas être rapportée.

Amoureux d'une dame nommée Louve (*Loba*) de Penautier, dont ses tendres instances ne pouvaient fléchir le cœur, il s'avise de se faire appeler *Loup* en son honneur ; bien plus, il se couvre d'une peau de loup, et le voilà vaguant ainsi par les bois et la plaine. Mais il arrive que les pâtres se mettent à lui courir sus avec leurs chiens, « ils le chassèrent dans les montagnes, dit l'abbé Millot, le poursuivirent et le traitèrent si mal qu'on le porta chez sa maîtresse; car il n'avait voulu être délivré des chiens qu'après avoir bien essuyé leurs morsures. La *femme* et le *mari* prirent soin de sa guérison. » Mais ils furent loin de « rire de sa pitoyable folie, » comme le dit l'abbé philosophe, qui voit là « une aventure *presque* incroyable. »

Ce qui « serait pour lui une preuve complète de démence » se réduit comme toujours à une allégorie. L'apôtre albigeois, Pierre Vidal, éprouve les plus grandes difficultés à convertir la paroisse de Penautier, puisqu'elle reconnaît, comme catholique, la suprême autorité de la louve romaine. Il a donc recours à la ruse habituelle de ses coréligionnaires, à celle que ne craignit pas d'employer Dante lui-même, avec la supériorité du génie ; cette ruse se réduit à ces simples termes : Vidal revêtit le déguisement catholique et se *fit loup* en feignant l'orthodoxie. Il y réussit à tel point que ses frères en religion y furent trompés. Dénoncé par eux comme apostat, il fut en butte aux attaques des pasteurs albigeois et de leurs chiens, c'est-à-dire de leurs fidèles. Méconnu, calomnié, autrement dit déchiré à belles dents, de son plein gré, il trouva enfin un asile dans la paroisse de Penautier, qui, ralliée par tant de zèle et d'habileté à la religion d'amour, versa, par sa conversion, du baume sur les blessures du faux loup. Bien plus, le mari de la belle dame, son curé, abjurant la foi romaine, compléta le triomphe du missionnaire.

Vingt récits de cette nature ne diffèrent que par la forme et n'eurent d'autre but que d'exciter le zèle en rendant compte des progrès de la foi. Les biographies des troubadours, telles qu'elles nous sont parvenues, ne sont, à y regarder de près, que les légendes des saints albigeois.

C'est une pure légende, un mythe sectaire que cette aventure du Parfait troubadour Guillaume de Cabestaing, passionnément épris de Sermonde, femme de Raymond de Roussillon, son seigneur, tué par le *mari* jaloux, qui lui arrache le cœur et le donne à manger à la dame. Ce mythe est reproduit exactement dans l'histoire du sire de Coucy et de Gabrielle de Vergy. Fauriel, avec bien d'autres avant et après lui, aura quelques doutes sur « certaines particularités, » mais il vous dira « qu'il n'y a point de motif pour en contester le fond. » Point de motif, grand Dieu ! Il n'avait donc pas lu la *Vita nuova* de

Dante, où le grand pasteur florentin reproduit identiquement le même symbole dans le sonnet qu'il adresse à tous les *fidèles d'amour*.

Rien ne serait plus aisé que de donner ici le mot de l'énigme ; mais il faut bien laisser aux savants quelque chose à deviner. Ils n'ont pas fait tellement preuve de sympathie à notre égard que nous soyons tenu d'achever leur éducation.

Girart de Rossillon ou de Viane (Vienne en Dauphiné).

Notre intention était de donner ici place à l'analyse de l'un de nos plus anciens romans de Geste. Elle aurait fait ressortir, avec non moins d'évidence que les précédentes, la mission réelle du héros véritable, déguisé sous les noms de Girart de Rossillon et de Girart de Viane. Rien de moins difficile que de faire reconnaître dans ce prétendu baron féodal, *sept ans* puissant et orgueilleux suzerain, *sept ans* humble et pauvre *charbonnier*, vaincu *sept fois* et *sept fois* victorieux, fondateur de *sept* monastères, époux d'une *humble* et douce dame, *ami par amour* de sa sœur, puissante reine et fille d'empereur, etc., etc., le type de l'apostolat albigeois dans la plus grande partie de la France. Mais cette interprétation nous entraînerait pour le moment dans de trop longs détails.

Nous supprimons donc ce travail ; et cela d'autant plus volontiers qu'un savant des plus honorables, car il est modeste, M. Mignard, auteur de mémoires on ne peut plus curieux sur les Templiers, vient de publier une très-belle édition de ce roman, d'après les manuscrits de Paris, de Sens et de Troyes. Cette version, d'un français plus moderne que celles de l'édition Janet, enrichie de notes philologiques qui manquent à cette dernière, où elles seraient bien plus nécessaires, diffère assez notablement avec elles, et mérite d'être étudiée.

Si l'on y remarque en effet la plupart des formules et des procédés auxquels se révèle, dès le premier coup d'œil, l'origine sectaire, il convient d'ajouter qu'elle affecte plus particulièrement le catholicisme, surtout vers la fin. Pourquoi et dans quel but ? C'est ce qu'il sera intéressant d'examiner. Nous pouvons toutefois noter dès à pré-

10

sent que le roman bourguignon aurait été composé, comme toutes les œuvres de même essence, par un clerc anonyme, d'après une vieille chronique latine du monastère de Vézelay, c'est-à-dire aux lieux où l'on se rappelle que saint Bernard prêcha la seconde croisade, en 1146.

Comme l'honorable M. Mignard, nous voyons dans le poëme de Girart de Rossillon « une véritable chronique en vers dont l'origine remonte au xe ou xie siècle. » Nous différons seulement sur les faits historiques qui s'y trouvent consignés. A son point de vue, elle retrace « la plus importante *lutte politique* du moyen âge ; » au nôtre, elle retrace un antagonisme bien plus ardent et plus prolongé ; beaucoup plus important surtout par ses graves conséquences, à savoir, la *lutte religieuse* dont la Réformation a été le résultat culminant. Voilà pourquoi, selon nous, « la chronologie y laisse tant à désirer, » car elle dépendait bien moins « du caprice des Trouvères et de l'ignorance générale » qu'on s'exagère trop, que de la nécessité de déguiser tout à la fois l'époque et les personnages.

Mille et un exemples. — Les nuits de Straparole. — Contes facétieux.

Il est un autre ouvrage, de publication récente, qui n'est ni moins curieux, ni moins important pour notre thèse que Girart de Rossillon, bien qu'il ne remonte guère au delà de 1500. Comme les autres, il a été réimprimé le plus innocemment du monde ; car, ni M. Janet, ni les érudits ses collaborateurs ne se doutaient assurément que, dans les *Nuits de Straparole*, ils donnaient au public une composition sectaire. Quelle œuvre édifiante ce serait que de leur offrir une traduction annotée de tous ces contes drôlatiques, dont la portée est si grave ! Nous n'y manquerions pas s'il n'y fallait du temps et des secrétaires, ce qui nous manque absolument.

Nous pouvons du moins jeter un coup d'œil sur ce recueil instructif, et comme nous avons eu occasion, dans l'analyse du Tristan, de dire un mot du *Roi Porc,* nous nous arrêterons de préférence à cette fable, dont l'origine est indienne ; un court résumé suffira pour s'en faire une idée complète. On voudra bien l'accepter en compensation de celui que nous ajournons.

Le roi Galeotto, ou plutôt le roi Marin, a pour femme Ermesile, dont le nom équivaut à île isolée, à l'écart, du provençal *erm*. On admettra donc bien que la scène ait à se passer dans l'insulaire Albion. Ayant eu déjà un roi-cheval dans l'ombrageux Mark, l'Angleterre ne devait pas trop répugner à un roi-pourceau. Le couple britannique n'a pas d'enfants. La reine désirant beaucoup un héritier, *trois fées*, charmées de sa beauté, se chargent de combler ses vœux ; disons encore, sauf à n'être pas cru, que ces fées sont trois croyances, celles-là même que nous avons vues dans Tristan se disputer la Grande-Bretagne.

L'une veut que la belle reine-île soit *inviolable*, et qu'elle ait *le plus beau fils* ou la plus belle population ; la seconde, que nul ne la puisse *offenser* (la race étant brave, surtout guidée par les Normands), et que ce fils ait *toute vertu et noblesse ;* la troisième, qu'elle abonde en *sagesse* comme en *richesses*, et que son fils, ayant à naître avec la figure et les habitudes d'un *pourceau*, ne change d'état qu'après avoir pris *trois femmes*. Ainsi, sous l'influence des Druides dont le *sanglier* était le symbole, l'enfant royal naîtra pourceau ou *marcassin sacré*, et il lui faudra épouser successivement trois croyances ou églises, *chrétienne, catholique* et *albigeoise,* avant de dépouiller entièrement les préjugés, les instincts et les vices natifs qui ravalent l'homme au niveau de la brute.

Le sort jeté sur l'enfant se réalise. Il naît pourceau et il est représenté, enfant, se roulant dans les immondices, puis allant, « ainsi ord et sale, se frotter aux beaux accoustrements de sa mère, en les souillant de fange et puanteur. »

Arrivé à l'âge de puberté le marcassin royal veut se marier et sa mère lui donne l'aînée de *trois* filles, dont la mère est une *pauvre veuve*, figure de l'Église primitive. La jeune foi n'épouse qu'avec une extrême répugnance et par devoir cette brute grossière, se vautrant dans l'infection païenne ; son époux a, de son côté, fort peu d'amour pour elle, et en effet il ne tarde pas à la tuer, dans la crainte qu'elle-même ne lui donne la mort. On comprend que les

10.

premières notions évangéliques durent succomber sous le druidisme natif, menacé de périr par elles.

Le royal pourceau épouse, quelque temps après, la seconde sœur ou la foi romaine, avec laquelle il continue ses pratiques idolâtres ou à se vautrer dans l'ordure, et il se défait d'elle comme de la première. Enfin il se marie en troisièmes noces à la dernière des trois sœurs ; la plus jeune et la seule qui soit nommée. Elle s'appelle Meldina ; de *mel,* miel, ou *melh,* mieux, comme on voudra. C'est seulement alors et pour l'amour de cette dame Parfaite que le nouvel époux, naissant à une *vie nouvelle*, répudie ses ignobles instincts, ses pratiques dégoûtantes. Pour elle, rejetant « sa puante et orde peau, monsieur le porc devint un beau jeune fils. » Il en fut de même, si l'on veut bien s'en souvenir, de l'humble et pauvre fille désignée sous le nom de Peau d'âne ; mais celle-là ne se vautrait pas dans la fange de l'idolâtrie, qu'elle avait en horreur.

Le roi Marin et la reine Ermesile, charmés désormais d'avoir un tel fils et une bru si parfaite, abdiquèrent la couronne en faveur du couple fortuné. Le nouveau roi se montra digne par ses vertus du pouvoir souverain ; il gouverna sagement l'Angleterre, « et vesquit longuement en grande félicité avec sa bien-aimée Meldine, » aujourd'hui reine encore, sous le nom d'église anglicane.

Tel est en substance ce conte de fées, dont le merveilleux est en complète harmonie avec celui des autres fictions dont se composent les deux volumes. Pour peu qu'on veuille s'y reporter, nous en avons dit assez jusqu'ici pour rendre intelligible à première vue l'*histoire de Doralice* qui, pour ne pas être violée par son PÈRE, se réfugie en *Angleterre*, où elle est épousée par le roi *Genèse ;* et cette histoire donnera la clef du roman populaire intitulé *la belle Hélaine de Constantinople.* C'est peut-être le moment de prévenir les érudits qu'ils n'ont pas assez étudié une géographie dont ils font trop bon marché, et que dans les romans de Geste Rome est souvent appelée Constantinople ; par allusion ironique à la prétendue donation de Constantin. Qui sait si parfois Toulouse n'y serait pas nommée Rome ?

Les savants éditeurs, qui n'hésitent pas à considérer le nom de Straparole comme forgé à plaisir, doivent comprendre maintenant que ce nom exprime un avis au lecteur intelligent de chercher le

sens du récit en dehors du mot littéral, *extra*. Après avoir pris soin
de signaler les sources où tant de fictions furent puisées, contes in-
diens, fables arabes, légendes, Actes des saints, etc, ce ne sera pas
eux qui douteront du talent de retouche déployé par les sectaires, de
leur habileté à remanier et à rajuster, à leur point de vue, des matériaux empruntés aux croyances les plus opposées. En les voyant exploiter les *Mille et une nuits*, que la version de l'abbé Galland ne
fit connaître qu'au XVIIIᵉ siècle, ils se défieront un peu plus de
l'ignorance de ces faiseurs d'anachronismes, non moins au courant
de l'histoire littéraire et politique de l'Europe que de celle de
l'Orient. En apprenant que ces mots, *comprendre le langage des
oiseaux*, signifient comprendre la langue symbolique des troubadours
et trouvères, les récits où se reproduira cette locution leur seront
plus accessibles, comme aussi certaines métamorphoses. Leur attention se portera alors sur nos fabliaux, même sur les contes de fées.
Il n'est pas jusqu'au *Petit Poucet* qui ne doive leur donner beaucoup à réfléchir. N'ont-ils pas reconnu le *Chat botté* dans leur édition ?

C'est peut-être beaucoup de besogne à la fois. Mais pourquoi ne
s'occuperaient-ils pas d'abord du *Dolopathos*, une de leurs publications, et surtout des contes mêmes qu'ils viennent de remettre en lumière ? Nous offririons de les leur traduire s'il pouvait leur convenir
de nous aider un peu à trouver des secrétaires et surtout un éditeur.
Nous pouvons toujours leur recommander, notamment parmi les
contes facétieux de Straparole, ceux dont nous donnons ici l'indication sommaire :

Demetrius Bassariot *épousant sa servante*, après avoir surpris sa
femme *Polissène* en adultère avec un *prêtre*. — Charles de *Rimini*
amoureux de *Théodosie*. — Le diable épousant *Sylvia* (la louve,
cette dame et reine de la forêt sauvage), et ne pouvant la rassasier en
la comblant de richesses. — L'humble *pêcheur Pierre*, le pauvre
d'esprit, épousant la fille du roi *Lucian*, qu'il a rendue *mère* par enchantement. — *Blanchebelle* de Montferrat, pays des Vaudois, autre
Blanchefleur, guérie par une *couleuvre*, la bonne *Samaritaine* (la
fée Manto de l'Arioste), après avoir eu les *yeux crevés* et les *mains
coupées*. — La perfide et lascive *Iseult*, femme de *Lucafer*, non pas

de Beaudrac, mais d'*Albani* ou d'Albano près de Rome, seigneur de *Gorem* ou de Gomorrhe, voulant décevoir le pâtre *Travaillain*, l'homme de labeur, vacher de son beau-frère Émilian, seigneur de *Pedrem*, et s'en retournant tout honteuse avec la tête d'un taureau aux *cornes dorées*. — Fortunio, le Parfait chevalier aux *trois* couleurs dantesques, *blanc, rouge* et *vert*, protégé par *trois* animaux symboliques, épousant la *fille du roi de Pologne*, cette Helgunda, sans doute, à laquelle, selon l'évêque de Posen, on ne pouvait *tourner le dos* sans être vaincu. — Livoret, fils du roi de Tunis, épousant malgré son surnom de *Porcarole*, la fille du roi de Damas. — Le Boulanger de Provins (celui qui débitait le pain des anges), père de *trois* filles : *Brunore*, la sombre foi romaine, dont le nom est le même que celui d'un géant vaincu par Tristan; *Lyonnelle*, celle des Pauvres de Lyon; *Clarette*, la lumineuse doctrine albigeoise, fille de l'Orient. Le roi Lancelot épousant cette dernière, dont il a *trois* enfants marqués d'une *étoile* au front, auxquels sont substitués *trois* chiens, comme dans la huitième histoire du Dolopathos, où Godefroy de Bouillon a pour frères des cygnes, remplacés aussi par des chiens. Les *trois* enfants de Lancelot reconnus par leur père, en lui rapportant l'*eau qui danse*, la *pomme qui chante* et l'OISEAU QUI PARLE. — Guérin ou Garin, fils du roi de Sicile, délivrant de prison un *homme* ou plutôt un chevalier *sauvage*, qui d'abord semble *muet*, et qui ensuite l'ayant aidé à triompher d'un *cheval* et d'une *jument*, couple destructeur, c'est-à-dire du druidisme et de l'Église romaine, lui vaut d'épouser la fille du roi d'Irlande. — Pourquoi jamais un roi ni une princesse de France ? — Flamine *Veralde* allant chercher la Mort (pontificale), et rencontrant la Vie (des Parfaits), qui porte un glaive d'une main et de l'autre un bâton terminé par un TRIANGLE. La Vie, sous figure d'une *vieille mendiante*, munie de philtres et d'onguents rivaux du baume de Fierabras, faisant renaître Veralde à une *vie nouvelle*, après lui avoir rajusté à l'endroit la tête qu'elle avait d'abord mise sens devant derrière, telle que l'a, au chant XX de l'*Enfer*, Manto, qui « *le natiche bagnava per lo fesso*, etc., etc. »

On n'a là le sommaire que d'une partie du 1er volume. Qu'on juge du IIe par le seul échantillon que voici :

Non moins cupide qu'avare, le Pape, désigné par le nom d'*Andriget de Côme*, sous-entendu de Médicis (Andriget signifie fils de la terre, du pays), fait l'aumône, « non qu'il ait compassion des pauvres, » mais pour qu'on lui donne « quelque arpent de terre pour agrandir ses pòssessions, » afin de devenir peu à peu « maistre et seigneur de tout le pays. » Telle est la foule des gens venant le trouver pour échanger prés, bois, vignes, contre quelques sacs de grain, « qu'en la maison de *cet usurier*, il semblait que ce fût le *grand jubilé.* »

L'usurier pontifical tombe malade et, avant de mourir, il dicte son testament à Tony *Raspant* ou l'écorcheur, le notaire ou camerlingue du Saint-Père. Andriget de Côme y déclare donc léguer son âme « au grand diable d'enfer; » celle dudit notaire-camerlingue, son complice dans les échanges usuraires, « au grand Satanas ; » l'âme de son confesseur, le Sacré-Collége, dépositaire de tous ses secrets, « à trente mille paires de diables. » Combien par cardinal? Item, il déclare léguer à l'Église, qu'il appelle « Félicité, *mon amoureuse,* » une bonne métairie, « afin qu'elle puisse se donner du plaisir et bon temps avec *ses rufiens*, COMME ELLE A TOUJOURS FAIT. » La Félicité de Léon X et la Béatrice de Dante sont deux sœurs ennemies. Enfin il lègue à ses deux fils, le clergé séculier et le clergé régulier, ayant nom l'un Commode, et l'autre Torquato, pour ne pas dire Torquemada, tous ses biens, « les priant, stipule-t-il, de ne faire dire à mon intention ni messe ni *de profundis;* mais de ne se donner à autre chose qu'à jouer, putasser, ivrogner, ribler, battre et faire toutes choses les plus infâmes, détestables et abominables ; afin que *mes biens induement acquis* s'en aillent *comme ils sont venus*, et que désespérez par la perte d'iceux, *ils se pendent eux-mesmes par leur col.* » Son testament dicté en ces termes, le descendant de Côme de Médicis, Andriget, « buglant comme un toreau, rendit son âme à Pluton, qui *dès longtemps l'attendait.* Ainsi ce malheureux, *sans soy confesser*, ni faire pénitence de ses fautes, finit misérablement ses jours. »

Pourquoi le grand pape Léon X est-il si cruellement traité dans ce conte? C'est que trompant, comme bien d'autres ambitieux, les espérances qu'il avait fait concevoir, démentant ses antécédents sec-

taires, une fois parvenu au saint-siége, il adopta la politique de ses
prédécesseurs et combattit l'hérésie au lieu de servir ses projets.

O docteurs endurcis, que *cet exemple* vous profite! Confessez
;in votre incrédulité, repentez-vous de votre obstination et pro-
fitez des jours que Dieu vous accorde pour en faire pénitence. Nous
vous pardonnons de grand cœur, quant à nous, votre mauvais vouloir; car il ne tendait à rien moins qu'à faire de nous un grand
homme, rôle dont nous eussions été fort embarrassé, en nous donnant pour le créateur d'un langage universel, bien autrement savant
et compliqué que le grec et le latin, où vous resplendissez, ô grands
philologues que vous êtes!

Que conclure de cette multitude de fictions si transparentes pour
quiconque n'a pas des écailles sur les yeux, si modernes en comparaison des précédentes? Que le langage symbolique, dont l'existence
est encore obstinément niée, a été très-réellement parlé, écrit, chanté; qu'il a enfanté la littérature la plus variée, la plus féconde, la
plus populaire; qu'il a été compris de toute l'Europe et au delà par
de nombreux croyants, liés entre eux par la communauté de la foi;
qu'il était encore en usage et très-bien compris à la fin du XVᵉ siècle
et dans le cours du XVIᵉ; enfin qu'il était à cette époque, cultivé,
choyé, patroné par des esprits supérieurs dans l'Église, dans l'État
et dans les lettres.

Quels sont en effet les personnages dont se compose la noble compagnie réunie pour entendre les fictions sectaires recueillies par le
soi-disant Straparole? Tous sont bien connus. C'est le cardinal
Pierre Bembo, l'ami de Léon X et de l'Arioste; c'est son frère, An-
toine Bembo, le poëte Bernard Capello, le Burchiella, l'évêque Casal
de Bologne, *ambassadeur d'Angleterre*, Marie Sforza, évêque de
Lodi, etc., etc. Qui donne l'hospitalité à cette société choisie, véritable Cour d'amour? C'est Lucrèce Sforza, fille de l'évêque de Lodi,
femme de François de Gonzague, marquis de Mantoue. Enfin le
lieu de la scène n'est pas moins remarquable; car c'est dans son palais de Murano, à Venise, que la Lombarde Lucrèce Sforza préside
cette assemblée peu orthodoxe. Ainsi l'averroïste Venise de M. E.
Renan, où les fidèles d'amour florentins et autres allaient chercher
des imprimeurs pour leurs productions platoniques, comme naguère

nos philosophes en trouvaient en Hollande; Venise, qui avait re-
poussé l'inquisition romaine, aurait été choisie, non sans motif, par
cette académie anti-papale, pour y tenir ses séances et rivaliser de
verve satirique avec les belles dames du Décaméron.

On a pu juger par les contes de l'esprit qui y régnait. Nous ne
nous arrêtons pas aux énigmes, obscènes pour la plupart, selon la
lettre, et comportant, comme celles du Tristan français, deux et
même trois sens différents, les *tre guarnacche* de Dante. Elles ne
sont là que pour offrir un appât à la curiosité, en indiquant combien
il est facile de déguiser la pensée sous le voile de l'expression. Tant
il faut peu s'en rapporter au sens littéral dans ces compositions allégoriques, où l'habileté du langage est poussée jusqu'à l'abus.

L'auteur de ces Nuits peu édifiantes les écrivait et les publiait au
temps de Léon X. Drôle d'époque! l'amour platonique, plus floris-
sant que jamais, était dans les sonnets, dans les pastorales, et le dévergondage dans les mœurs. Florence, Venise, Rome même, riaient
de tout, l'Italie était folle. Il était impossible de perdre plus
gaiement le royaume du ciel et l'empire de la terre. L'Arioste sou-
riait malicieusement en voyant son ancien compagnon de la *Truelle*,
Jean de Médicis, ceindre la tiare, espérant bien que le chapeau
rouge ne pouvait manquer à l'auteur du *Roland furieux*. Ses allégories sectaires désopilaient et l'amant empourpré de la Morosina et
le cardinal Sadolet, aimé des Réformés eux-mêmes, et tant d'autres
hommes éminents. Si son patron, Hippolyte d'Este, les traitait de *bali-
vernes!* dans une métaphore un peu crue pour un prince de l'Église,
c'est qu'il était moins pénétrant peut-être, ou, titulaire de deux ar-
chevêchés, tenait-il davantage à ses revenus épiscopaux. Alors des
poëtes tonsurés poussaient la plaisanterie jusqu'à faire trôner Jupiter
dans le paradis catholique. Le carnaval était en permanence sur les
bords plantureux du Tibre et s'ébattait en plein soleil.

Mais à ce moment même, dans les brumes de la Germanie, se
dressait la sombre figure de Luther. Le hardi réformateur ne plai-
santait pas, lui; démolisseur à ciel ouvert, il ne dissimulait pas
l'hostilité de sa pensée sous des déguisements ingénieusement combinés. A sa voix, plus puissante que le cor et le glaive de Roland,
Rome trembla sur ses fondements; une large brèche s'ouvrit **aux**

flancs de l'édifice catholique, depuis longtemps miné sourdement
par la sape maçonnique, et depuis lors, cette brèche ne s'est pas re-
fermée. Bûchers, gibets, tortures, massacres, n'ont pas fait reculer
d'un pas l'idée de réformation mise en avant par les Albigeois; aujourd'hui encore leur Massenie se perpétue, avec les mêmes symboles,
dans les loges maçonniques, à l'insu même des modernes adeptes. Là
est le secret de la guerre d'excommunications faite par l'Église,
dont les coups ne s'égarent jamais, à la Franc-Maçonnerie, dont elle
connaît si bien, par des traditions non interrompues, l'origine hété-
rodoxe et la parenté templière

Retour aux Cours d'amour. — La mère de Marcabrus. — Laure de Sade. — Alphonse X de Castille.

Bon nombre des renseignements biographiques concernant les
troubadours n'ont pas d'autre source que les notices d'un certain
Jean Nostradamus ou de Notre-Dame, autrement dit l'apôtre bien-
aimé de Notre-Dame-de-Toulouse. Ce pseudonyme doit le rendre
d'autant plus suspect que la plupart des belles légendes dont on vient
de parcourir quelques échantillons, lui sont empruntées. On lui doit
aussi quelques détails sur les Cours d'amour, dont il y aurait à se
faire scrupule de ne pas donner connaissance à gens curieux de
s'instruire.

On a vu précédemment que si les contrées où siégeaient les
Cours d'amour étaient indiquées, d'une manière générale : Provence,
Guyenne, Champagne, etc., le lieu même où se réunissaient ces
parlements ou conciles sectaires était systématiquement omis. On
avait de bonnes raisons pour cela. Nostradamus supplée à cette la-
cune pour la Provence; mais de quelle manière? Il nous apprend
que les Cours d'amour s'y tenaient à Signe, à Pierrefeu, à Romanin,
et enfin dans Avignon même; il va même jusqu'à donner la liste des
dames qui les composaient. Nous ne répondrions pas que, sous les
trois premiers noms, dont il est aisé de reconnaître la valeur symbolique, ne fussent dissimulées les assemblées sectaires tenues à Saint-

Félix-de-Caraman, dans le château de la Minerve et dans les divers lieux, foyers principaux de l'hérésie, où des monuments vraiment historiques signalent des réunions de ce genre.

Voici comment s'exprime Jean Nostradamus, dans la *Vie de Bertrand d'Allamanon;* nous copions Raynouard : « Ce troubadour fut amoureux d'Estéphanette de Romanin, dame dudit lieu, de la maison de Gantelme, *qui tenait de son temps Cour d'amour ouverte et planière* en son château de Romanin, près la ville de Saint-Remy, tante de Laurette d'Avignon, de la maison de Sade, tant célébrée par Pétrarque. »

Il est à remarquer que le même écrivain albigeois dit de la mère de Marcabrus, l'un des plus anciens troubadours, qui vivait de 1120 à 1150 : « Elle étoit docte et savante aux bonnes lettres et la plus fameuse poëte en notre langue provenssale, et *ès autres langues vulgaires.* » On peut s'étonner que, dans un temps où de hauts barons ne savaient pas même signer leur nom, une femme, dans quelque condition qu'elle fût née, eût acquis tant de doctrine, et que, non-seulement elle cultivât avec éclat la poésie dans sa propre langue, mais encore *dans les autres idiomes vulgaires,* ce qui est beaucoup dire.

La surprise cessera lorsqu'on saura que Marcabrus, issu selon les uns d'une *noble dame,* selon les autres d'une *pauvre femme* nommée *Bruna,* on se rappellera Brunissens, était en réalité le fils de la sainte mère église albigeoise elle-même, noble et glorieuse dame pour ses fidèles, en même temps qu'on la voyait humble et pauvre femme, réduite aux plus rudes épreuves, comme l'*humble* et *glorieuse* Béatrice. On comprend dès lors que cette mère-église des troubadours excellât dans la science, dans la poésie, et qu'elle composât, par eux, dans *toutes les langues vulgaires* de l'Occident, en faisant peu usage du latin, langue rituelle de l'Église. N'est-ce donc pas là ce que Nostradamus a voulu donner à entendre par le renseignement suivant, traité par l'abbé Millot de ridicule bévue : « Quelques auteurs, dit Nostradamus, ont pensé que les invectives de Pétrarque contre Rome avaient pour objet la mère de Marcabrus; qu'il la désignait sous le nom de Rome, et l'appelait l'*avare Babylone,* le nid de trahison, la fontaine de douleur. »

Ainsi pour ces *auteurs* innomés, si le fait est exact et s'il n'y faut pas voir une ruse indicative du prétendu Nostradamus, la mère de Marcabrus aurait été en réalité une église, quel que fût son nom. Qu'on juge alors de quel côté serait la bévue.

Une seule composition de Marcabrus mettra à même de juger s'il avait profité des leçons de sa sainte mère et s'il fut fidèle à ses inspirations. Mais il est bon de savoir qu'il faisait grand cas de Guillaume de Poitiers, que nous connaissons, et qu'il blâme fort l'*autre*, Geoffroy Plantagenet, de se laisser dominer par des gens qui le gouvernent mal, c'est-à-dire par le clergé romain, à l'influence duquel il attribuait, sans doute, l'alliance du comte avec Louis VII, pour en obtenir l'investiture de la Normandie. Nous laissons parler le vieux troubadour :

« Droit et raison n'ont plus lieu, puisque *l'argent élève les hommes les plus vils* aux premières places. » Quelles dignités pouvait-on acquérir au XIIe siècle à prix d'argent en dehors de l'Église, et comment alors s'y prendre autrement pour flétrir la simonie ? « Les seigneurs ne prennent conseil que de gens sans honneur, » des membres du clergé n'étaient-ils pas les conseillers ordinaires des grands ? « Ils enferment leurs femmes (plus accessibles à la parole évangélique) et personne n'en n'approche que les vilains (prêtres et moines) à qui ils en confient la garde. Leurs enfants participeront de la nature et des inclinations de ces *infâmes gardiens.* » Ici le trait a double tranchant, et il nous rappelle Renart « compissant les loviax. »

« Le monde est enveloppé d'un *gros arbre touffu* qui s'est étendu prodigieusement, au point *d'embrasser tout l'univers ;* cet arbre est la *méchanceté.* Il a jeté de profondes racines, au point qu'il est *impossible de l'abattre.* Pour peu qu'on y touche, ceux qui devraient protéger la vertu, jettent les hauts cris. Comtes, rois, princes sont *pendus à cet arbre* par le *lien de l'avarice,* lien si fort qu'on ne saurait le détacher. »

Il faut renoncer à expliquer quelque symbole que ce soit si l'on se refuse à admettre que ce grand arbre embrassant l'univers et si difficile à renverser, au vif regret de l'auteur, soit le catholicisme représenté par la papauté. Qu'est-ce que la *méchanceté,* dans son acception la plus large ? L'ensemble de tous les vices, orgolh, avarice,

luxure, envie, etc. Quel est le premier *méchant* et le type de toute
méchanceté ? Satan. Quelles sont les paroles que Dante met dans la
bouche de Pluton, en qui il ose personnifier Grégoire V ? *Pap'è Satan aleppe*, Satan, c'est le pape roi. Concluez et refusez-vous à reconnaître le clergé orthodoxe dans ceux qui, *par état, devraient protéger la vertu ;* dans le *lien d'avarice*, l'intérêt matériel qui, bien plus
que la voix de la conscience, soumettait les puissants de la terre à la
domination pontificale.

Veut-on savoir maintenant ce que pensait le vieux troubadour des
églises orthodoxes, qu'il désigne sous le nom de prostituées, et de la
manière dont elles pratiquaient, selon lui, l'amour ou la charité ? Il vous
dira : « *Les falsas putas ardens*, les fausses et ardentes courtisanes
trahissent tout homme qui se fie à elles, et *se moquent des fous* qui
se laissent *abuser par leur sourire*. D'abord, dit Salomon, elles sont
douces comme l'hydromel ; mais on les trouve à la fin plus cuisantes
et plus amères qu'un *serpent....* Elles font mille caresses à ceux *dont
elles convoitent la dépouille*, et les congédient (en paradis) après les
avoir ruinés. En même temps qu'elles sont si faciles avec tant d'autres (grands et puissants), elles font les prudes avec ceux-ci (les
pauvres et les faibles). *Argent* fait tourner leur *amour* où il veut et
quitter *les plus honnêtes* pour se livrer *aux plus vils*. Maudit amour
(catholique) qui est devenu marchand (simoniaque), je t'envoie au
diable. » Que ne pouvons-nous traduire ici les sirventes de Pierre
Cardinal !

On doit donc être à peu près fixé et sur la croyance de Marcabrus
et sur l'essence réelle de sa prétendue mère *Bruna*, et nous pouvons
revenir à Jean Nostradamus. Il ajoute, au sujet de cette sainte et
digne mère Bruna, d'une si profonde doctrine pour son temps :
« La dicte dame *tenoit cour ouverte en Avignon*. » Étonnez-vous
après cela qu'il signale des Cours d'amour dans cette ville pontificale.
Il y en avait bien dans Rome même.

A Nostradamus, si bien instruit de tout ce qui concerne cette
généalogie, de nous édifier maintenant au sujet des petites-filles de
la docte Bruna. Voici ce qu'il nous apprend : « Suivant ce qu'en a
escrit le Monge des Isles d'or, rendant ample témoignage de la doctrine de ces *dames*. La belle Laure de Sade, amie de Pétrarque,

fut instruite par sa tante, Estephanette de Gantelme, dame de Romanin. Il est vrai, dict le Monge, que Phanette, comme très excellente en la poésie, avoit *une fureur ou inspiration divine*, laquelle estoit estimée *un vrai don de Dieu*. Elles étoient accompagnées de plusieurs dames illustres et généreuses de Provence, qui fleurissoient de ce temps en Avignon, lorque la *Cour romaine* y résidoit, qui s'adonnoyent à l'étude des lettres, *tenans cour d'amour ouverte*.

» Guillen et Pierre Balbz, et Loys de Lascaris, comtes de Ventimille, de Tende et de la Brigue... estans venus de ce temps en Avignon, visiter Innocent VI, furent oyr les *deffinitions* et *sentences d'amour* prononcées par ces dames, lesquels émerveillez et ravis de leurs *beaultés et savoir* furent *surpris de leur amour*. »

Cette belle et toute naïve narration du très-véridique Nostradamus, qui brouille volontiers les dates et ne marchande pas les anachronismes pour se faire comprendre, signifie en bon français : que l'albigéisme passa du bourg de Romanin, de la petite Rome albigeoise, si vous voulez, dans Avignon, qu'elle s'y installa en dépit du Pape et à sa barbe ; qu'elle y eut ses Cours d'amour, ses prédicants ou « ses dames des enseignements » donnant *deffinitions* et *sentences d'amour*, de même esprit et teneur que celles dont on a pu admirer le sens profond ; que la doctrine albigeoise y fut personnifiée, comme nous l'avons répété maintes fois, sous le nom de Laure de Sade, laquelle devint ainsi la petite-fille de Bruna et la nièce de la dame de Gantelme et de Romanin ; enfin, que sous le pontificat d'Innocent VI, les charmes de la tante et de la nièce, son élève, « qui toutes deux romansoyoient promptement en toute sorte de rythme provensalle, » grâce au zèle des troubadours, conquirent à la foi sectaire les bourgs de Vintimille, de Tende et de la Brigue.

Ce n'est pas plus difficile à entendre que cela. Qu'on juge maintenant si Raynouard était bien fondé à dire en terminant son travail sur le sujet qui nous occupe : « Les preuves diverses et multipliées que nous avons rassemblées ne peuvent laisser le moindre doute sur *l'existence ancienne et prolongée des Cours d'amour*, qu'on voit exercer leur *juridiction* soit au nord, soit au midi de la France, depuis le milieu du XIIe siècle jusqu'après le XIVe. »

Oui certes, les Cours d'amour ont existé, même avant le XIIe siècle, et ont fonctionné bien au delà du XVe; mais non telles que les troubadours se sont amusés à le faire croire aux académiciens, qui une fois dupes, ne reviennent ni facilement ni volontiers à la vérité, leur sautât-elle aux yeux. Si leur influence a été grande du midi au nord, c'est qu'elle ne s'exerçait pas sur de misérables questions de galanterie, mais sur les plus graves intérêts, la politique et la religion.

Rien jusqu'ici n'indique suffisamment que l'église albigeoise reconnut un chef suprême; mais son organisation, les moyens qu'elle mettait en œuvre avec un si remarquable ensemble, ses merveilleux progrès, la lutte désespérée qu'elle soutint contre la papauté, tout démontre une direction savamment calculée, un plan d'une combinaison profonde, enfin, des forces mises en mouvement vers un but constant, par une pensée invariable. Or, cette direction, cette pensée unique, elle était dans les conciles signalés par historiens et chroniqueurs; conciles ne prenant ce nom que dans les instants si rares où l'hérésie pouvait déployer en sûreté sa bannière. Lui fallait-il la dissimuler prudemment? Conciles, synodes, conférences disparaissaient soudain ou plutôt se transformaient. Il n'en était plus question. Mais alors s'ouvraient les Cours d'amour, sous le patronage de tel puissant baron dont les forces militaires garantissaient contre toute violence. Les premières dont il soit fait mention sont celles du Puy en Velay, dans les domaines du comte de Toulouse, appelé aussi mont *Notre-Dame* ou *Sainte-Marie*, noms sous lesquels les Albigeois désignaient mystérieusement leur église. Depuis lors, les réunions du même genre, en tous autres lieux, et il y en eut beaucoup, tant dans le midi de la France qu'en Normandie et en Angleterre, s'appelèrent *Puys* et *Puys d'amour*, ce qui en révèle assez l'essence.

Véritables parlements diocésains ou provinciaux du moyen âge, on y délibérait sur les affaires de l'église dissidente, sur les mesures à arrêter, sur les établissements à former, sur la direction à donner aux missions, sur les choix à faire pour chacune d'elles. Voilà ce qu'on a considéré si longtemps, avec une charmante bonhomie, comme des rendez-vous de fêtes et de plaisirs, parce que Parfaits et Parfaites s'y réunissaient sous prétexte de jeux guerriers et poétiques; appareil tout extérieur en réalité ne tendant qu'à décevoir les profanes. Aussi Fauriel appelle-t-il les Cours d'amour « de vraies écoles de poésie, de vraies académies, sans contredit les plus anciennes de l'Europe. » Mais l'essence de cet enseignement, de cette poésie, lui a malheureusement échappé. Que les Albigeois eussent triomphé des croisés, des notions plus précises assurément l'auraient préservé de l'erreur dans laquelle il est tombé, faute des documents qu'il regrette, et qu'il avait pourtant sous la main.

Il est à présumer que les sujets à traiter par les troubadours, soit sous forme de romans, ce puissant moyen de communication et de propagande, soit sous toute autre, étaient discutés dans les synodes. A défaut des modes de publicité ordinaires, déjà assez restreints à cette époque, les compositions commandées ou agréées par les Pères du concile étaient mises en circulation dans les lieux publics et dans les réunions privées, les unes par le chant, les autres à l'aide d'une récitation accentuée d'après certaines règles. Les jongleurs ou diacres étaient chargés de ce soin, sous la direction du Parfait ou du troubadour, qui, selon le lieu, le temps et les personnages, ajoutait au texte les commentaires et les enseignements opportuns.

On s'est extasié maintes fois sur la sagacité critique et sur l'exquise finesse de tact dont firent preuve les Provençaux, en ne goûtant que très-médiocrement les productions de Deude de Prades, de Hugues de Saint-Cyr, de Gaucelm Faydit, en alléguant pour raison que « leurs chants ne mouvaient pas vraiment d'amour. Les compositions de ces poëtes sont cependant pour nous, dit-on, au moins égales pour les sentiments et la couleur à celles qui leur furent préférées, elles en surpassent même un grand nombre par l'élégance et la grâce de l'exécution. »

Rien de moins étonnant pourtant lorsqu'on ne s'obstine pas à voir dans les chevaliers et dans les troubadours des amoureux transis, soupirant uniformément pour une dame en chair et en os, douée de toutes les perfections physiques, morales et intellectuelles. Les chants *qui ne mouvaient pas vraiment d'amour* étaient ceux qui avaient été composés en dehors de la direction des Cours d'amour, ceux dont elles n'avaient pas agréé soit le fond, soit la forme, ou qui s'étaient produits dans des circonstances jugées par elles inopportunes. Leurs auteurs étaient des hommes de talent sans doute ; mais qui donc mieux que leurs supérieurs pouvait connaître soit la tiédeur, soit l'exubérance de leur zèle? On conçoit dès lors que l'esprit religieux leur refusât un succès qu'ils n'auraient dû qu'à l'art et non au sentiment profond de la foi et du devoir.

Le génie poétique n'était donc pas pour les Provençaux, comme le croit Fauriel, « une faculté morale et secondaire de l'amour; » il était l'inspiration religieuse réduite en art pour faire triompher la loi d'amour, la loi de Dieu, principe de tout ce qui est noble, beau et juste. C'est précisément ce qu'exprime ce passage remarquable de Giraud de Borneil : « La faculté de trouver ne déchoit ni ne s'élève pour faveur ou bien qu'il lui en vienne; *elle s'attache aux nobles cœurs* et *le bien dire suit le droit penser*. » Diriger et contenir cette faculté de trouver, telle était justement une des principales attributions des Cours d'amour.

Chevaliers errants, chevaliers sauvages, chevaliers volontaires.

L'éminent professeur que nous ne nous lassons pas de suivre, parce qu'il fait autorité dans la matière, n'a pas eu soupçon, en recherchant de quels éléments se composait le personnel de la littérature provençale, qu'il fouillait les archives de l'église albigeoise. Il en est pourtant ainsi, ce que démontrera une rapide appréciation de ces éléments d'après les lumières du sens commun.

On peut croire avec lui qu'avant le XIᵉ siècle, il y avait, dans le midi de la France, des hommes faisant profession, sous le nom de jongleurs, *joculatores*, de réciter ou de chanter des fictions romanesques. Mais c'est justement parce que les apôtres de la doctrine dissidente trouvèrent cet usage établi dans les contrées où il avait survécu à la domination romaine, qu'ils s'empressèrent de l'adopter, pour le faire servir à leur propagande. Car de même qu'ils excellaient à s'approprier les traditions héroïques, les fables religieuses des différents peuples, à greffer leurs idées sur ce fonds national, ils déployaient une extrême habileté à se plier, selon les temps et les

11

lieux, aux usages et aux coutumes des pays où ils exerçaient leur ministère. Ils se firent ainsi *minnesinger* en Allemagne, bardes et skaldes en Scandinavie, menestrels en Angleterre, trouvères dans la France du nord, troubadours et jongleurs dans l'ancienne Aquitaine, *giullari*, hommes de joie, en Italie, laissant partout des monuments de leur génie et un souvenir tout populaire.

Les missionnaires de l'hérésie allaient prêchant certainement la religion d'amour bien avant l'époque où Guillaume de Poitiers les désignait, vers 1100, sous le nom de troubadours, car avant d'avoir gagné les hautes classes de la société, leurs doctrines avaient dû mettre un assez long temps à s'infiltrer dans les rangs inférieurs.

Au moment où la propagande sectaire est complétement organisée, c'est-à-dire de 1150 à 1200, période la plus brillante de la littérature provençale, Fauriel signale avec raison différents ordres de troubadours et jongleurs, la nécessité même des choses ayant dû les diviser en deux classes distinctes. Les uns, en effet, s'adressant plus particulièrement aux sommités sociales, ne chantaient que pour les cours et les châteaux ; les autres, s'attaquant davantage aux instincts populaires, composaient pour la place publique, pour la classe des marchands et des travailleurs, pour la population des campagnes. Nous avons dit que les premiers étaient les évêques dissidents, réunissant les qualités de Parfaits chevaliers et de Parfaits troubadours. Nous avons expliqué comment, n'ayant pas moins de courage que d'habileté, sachant au besoin employer la ruse et faisant constamment preuve d'une patience, d'une humilité à toute épreuve, ils furent le type de Renaud de Montauban, figure chevaleresque en opposition avec maître Renart, représentant symbolique du clergé romain.

Les seconds, non moins utiles par les recrues qu'ils ne cessaient de faire parmi les classes les plus nombreuses, parmi ceux qui avaient le plus à souffrir de l'oppression et des exactions cléricales, fournirent le modèle des chevaliers errants, comme aussi celui des chevaliers sauvages, personnifiés dans le roman dont *Guidon le Sauvage* est le héros facile à reconnaître.

Enfin, au-dessus de ces deux ordres de chevaliers et de troubadours, il y avait celui des barons et seigneurs féodaux qui, ayant embrassé la croyance albigeoise, en étant devenus les protecteurs ou parrains, faisaient de la propagande à leur manière et dans leur sphère sociale. Ceux-là cultivaient souvent la poésie et l'employaient à faire pénétrer parmi la noblesse, et plus encore parmi la bourgeoisie, les idées hostiles à la toute-puissance pontificale. Non-seulement ils encourageaient le peuple à secouer le joug théocratique, en le prêchant d'exemple, mais encore ils le soutenaient et prenaient résolûment sa défense contre prélats, inquisiteurs et légats, ces Estult, ces Galaffron, ces géants et ces négromants dont abondent les romans de Geste. De là, cet héroïque personnage de Roland, contrastant avec messire Issengrin ; ce fils de Milon, dont le langage puissant ouvrait, sous le nom de Durendal, une énorme brèche dans le granit des montagnes, brèche à travers laquelle l'hérésie faisait invasion sur le sol espagnol, où elle pouvait s'écrier bien avant Louis XIV : « Il n'y a plus de Pyrénées ! »

Ces nobles sectaires, types du Roland chevaleresque, étaient bien en effet des seigneurs féodaux, de véritables chevaliers. En cette qualité, ils n'hésitaient pas à conférer au besoin, d'après les idées du temps, et surtout dans les loges masseniques, l'ordre de chevalerie aux membres distingués de leur communion qu'un intérêt religieux ou politique appelait dans les pays étrangers.

Voyez, d'une autre part, avec quelle libéralité certains empereurs d'Allemagne, comme les Conrad, les Othon, les deux Frédéric, se prêtaient, une fois descendus en Italie, à donner l'ordre de chevalerie aux bourgeois de Milan, aux marchands et banquiers de Gênes et de Florence. C'était pour eux un moyen de recruter contre la papauté et de fortifier en Italie une opposition qu'ils savaient au mieux ne pas être seulement politique. Aussi, Dante n'a-t-il garde d'oublier les familles qui écartelaient sur leur écu « les armes du grand baron, » vicaire de l'empereur Othon, et c'est avec orgueil qu'il rappelle la promotion de son trisaïeul Cacciaguida, fait chevalier par Conrad.

Quant aux jongleurs proprement dits, jongleurs de chant, de paroles, de romans, comme on les appelait, il faut les distinguer des jongleurs *mimes*, c'est-à-dire des bateleurs et des bouffons. Les jongleurs clercs étaient, comme il a été déjà dit, des ministres évangéliques, encore soumis aux épreuves préliminaires du sacerdoce,

11.

Ayant rang de diacres dans l'église sectaire, ils étaient près des pasteurs auxquels ils s'attachaient, dans une position analogue à celle des écuyers à l'égard des chevaliers, et c'est sous ce titre qu'ils figurent dans les romans.

Si l'on cite des troubadours distingués, et, entre autres, Giraud de Borneil, comme accompagnés constamment de deux jongleurs, c'est indubitablement que ces troubadours étaient des évêques albigeois, dont la dignité et les fonctions exigeaient l'assistance de deux diacres. C'est pour cela qu'il est dit d'eux : « *Ils ne faisaient jamais de tournée* (épiscopale) sans les avoir l'un et l'autre à leur suite. »

On se tromperait fort en croyant que le premier venu pouvait être admis aux fonctions de jongleur. Fauriel vous dira qu'il y fallait « une mémoire extraordinaire, une belle voix, bien chanter, bien jouer de l'instrument dont on s'accompagnait, et de plus la connaissance de l'histoire, des traditions, des généalogies. Plusieurs jongleurs sont en effet cités pour leur savoir historique. » Le docte membre de l'Institut pense que ces connaissances ne pouvaient s'étendre bien loin, dans un temps où toute histoire se réduisait à d'arides chroniques ; mais est-il bien certain que leurs bévues, leurs anachronismes, leurs confusions de personnages, de pays et de dates ne soient pas volontaires ? Ne seraient-elles pas, au contraire, la preuve que leur science à cet égard était beaucoup plus grande qu'il ne veut bien le supposer ? Quant aux généalogies, il s'agit de celles des romans de Geste.

En outre des jongleurs attachés à la personne de l'évêque ou du simple pasteur, il y avait ceux qui, ayant déjà fait leurs preuves, s'en allaient, munis de la recommandation de l'un ou de l'autre, donner l'instruction ou porter le consolement dans les cours et les châteaux. C'étaient ceux qu'on appelait *fils majeurs*, les diacres de première classe. Les autres, désignés par le nom de *fils mineurs*, s'acquittaient des mêmes fonctions dans les bourgs et villages ; mais le plus souvent leur aptitude spéciale les désignait pour le genre de service qu'on attendait d'eux.

Ces deux classes d'un même sacerdoce se recrutaient dans tous les rangs de la société, à la seule condition de joindre à une vocation réelle les dons naturels et l'instruction nécessaires pour réussir dans un apostolat si difficile et si périlleux. « Un fait curieux à préciser, selon Fauriel, c'est combien il *descendait* dans ces classes poétiques de personnages d'une condition généralement réputée supérieure. Rien de plus fréquent au XIIe et XIIIe siècle, dans les pays de langue provençale, que de voir des chevaliers, des châtelains, des chanoines, des clercs, se faire troubadours ou simples jongleurs. Plusieurs des plus distingués parmi les uns et les autres avaient commencé par être des personnages considérables dans la société. Peyrols avait été chevalier, Pierre Cardinal était né d'une famille noble et riche; Pierre Roger avait été chanoine à Clermont; Arnaud de Marueilh avait été clerc, et le fameux Arnaud Daniel était un gentilhomme qui avait reçu une éducation distinguée. » Soyez certains que ces hommes-là ne croyaient pas descendre en embrassant l'apostolat, qu'ils se relevaient au contraire à leurs yeux et à ceux de leurs frères. Le mystérieux Sordel était un noble seigneur.

Comment, du reste, des chevaliers comme Sordel, comme le Dauphin d'Auvergne et tant d'autres auraient-ils hésité à se faire troubadours par zèle pour leur foi, quand des rois comme Richard d'Angleterre et Pierre d'Aragon, de puissants suzerains comme Guillaume de Poitiers, se proclamaient eux-mêmes profès en la Gaie science ; lorsqu'ils joignaient leur voix à celles des servants d'amour, pour exalter, dans un intérêt moins religieux peut-être que politique, la dame mystérieuse et Parfaite qui, sous des noms différents, étoile, fleur, lumière, était appelée à repousser aux enfers la louve romaine, à écraser le serpent pontifical ? l'*Infâme* ne date pas de Voltaire.

De même que les mandements épiscopaux, les jours de sermon des prédicateurs et l'ordre des offices, etc., sont affichés aux portes des églises ; les troubadours s'annonçaient dans les châteaux par une espèce de programme poétique ; y donnant à connaître les compositions lyriques, pastorales ou romanesques devant servir de texte à leurs enseignements. Dans combien de lieux la divine Comédie ne fut-elle pas ainsi récitée et commentée devant un auditoire d'élite ? Fauriel cite comme exemple un morceau bizarre de Pierre Cardinal « dans lequel l'auteur s'enveloppe, dit-il, des voiles de l'allégorie la plus fantastique, au point qu'elle lui paraît inintelligible. » Ces voiles lui eussent paru transparents s'il eût compris la composition véritable du baume de Fierabras.

Comme ce fameux baume, en effet, l'onguent annoncé par le chevalier troubadour et probablement évêque, Pierre Cardinal, cet onguent qui *guérit toutes sortes de plaies*, même les morsures *des reptiles les plus venimeux* (dans les rangs orthodoxes, bien entendu), n'est autre que la parole évangélique ; comme aussi le *vase d'or* dans lequel il est contenu, vase orné des pierres les plus précieuses, n'est autre que le Saint-Graal lui-même, ou le livre des Évangiles, tel que l'avaient adopté et traduit les Albigeois ; livre d'or, vase contenant la véritable lumière, visible seulement aux initiés, aux profès du *gay saber*. Or, parmi les romans annoncés par Pierre Cardinal, se trouve à point nommé celui de Tristan de Léonois, si bien connu de Dante, et qui, célébrant la conquête de l'Angleterre à la loi d'amour, devait être à plus d'un titre plein d'intérêt pour les Provençaux.

On a vu, d'une part, que le clergé albigeois, si habile et si zélé, se recrutait aussi bien dans les rangs du sacerdoce orthodoxe que dans ceux de la noblesse et de la bourgeoisie ; on a pu se convaincre, d'un autre côté, par les interprétations que nous avons données des arrêts des Cours d'amour et des décisions de la casuistique amoureuse, que les ecclésiastiques convertis à la foi d'amour ne pouvaient conserver charge d'âmes dans la paroisse où ils avaient rempli les fonctions curiales.

Que devenaient, donc une fois dépossédés de leur cure ou de toute autre fonction sacerdotale, ces nouvelles recrues enrôlées sous la bannière de l'hérésie ? Comme les autres aspirants au sacerdoce sectaire, ils allaient dans les séminaires ou dans les loges recevoir l'instruction, puis, devenus diacres ou écuyers, après avoir subi les épreuves et donné les garanties requises, ils étaient admis au rang de Parfaits chevaliers, ou de Parfaits troubadours. Ainsi gradués, ils partaient en qualité de missionnaires ou de *pellegrini d'amore*, comme dit Dante, entreprenant parfois de longs et périlleux voyages. Aussi retrouve-t-on partout leurs traces, depuis les glaces du Nord et le fond de la Germanie, jusqu'en Orient ; en France et dans les Pays-Bas, en Angleterre, en Espagne et en Italie. C'est alors que, dans le langage symbolique des fidèles d'amour, ils étaient désignés par le nom de chevaliers errants.

Prêchant la parole d'amour, la vraie loi du Rédempteur, leur mission était de redresser les torts de Rome, de prendre la défense des faibles opprimés ; aussi étaient-ils représentés et célébrés comme les vrais soldats du Christ, les champions du pauvre, pourfendant sous toutes les formes les monstrueux abus du régime théocratique, comme les consolateurs de la *veuve*, Rachel, cette église gnostique si cruellement éprouvée par l'Hérode pontifical ; comme les soutiens dévoués des *fils de la veuve*, ces humbles membres de la Massenie du Saint-Graal, comme la terreur des ogres, des dragons et des géants.

Il faut donc en croire Fauriel écrivant : « Il est indubitable que, dans tous les pays de l'Europe où il y eut des chevaliers, il y en eut une classe particulière que l'on désigna par le titre de *chevaliers errants;* » et il cite en preuve la taxe que mit sur eux, en 1241, Henri III d'Angleterre, qui avait grand besoin d'argent et devait naturellement s'adresser pour en obtenir à ses meilleurs alliés ; fallait-il qu'il les désignât par leur véritable titre de missionnaires albigeois ?

« C'est dans les monuments poétiques de la France méridionale, ajoute-t-il, que je trouve les plus anciens indices de la chevalerie errante. Ce qu'on peut conclure de leur ensemble, c'est que la condition de chevalier errant était plutôt *accidentelle* et *transitoire* que fixe et permanente. » Où pourrait-on trouver en effet ailleurs qu'en Provence plus de traces de ces pèlerins d'amour, puisque la Provence fut leur sol natal? Et n'était-ce pas le moins qu'après les épreuves d'une vie errante ces zélés missionnaires, rappelés à des fonctions sédentaires, pussent se reposer de leurs longues fatigues?

Au contraire des romans qui les représentent toujours isolés et courant à la recherche des aventures, « les poëtes provençaux nous les font voir assez ordinairement marchant plusieurs ensemble, et, suivant toute apparence, associés temporairement pour une entreprise ou pour une *quête* communes. » Mon Dieu oui ; absolument comme les missionnaires de nos jours, et toujours ils étaient accompagnés de leur *socius*, dont les troubadours, leurs confrères, ont fait leur écuyer.

L'un des plus illustres parmi ces chevaliers errants, personnage authentique, du moins comme troubadour, fut Raimbaud de Vaqueiras, dont les amours platoniques avec madame Béatrice, qu'il appelait son *beau chevalier*, sont des plus curieux, mais fourniraient un trop long épisode. Disons seulement que Boniface, marquis de Montferrat, dont la Béatrice de Raimbaud aurait été la sœur, est un des seigneur du midi de l'Europe dont les troubadours se sont le plus occupés, par la raison toute simple que, partageant leur croyance, il couvrait de sa protection les Vaudois, dont les va.lées du Piémont furent le berceau.

D'autres chevaliers sont signalés à la même époque dans les monuments historiques du midi de la France et de la Catalogne sous le nom de *chevaliers sauvages*. Le roman intitulé *Guidon le Sauvage* offre la personnification poétique de ces *guides* ou pasteurs des lieux alpestres. Il figure dans le Roland de l'Arioste, que nous annoterons probablement un jour, avec des héros dont la valeur symbolique n'est pas plus difficile à déterminer.

Un article de certaines constitutions de Jacques Ier d'Aragon, qui avait besoin de ménager Rome, défendait, en 1234, de faire des chevaliers sauvages ; un autre article « semble établir, dit Fauriel, un rapprochement entre cette classe de chevaliers et les jongleurs ; il défend de faire aucune libéralité à un *jongleur* et à un *chevalier sauvage.* » Je le crois bien, et un pareil rapprochement allait de soi-même. Le jongleur n'était-il pas l'écuyer, le *socius* du chevalier sauvage, et le roi d'Aragon, voulant donner des gages à Rome, pouvait-il les séparer dans la défense qu'il édictait ? La libéralité faite à l'un n'aurait-elle pas été faite à l'autre ?

Les chevaliers sauvages avaient en réalité les rapports les plus étroits avec les chevaliers errants ; comme eux, ils étaient des ministres du culte proscrit, obligés de dissimuler soigneusement leur caractère. Ils n'en différaient qu'en un point, c'est qu'au lieu d'aller sur la terre étrangère catéchiser et convertir les populations orthodoxes, ils avaient à remplir leur ministère dans leur pays natal. Puis, au lieu d'exercer des fonctions sédentaires dans une seule paroisse, ils avaient à se mouvoir dans une circonscription beaucoup plus étendue. Il leur fallait s'en aller par monts et par vaux, dans les contrées alpestres, porter la parole de paix et le *consolement* aux populations isolées, trop peu nombreuses pour avoir un pasteur résidant ; comme aussi à celles que la persécution ou le bûcher avaient privées du leur..

A la différence des ministres des villes, bourgs et châteaux, chevaliers *courtois*, comme titulaires de telle ou telle église, leur *dame par amour*, ils étaient, eux, les pasteurs des bois et des montagnes, réduits, pour donner la pâture à leurs brebis, à parcourir les contrées les plus sauvages ; de là le nom sous lequel ils furent désignés par leurs coreligionnaires, qui le firent accepter, comme tant d'autres termes conventionnels, en dehors de leur église, avec une signification toute différente.

Ceux qui traitent nos études de bouffonneries et y voient le résultat d'une déplorable hallucination, nous opposent Fauriel et son oublieux disciple M. Ampère ; nous ne saurions mieux faire que de continuer à le suivre, car il est généralement sûr quant au fait en lui-même ; il en est autrement quant à sa portée : aussi nous réservons-nous la liberté d'appréciation. « Il est, dit-il, une dernière catégorie de chevaliers, dont l'organisation positive et réglementaire est aujourd'hui fort peu connue.... De toutes les contrées de l'Europe où la chevalerie fut en vigueur, c'est peut-être l'Espagne qui offrirait le plus de vestiges de l'organisation des *chevaliers volontaires* en corps particulier de milice, antérieurement au commencement du XIIIᵉ siècle. »

Loin de s'égarer dans la recherche de ces précieux vestiges historiques, le savant et spirituel professeur va droit où il ne saurait manquer de les trouver, c'est-à-dire au recueil de lois et usages compilé par le roi Alphonse X, sous le titre de *Las Siete Partidas*, ou les *sept* parties. Il convient donc assez de s'enquérir, au sujet de ce roi de Castille et de Léon, de sa manière de penser et d'agir, enfin du but que se proposait sa politique, en procédant ainsi par *sept*.

Fils de Ferdinand III, auquel il succéda en 1352, nous serions très-enclin à le considérer comme un disciple des fidèles d'amour. Dante avait gardé un trop bon souvenir de ce royaume, quoiqu'il eût donné naissance à saint Dominique, pour qu'il en soit autrement ; puis d'ailleurs les louanges enthousiastes données à ce monarque par tous les troubadours témoignent assez de l'espoir confiant mis en lui par l'église dissidente. C'est en effet à eux qu'il doit d'être surnommé l'*astronome*, le *philosophe* et le *sage* ou le savant, malgré son incapacité gouvernementale, car il ne fut pas moins que le poëte florentin un fervent adorateur de *dame philosophie*. Si Dieu, disait-il, l'avait appelé à son conseil lors de la création, le *monde* aurait été bien mieux ordonné, c'est-à-dire que le Pape ne serait pas devenu, au lieu et place de Satan, le prince du monde, *princeps mundi*. Ce qui était, on en conviendra, très-philosophique pour l'époque.

Cinq ans après l'avénement d'Alphonse X au trône, une faction de princes allemands, composée bien entendu de protecteurs des *Minnesinger*, et nourrissant en secret des sentiments hostiles contre la papauté, l'appela à l'empire et l'opposa à Rodolphe de Habsbourg. Son élection fut saluée par les acclamations chaleureuses des troubadours, qui déjà voyaient en perspective ce qu'ils appelaient *le jour du jugement*, où les *morts* et les *vivants*, c'est-à-dire les catholiques et les sectaires, seraient rétribués selon leurs mérites. Pour eux c'était le jour où ils auraient un empereur et un Pape de leur croyance. Ayant déjà obtenu le pontife, dont la vie fut trop courte, dans Calixte II, l'ancien évêque de Limoges, qui délivra à la chronique de Turpin un brevet d'authenticité, comme œuvre du prélat contemporain de Charlemagne ; ils avaient hâte de posséder l'empereur qui les aiderait dans l'élection d'un Pape membre de leur église. Aussi, plus tard comptèrent-ils beaucoup sur Henri de Luxembourg ; même jusqu'à l'époque de Léon X, l'ami de l'Arioste, et membre de la *Société de la Truelle*, il ne leur aurait peut-être pas été bien difficile de trouver dans le sacré collége un affilié à leur secte, quelque éminence non moins dévouée à leurs intérêts que le cardinal Colonna, le zélé protecteur de Pétrarque.

Malheureusement pour eux, leur empereur d'adoption écrasa inutilement ses peuples d'impôts, pour soutenir ses droits à l'empire. Pendant qu'il disputait la couronne à Rodolphe de Habsbourg, les Maures envahirent ses États, et son fils don Sanche, révolté contre lui, le chassait du trône en 1282, secondé par le mécontentement de ses sujets. Ce fut en vain qu'il s'efforça de ressaisir le sceptre usurpé par son fils, en appelant à son aide, en vrai philosophe qu'il était, les Maures d'Afrique. Il échoua dans ses tentatives désespérées et mourut de chagrin à Séville en 1284. Les Parfaits troubadours ne manquèrent pas de lui consacrer des chants de douleur, et de déplorer amèrement sa perte. A coup sûr ce n'était pas sans de justes motifs en ce qui les concernait.

Tel fut le compilateur des *Siete Partidas*, grandement suspectes à nos yeux, provenant d'une telle source, d'avoir particulièrement en vue la propagation de l'hérésie. Leurs sept divisions paraissent assez se rapporter aux sept grades de la Maçonnerie albigeoise et elles pourraient encore donner lieu à plus d'un rapprochement délateur ; mais pour plus de brièveté, voyons quelles prescriptions Fauriel va nous signaler concernant les *chevaliers volontaires ;* quels sont les usages dont il dit : « Je m'y arrêterai d'autant plus volontiers qu'ils ne sont point notés comme appartenant exclusivement à l'Espagne. *Ils représentent, selon toute apparence, ce qui avait lieu de l'autre côté des Pyrénées.* » C'est-à-dire dans les provinces du midi de la France. Il nous semble impossible de rencontrer plus juste.

« D'après le document cité, la discipline commune des chevaliers volontaires variait en temps de paix et en temps de guerre (lisez de persécution) et s'étendait aux moindres détails de leur régime. » Les couleurs de leurs vêtements, au nombre de *trois*, cela va sans dire, étaient analogues à celles dont Dante habille Béatrice, et qui se reproduisent à la fin du *Paradis*, dans les trois cercles qui, réfléchis comme *Iri da Iri*, offrirent aux regards éblouis du poëte la ressemblance des Parfaits, *la nostra effigie*. Seulement le jaune y remplace le blanc, par un motif tout local, cette couleur étant adoptée comme nationale par les Espagnols. Les couleurs sombres adoptées par les Parfaits dans les pays où ils étaient réduits à se cacher « auraient paru un signe de tristesse et presque de lâcheté » à ces preux docteurs du *gai saber,* sous un prince qui les protégeait et qui allait ceindre le diadème impérial.

« Leur manière de vivre en temps de guerre (de persécution) était, à ce qu'il paraît, strictement réglée et *très-rigide.* Ils faisaient deux repas par jour (pareille diète ne devait-elle pas donner beaucoup de vigueur à ces vaillants champions?) : l'un, le matin de très-bonne heure (à la première heure du jour, quand les maçons commencent leurs travaux); l'autre, le soir, après le coucher du soleil (même analogie). Le premier de ces repas était très-sobre (sans doute pour mieux supporter les labeurs de la journée). Leur repas du soir était le principal; mais, le soir comme le matin, on ne leur servait *qu'une nourriture grossière* et que du vin médiocre. Hors des repas on ne leur donnait que de l'eau, sauf durant les fortes chaleurs qu'on y mélangeait un peu de vinaigre. (Essayez donc de mettre de vrais soldats à ce régime, fût-ce en Espagne.)

« Quand ils faisaient la guerre (c'est-à-dire lorsqu'on la leur faisait), *on ne jugeait pas à propos de leur en parler.* (La persécution parlait assez d'elle-même.) Mais en temps de paix, afin d'entretenir leur courage *dans l'exaltation*, on leur faisait durant les repas (au réfectoire) une lecture appropriée à cette intention. On leur lisait quelque récit véridique ou romanesque des *anciennes guerres* ou des *prouesses des chevaliers* des vieux temps, et à défaut d'histoires écrites de ce genre, ils avaient les *chants héroïques des jongleurs* (tout cela se comprend de soi-même).

« Du reste, indépendamment des devoirs particuliers résultant de leur organisation, les chevaliers volontaires étaient tenus aux devoirs généraux de la chevalerie (comment en douter, Parfaits qu'ils étaient?); à défendre le faible contre le fort (la *Veuve* et les *Fils de la Veuve* contre l'oppresseur mitré, contre Estult l'Orgueilleux); à travailler à rétablir la concorde partout où ils la voyaient troublée (corbleu! quels prédicateurs de paix que des guerriers armés de toutes pièces, enjoignant, la lance au poing; qu'on ait à s'embrasser au plus vite sous peine de horions!); au service respectueux des dames (églises), et à la défense de la religion (albigeoise).

« Il est même un usage qui semblerait indiquer de leur part une intention plus forte et plus réfléchie de remplir ces devoirs; c'est l'usage où ils étaient de se faire au bras droit, avec un fer brûlant, une marque ineffaçable, dont la vue était destinée à les leur rappeler. » Oui, le baptême de feu ou de l'Esprit leur imprimait un caractère ineffaçable qui les marquait comme soldats du Christ, mais non pas à l'aide d'une brûlure réelle, qui n'eût pas manqué de les désigner aux inquisiteurs. C'était un fer rouge massonique.

N'y a-t-il pas à rester stupéfait qu'un homme de la valeur de Fauriel ait été dupe de pareilles mystifications? qu'une règle quasi-monastique, destinée à des hommes habitués à une vie de privations, n'employant, pour arriver à leur but, d'autres armes que la parole et l'exemple d'un dévouement tout pacifique, lui ait apparu avec le caractère d'un règlement purement militaire ?

S'il n'eût été aveuglé par des préoccupations qui fourvoient encore tant de gens d'esprit, le plus simple bon sens lui aurait dit : que le roi Alphonse X, persuadé qu'il allait ceindre la couronne impériale, avait appelé, tant de l'Allemagne que d'Italie et de France, un certain nombre de Parfaits, destinés à former au delà du Rhin le noyau d'un clergé dévoué à ses intérêts et au triomphe de la religion évangélique; que dans ce but il avait recruté des *volontaires*, tant parmi les chevaliers errants que parmi les chevaliers sauvages, et qu'il jugea convenable de leur tracer une règle en rapport avec leur manière de vivre habituelle; règle se rapprochant en plus d'un point de celle des Templiers et des Hospitaliers de Saint-Jean. Enfin, que le service militaire, auquel cette règle les astreignait fictivement, n'était que celui de soldats de l'Église militante contre l'Église usurpatrice.

Il est très-probable que l'idée mère des *Siete Partidas* fut suggérée à Alphonse X, par Guiraud Riquier, troubadour de Narbonne. Voici en quels termes il adressait à ce prince sa *supplique* au nom des jongleurs et troubadours, après un éloge de la *Gaie science*, qui lui a valu, dit-il, plus d'honneur que de biens : « La jonglerie a été instituée par des *hommes de savoir*, pour mettre les *bons* dans le chemin de la *joie* et de l'honneur. Ensuite vinrent les troubadours, pour chanter les histoires des temps passés, et pour *exciter le courage des vaillants*. Mais il s'est levé une race de gens qui, sans mérite et sans esprit, prennent l'état de chanteur, de joueur d'instrument et de troubadour. La jonglerie tombe ainsi dans l'avilissement. Je déplore que les habiles troubadours n'aient pas élevé la voix contre cet abus. Je voudrais qu'ils eussent demandé que chaque espèce de jongleur eût un nom particulier qui le distinguât (pour qu'on ne confondît pas de saints prêtres avec des baladins).

« Mais vous, puissant roi, qui avez toute l'autorité, *tout le savoir* nécessaire pour corriger un désordre si pernicieux ; vous qui régnez sur la Castille, où la jonglerie et la (Gaie) science ont trouvé *dans tous les temps plus de protection qu'en aucune cour ;* vous, si *bien surnommé* (le sage) pour entreprendre *le grand ouvrage que je propose,* entreprenez cette réforme... Empêchez que ceux qui ont la science de *trouver* ne soient confondus avec les ménétriers et autres de même trempe. Donnez-leur un nom particulier (celui de *chevaliers volontaires* par exemple) tel qu'il vous paraîtra convenir. Vous savez, noble roi de Castille, combien ils sont *au-dessus de ceux qui ne procurent qu'un plaisir frivole* aux yeux et aux oreilles ; car les savants troubadours laissent dans les esprits *une impression forte et durable* de tout ce qu'ils disent de *bien ;* et *portent* les auditeurs à *y conformer leur conduite.*

« Quel tort ne leur fait-on pas de les mettre dans la même classe que les plus vils jongleurs, *ces hommes doués par Dieu d'un si grand savoir,* et par qui il a voulu que la (Gaie) science, *le plus précieux des biens,* se répandît dans le monde comme *d'une source abondante?* Quels honneurs ne doit-on pas rendre à ces troubadours faits *pour éclairer l'univers,* lorsqu'ils se rendent aussi estimables par leur conduite que par leur savoir ? (A la différence du clergé romain.)

« Ma requête vous est adressée pour ceux-là uniquement qui font des vers, où la raison, d'accord avec la rime, donne *des leçons utiles ;* pour ceux qui *honorent la science* par des compositions enrichies de *beaux passages* (des romans sectaires) et de *citations savantes* (des Évangiles de l'Enfance, de Joseph d'Arimathie et autres). »

On peut juger jusqu'à quel point le roi de Castille fit droit à cette requête, et si l'abbé Millot, qui la rapporte au long, était bien fondé à douter qu'elle fût sérieuse, malgré la gravité de sa rédaction. Mais on sera du moins en mesure de se former une idée nette sur une institution dont le véritable caractère a été complétement méconnu. On y regardera d'un peu plus près lorsqu'il s'agira de *chevaliers errants,* de *chevaliers sauvages,* de *chevaliers volontaires.* On ne confondra plus surtout la chevalerie féodale avec la chevalerie amoureuse, créée en opposition à ses prépotences, et destinée à réformer ses abus.

HUITIÈME ET NEUVIÈME EXEMPLE. — Coup d'œil sur les Amadis et sur Blandin de Cornouailles.

Quelques mots seulement comme intermède sur les Amadis et sur Blandin, car nous voici à la onzième feuille, et ce qui ne devait être qu'une brochure menace de devenir un livre. En vain sont là, réclamant contre un passe-droit, Parise la duchesse, Berthe au grand pied, Girart de Nevers, Parthenopex de Blois, le *Dolopathos,* ce souffre-douleur de l'astuce romaine, etc. ; ils attendront que le public ait pris goût aux travestissements du moyen âge ; quant à présent, il s'en soucie peu et, plus que jamais, « les longs ouvrages lui font peur » : abrégeons donc.

Un travail de bénédictin ne suffirait pas à épuiser la série des Amadis, ni celle de leurs descendants Galaor, Esplandian, etc. Tous ces romans espagnols et autres ne diffèrent en rien de ceux dont on a lu l'analyse plus ou moins développée. *Amadis,* qu'il faudait orthographier *Amadiex,* signifie celui qui aime Dieu, il est écrit aussi *Amadius;* c'était, on se le rappelle, au cri de *Diex le volt* que les Croisés s'élançaient vers l'Orient. Ce nom se rapproche donc beaucoup par son étymologie de celui d'*Aymons* ou *Aimons;* comme aussi d'*Aymeri* ou aime-riz, d'*Aymar* ou aime-art, etc. ; en effet, tout ce monde-là est de la même famille. Laissez les philologues jeter les hauts cris, nos vieux *trouveurs* en savaient plus qu'eux, et lorsqu'ils adoptaient certains noms, ils s'attachaient bien plus à la signification sous-entendue qu'à l'étymologie véritable, dont souvent ils se souciaient très-peu.

Le premier des Amadis, dit le chevalier du Lion, pour ne pas l'appeler de Lyon, est désigné aussi sous le nom de *beau Ténébreux,* équivalant à beau mystérieux ou beau brun, dont celui de Brunissens nous a donné la signification. On peut donc le reconnaître facilement à ces divers indices comme un Pauvre de Lyon. De même que, ses confrères, cet apôtre de l'évangile albigeois, quitte la *Gaule,* l'Aquitaine, sa patrie, pour passer en Espagne et conquérir cette contrée à la religion d'amour. Comme les autres romans celui qui rend compte de ses faits et gestes au delà des Pyrénées est le journal, le bulletin de ses prouesses apostoliques, de ses triomphes sur les suppôts de Rome. Quoi de plus aisé à reconnaître?

Amadis, le Parfait chevalier de Lyon, aux allures et au langage ténébreux, est épris de la belle Oriane. Ce nom, dérivé d'orient, indique assez l'intime fusion opérée entre le vaudéisme local et l'albigéisme oriental personnifié dans la belle dame, fleur, rose, étoile d'Orient. Toute lumière, tout bien était censé venir de l'Orient dans cette littérature ; il n'est pas jusqu'à la petite ville d'Assises qui, selon Dante, ne dût s'appeler *Orient*, pour avoir donné naissance à saint François, *le pauvre de Dieu,* en qui il réclamait un frère.

Comment ne pas voir que les années passées par Amadis sur la *Roche pauvre* font allusion à la longue persécution endurée par les Pauvres de Lyon, contraints de se réfugier dans les lieux les plus déserts? La roche du Beau ténébreux est en réalité la roche des pauvres, la bonne roche, la bonne pierre, ne différant en rien de celle sur laquelle le Sauveur voulut que se construisît son Église. Elle contraste de sa nature avec la *pierre de scandale* érigée dans Rome. Elle est, en tant que *buona Pietra,* en opposition directe avec cette fameuse cité appelée par Dante *Mala-Pietra.* De même que la belle et tendre Oriane est la contre-partie de la cruelle *madonna Pietra.*

Michel Cervantes, bon et loyal catholique qu'il était, connaissait aussi, à n'en pas douter, l'essence mystérieuse du roman d'Amadis. Il n'en signale pas moins les quatre premiers livres comme un chef-d'œuvre. Quand lui-même en a créé un dans l'immortel don Quichotte, nul ne se doute qu'il a eu pour but de ramener dans le giron de l'Église les débris de l'église albigeoise, dispersés dans les provinces espagnoles, en leur montrant le néant de leurs espérances. En un mot, car ce n'est pas le moment de s'étendre sur ce sujet, nul n'a soupçonné que le *chevalier de la Triste figure* est au total la caricature charitable de ces hommes qu'il estimait au fond pour leurs vertus et leur savoir, la contre-partie de *Tristan de Léonnois* ou du Pauvre de Lyon, sous les traits duquel eux-mêmes s'étaient représentés jadis.

Tout apôtre de la religion d'amour avait droit au nom d'Amadis ; aussi Amadis de Gaule eut-il une innombrable progéniture. Il devait y avoir naturellement un Amadis de Grèce, la secte étant venue de Constantinople en France par la Bulgarie ; mais le roman de ce nom doit avoir eu pour héros, sauf examen, Pierre Vidal, ce fameux troubadour qui, ayant épousé une *Grecque* (ayant converti une église grecque), dans l'île de Chypre, se mit en tête, est-il rapporté par ses biographes, Albigeois comme lui, de *conquérir l'empire grec aux droits de sa femme*. Il y eut aussi un *Amadis de Trébizonde*, par un motif analogue, un *Amadis de l'Étoile*, en sous-entendant d'Orient, etc., etc. On nous pardonnera de n'en pas donner la liste complète, et, sans insister davantage, de passer à des missionnaires plus rapprochés de nous.

Voulez-vous des noms encore plus significatifs que celui d'Amadis, portez votre attention sur le titre de ce roman de Geste : BLANDIN *de Cornouailles et* GUILHOT ARDIT *de* MIRAMAR. Il n'est pas difficile assurément de reconnaître que le premier nom dérive de *blandire*, caresser, flatter ; et que le second, traduit littéralement, signifie l'intrépide ennemi du mensonge, dont le regard se dirige vers la mer. En effet, *guil*, en provençal, signifie mensonge, *host*, d'*hostis*, ennemi, *ardit*, vaillant, *mirar*, regarder, et *mar*, la mer. Reste à voir si les deux héros sont dignes de leur nom. Mais d'abord quel serait l'auteur du roman ?

Jean Nostradamus, qui avait ses motifs pour cultiver l'anachronisme, attribue Blandin de Cornouailles à l'une des quatre filles de Raymond de Toulouse, *Éléonore*, mariée depuis à Henri III d'Angleterre. On ne s'étonnera pas que des princes de même croyance s'unissent alors, comme aujourd'hui, par des mariages. Cette princesse l'aurait, selon lui, adressé à Richard Cœur-de-Lion ; notez que ce monarque était mort avant qu'elle vînt au monde. « Si elle lui fit ce don, c'est qu'en allant à la croisade, Richard se serait arrêté à la cour de Toulouse, *où il aurait appris la langue des troubadours*, et se serait exercé à l'écrire. » On le voit, les biographes ne se gênaient pas non plus pour exprimer par figures ce qu'ils n'osaient dire autrement. On comprend que Richard fit à Toulouse des progrès rapides.

Il est dès lors inutile de rechercher un auteur qui avait d'excel-

12.

lentes raisons pour se cacher. Quel qu'il fût, c'était un Albigeois, car l'essence sectaire de son œuvre s'y révèle à chaque page. Jugée au-dessous du médiocre, par Fauriel, elle n'en a pas moins sa valeur historique ; car elle signale la prise de possession de l'Écosse et de l'Irlande, par l'hérésie, déjà maîtresse de l'Angleterre. On notera que, à s'en rapporter au renseignement biographique donné par Nostra-damus, l'événement remonterait au règne de Richard. Or, à en croire le nom du héros, le doux Blandin, la double conquête se serait accom-plie sans violence aucune, par la persuasion, bien que les prouesses guerrières ne manquent pas, selon l'usage, dans le récit de ses aven-tures. Nous suivrons de préférence Raynouard, dont l'analyse est plus complète que celle de Fauriel, en résumant ce roman *d'amors et de cavaleria*, qui s'ouvre rituellement vers la Pentecôte.

Blandin a pour frère d'armes Guilhot, son *socius*. Tous deux se sont mis en quête d'aventures. Après avoir chevauché depuis deux jours et deux-nuits sans autre guide qu'un petit chien, symbole de fidélité, ils arrivent à l'entrée d'une caverne. Blandin y entre seul. Il marche d'abord dans *une profonde obscurité;* il en est toujours ainsi sur terre pontificale, forêt ou caverne ; puis il arrive, comme Jauffre, comme l'amant de la Rose, etc., dans un riche verger, où il s'endort sous un *pommier en fleurs.* Nous ne sommes plus, on le voit, sur le sol où croît l'olivier; aussi est-ce l'arbre cher aux Nor-mands, ces héros des troubadours, qui s'offre d'abord à nos yeux ; de plus, les fleurs dont l'arbre est chargé indiquent l'époque du printemps, celle des missions et des initiations.

Blandin est réveillé par deux damoiselles, qui le prient de les déli-vrer d'un *géant* (d'un Estult l'Orgueilleux) dont elles sont prison-nières. Est-il besoin de dire que les deux suppliantes sont les deux églises d'Écosse et d'Irlande ? Le Parfait chevalier se rend à leur prière, à la condition qu'*elles le suivront*, s'il est vainqueur. Ce qu'elles n'ont garde de refuser. Blandin triomphe en effet de ce gigantesque ennemi; puis il rejoint avec ses deux nouvelles con-quêtes son ami Guilhot de Miramar, resté en vedette à l'entrée de la caverne.

Les deux damoiselles montent en croupe derrière les deux che-valiers, et les voilà chevauchant tous quatre vers un château qui s'offre à leur vue. Il appartient à la famille des deux sœurs. Un autre *géant* métropolitain, frère du défunt, s'en est emparé violemment, et il retient en captivité leurs parents, Parfaits chevaliers de haut parage. Guilhot réclame l'honneur de l'aventure, sans doute comme ennemi du mensonge ; mais, au moment de triompher, en dépit de deux énormes lions, l'un régulier, l'autre séculier, à coup sûr, réunissant l'orgueil et la force, voilà que les deux fils du géant, ses suffragants probablement, surviennent et le chargent de fers.

Blandin, qui ne voit pas revenir son ami, pénètre à son tour dans le château, et bientôt, secondé de Guilhot, qui a brisé les portes de sa prison, il vient à bout des trois géants. Les deux vainqueurs rendent alors la liberté aux parents des damoiselles, à leurs pasteurs et pères spirituels, et ils les remettent en possession de leurs domaines.

Le lendemain, à l'aube, heure massénique, les deux Parfaits chevaliers quittent le château. Tout en chevauchant, ils entendent un bel oiseau, autrement dit un *Minstrel*, un chantre d'amour, leur disant en son harmonieux langage, qu'après avoir traversé un grand désert (catholique) ils trouveront un beau pin; c'est-à-dire une église cathédrale, dont le clocher rappelle cet arbre à la forme pyramidale, et que là, l'un devra prendre son chemin à droite, l'autre à gauche.

Comment se refuser à suivre les recommandations du Parfait oiseau ? Arrivés donc au lieu indiqué, les deux frères d'armes se séparent, en convenant de se retrouver au même endroit le lendemain de la Saint-Martin, au commencement de l'hiver, cette saison détestée des troubadours, époque où se terminaient d'ordinaire leurs missions. Le moindre détail est significatif.

Guilhot de Miramar ne tarde pas à rencontrer l'un des géants vaincus au château ; il le tue ; mais blessé lui-même, il remonte avec peine sur son destrier, et s'en va perdant ses forces avec son sang. Les Parfaits chevaliers avaient parfois de sanglantes épreuves à traverser. Un ermite, un de leurs hospitaliers, le recueille et parvient à le guérir en peu de jours. Il recommence alors ses courses apostoliques. Le frère du *chevalier noir* succombe à son tour sous ses coups, mais le vainqueur est accablé par le nombre et reste prisonnier. Ce pauvre Guilhot joue de malheur. Tel était souvent, il est vrai, le sort des missionnaires ses frères.

12.

De son côté, Blandin, une fois séparé de son compagnon, était entré dans un bocage, verger, jardin, c'est tout un dans ce genre de fictions. Là, il avait rencontré une damoiselle gardant un *cheval blanc*. Nous avons dit quelle était la signification la plus ordinaire du cheval. La belle lui apprend qu'on la nomme la damoiselle d'*Outre-mer ;* étrange coïncidence avec le nom de son ami, l'intrépide Guilhot de *Mira-mar ;* mais il n'a pas le temps d'y songer ; car sur l'invitation qui lui est adressée de partager le repas de la dame, il accepte la *Cène*, puis se promène avec elle dans la prairie. Mais bientôt, *pris de sommeil*, il s'endort *sous un pin ;* sans doute sous l'influence de quelque réminiscence orthodoxe de la belle inconnue. Lorsqu'il se réveille, la damoiselle a disparu et lui a laissé son cheval blanc, en échange du sien, qu'elle a emmené, et qui, selon toute apparence, devait être gris pommelé, le pavé du temple étant noir et blanc.

Blandin entend retrouver et la dame et le destrier. Après *trois jours* de marche, un écuyer lui apprend que son maître a perdu la vie en voulant rompre l'enchantement qui tient plongé dans le sommeil une belle damoiselle dont il était passionnément épris. Il était impossible que l'enseignement narcotique administré sous l'influence du négromant pontifical ne produisît pas un profond engourdissement chez les dames-églises de la Grande-Bretagne. Les romans font foi qu'il en était de même dans tous les pays du monde. Tel fut chez nous le sort de la *Belle au bois dormant*, persécutée par la *mauvaise fée* et protégée par la *bonne*.

Le preux chevalier se fait conduire au château où repose la belle endormie. Sur dix chevaliers qui la gardent, il en tue six, reçoit les quatre autres à merci, et, après les avoir prudemment enfermés, il parcourt le château ; mais toutes ses recherches sont vaines. Descendant alors au jardin, il y trouve le frère de la belle enchantée, qui lui dévoile tout le mystère. Il le conduit dans une chambre où il voit cette beauté parfaite étendue sur un lit, entourée de *sept* damoiselles, dont l'une est sa sœur, qui veillent jour et nuit. En la voyant si *blanche* et si parfaite, Blandin ne manque pas de s'en éprendre d'amour. Il est à peu près sûr de la réveiller.

Mais pour rompre l'enchantement il faut faire la conquête de l'*autour blanc*. Nous croira-t-on quand nous dirons que cet oiseau chasseur d'âmes ne contraste pas moins par ses habitudes que par son plumage avec l'*autour noir* de félon d'Albarua ? Il en est pourtant ainsi, car il symbolise le prosélytisme des purs ou Cathares, en opposition avec celui des frères prédicateurs de l'ordre de Saint-Dominique. L'autour blanc est enfermé dans une tour à *trois* portails, gardés, le premier par un *serpent*, le deuxième par un *dragon*, le troisième par un *géant sarrazin*. Ce dernier ne pouvant mourir que si on lui arrache *une dent*, de peur de se tromper, Blandin lui en arrache deux, c'est-à-dire qu'il supprime à la fois le spirituel et le temporel à ce géant païen, qui s'en nourrissait grassement et leur devait sa force redoutable. Inutile de dire qu'il tue également le clergé séculier et le clergé régulier dans le serpent et le dragon.

Ces exploits accomplis, le vainqueur revient en triomphe avec l'autour blanc. Alors l'enchantement est détruit. La damoiselle se réveille, et dans sa reconnaissance elle accepte la main de son libérateur. Elle lui apprend qu'elle n'est autre que la damoiselle d'*Outre-mer*, qui lui a enlevé son destrier, et que son nom est Briande. Cependant Blandin n'oublie pas Guilhot, ni la promesse qu'il lui a faite. Après un mois de séjour il veut aller le rejoindre. Grande douleur de Briande, mais le Parfait chevalier n'en persiste pas moins à partir en jurant de revenir.

Le voilà de nouveau en route. Par une suite d'heureuses circonstances il apprend que Guilhot est prisonnier, et découvre le lieu de sa captivité. Il le délivre, puis se hâte de retourner avec lui au château de Briande, où son frère d'armes, s'éprenant à son tour de la sœur de la dame, s'unit de même à elle par amour. Il n'y a pas à se méprendre sur cette sœur, non moins empressée que son aînée à subir la loi d'amour; car l'auteur ne s'est pas gêné pour l'appeler Yrlande. Quant à l'autre dame-église, il y a fait un peu plus de façons, et, au lieu de la nommer Écosse, ce qui aurait été trop clair, il l'a baptisée Briande, comme on l'a vu, c'est-à-dire la vaillante, la méritante, du provençal *briu*, valeur, mérite. On ne saurait demander mieux, ce semble, ni attendre de nous de plus amples explications.

N'en serait-ce pas assez pour conclure que, dès l'époque où fut composé ce curieux roman de Geste, l'hérésie était en force dans les trois royaumes, et qu'elle y avait pour patrons secrets les conqué-

rants normands, représentés par Richard Cœur-de-Lion ? Qui sait
même si ce fameux surnom, justifié par la brillante valeur du monarque, ne faisait pas double sens dans la pensée des troubadours,
qui peut-être furent les premiers à le lui décerner ? Étranges révo-
lutions des choses d'ici-bas ! laissez l'albigéisme se transformer sur
un sol où il a poussé des racines profondes, et triompher enfin dans le
protestantisme ; vous le verrez, après un petit nombre de siècles,
agir à l'égard des catholiques avec autant de charité et de mansuétude que les croisés de Montfort envers les Albigeois.

Les trouvères, Minnesingers, et autres chantres d'amour, disciples des troubadours.

Le savant M. Victor Leclerc a cru servir la mémoire de Fauriel,
son collègue à l'Académie des inscriptions et belles-lettres, en consi-
gnant dans la notice qu'il lui a consacrée, que, dans les dernières
années de sa vie, renonçant à soutenir l'antériorité des troubadours
sur les trouvères, il serait arrivé à admettre la simultanéité et l'égale
originalité des deux poésies française et provençale. Beaucoup pourront penser au contraire, après avoir lu ce qui précède, que, loin de
rendre service à Fauriel, M. Victor Leclerc lui a fait tort. En ce qui
nous concerne, nous croyons à une déclaration en ce sens de son re-
grettable collègue, puisqu'il en dépose, mais nous la considérons
comme une concession faite à la paix, au moyen d'une transaction de
juste milieu de la part d'un homme fatigué de la lutte ; car il avait
rencontré comme nous une opposition obstinée ; mais au moins celle-
là élevait la voix, et ne craignait pas d'engager la lutte.

Quoi qu'il en soit, Fauriel avait cent fois raison. Une seule chose
lui a manqué pour faire triompher son opinion, à savoir, de reconnaître le point de départ de la poésie provençale et son essence religieuse. Il se donne beaucoup de mal pour revendiquer le droit d'aî-
nesse en faveur de l'épopée provençale sur l'épopée française. Pour
lui, indépendamment des rapports nombreux, intimes, évidents, exis-

tant entre elles deux, et ne permettant pas de douter que l'une n'ait servi de type, de modèle à l'autre , l'antériorité de l'école provençale résulte de données positives d'histoire et de chronologie; mais celles qu'il donne ne sont pas les plus décisives.

L'épopée chevaleresque étant, à son avis, le complément naturel et nécessaire de la poésie lyrique des troubadours, l'originalité et l'antériorité de celle-ci sur celle des trouvères décide invinciblement en faveur des poëtes du Midi. En effet, si l'on recueille, en les coordonnant chronologiquement, les pièces les plus caractéristiques de la poésie lyrique des Provençaux, elles formeront une série qui, ne dépassant pas les limites du XIIe siècle, s'arrêtera vers 1200. Tandis qu'en opérant de même sur les compositions lyriques des trouvères, correspondantes à celles des troubadours, on en formera une série qui s'étendra du commencement à la fin du XIIIe siècle ; ce qui donne un siècle entier entre les diverses portions correspondantes des deux séries poétiques. En les comparant, « on trouvera, dit le docte écrivain, que, prise en masse et dans son ensemble, la série la plus moderne n'est qu'une sorte de remaniement, qu'une rédaction nouvelle de la plus ancienne. On trouvera dans l'une et dans l'autre *les mêmes idées, les mêmes sentiments, les mêmes croyances* exprimés dans le *même but, du même ton, par les* MÊMES FORMULES POÉTIQUES.

« Si dans ce rapprochement des deux suites données de compositions poétiques, on s'arrête à ce qu'il y a de plus immédiat et de plus frappant, on s'assure bientôt que le système poétique des trouvères n'est en France qu'*un système transplanté, dépaysé,* qui n'a plus tout à fait le même sens ni *la même destination* que dans la terre natale. »

On va voir que, sauf les deux dernières lignes, l'éminent professeur était entièrement dans le vrai. Il le sentait d'instinct, mais la preuve évidente, démonstrative lui échappait, quoi qu'il fît, faute d'apercevoir le lien religieux qui rattache les deux littérateurs du Midi et du Nord.

Il aurait aimé à savoir quelque chose d'un peu positif sur les premières relations des trouvères avec les troubadours ; il lui paraît probable qu'à défaut d'écoles formellement instituées en France pour l'étude de leur art « les premiers trouvères étudièrent le provençal. » C'est précisément l'inverse qui eut lieu. Dans quelle contrée de l'ancienne Gaule l'albigéisme s'introduisit-il d'abord et jeta-t-il les plus profondes racines? Dans l'Aquitaine incontestablement. Eh bien, ce point établi, il arriva ce que la force des choses commandait logiquement : les zélés propagandistes du Midi apprirent la langue de ceux qu'ils voulaient convertir au Nord, et se firent leurs instituteurs, en leur donnant, dans leur propre idiome, tout à la fois le précepte et l'exemple. Ils formèrent ainsi des disciples qui ne manquèrent ni d'inspiration ni d'habileté et ne tardèrent pas à marcher sur leurs traces.

De ce nombre fut Chrétien de Troyes, qui fit en français les deux premières pièces, dans le goût des troubadours, dont la date puisse être fixée approximativement. Or, Fauriel constate lui-même ce fait, que, « *par des motifs plus ou moins sérieux*, les troubadours, *fréquentant toutes les contrées de l'Europe*, devaient trouver *agréable et avantageux* d'en savoir la langue ; et, qu'en effet, dans la seconde moitié du XIIe siècle, on voit des troubadours, entre autres Raimbaud de Vaqueiras, faire *des vers italiens, espagnols et* FRANÇAIS. » Cela se comprend, si l'on se rappelle que Raimbaud était un chevalier errant, c'est-à-dire un missionnaire albigeois.

N'est-il pas étonnant que l'habile professeur qui signalait ce fait remarquable, n'en ait pas déduit la conséquence que, pour apprendre tant d'idiomes différents, et notamment celui de la France du nord, les troubadours avaient un motif plus puissant que celui de voyager plus agréablement. S'en fût-il avisé, il eût cherché et probablement trouvé ce motif déterminant. Alors il eût compris que les maîtres étaient venus chercher les disciples, loin que ceux-ci eussent d'abord songé à aller chercher leurs leçons.

Si les vers de Raimbaud de Vaqueiras peuvent être comptés parmi les plus anciens vers français, dans le genre amoureux et chevaleresque, on en trouve encore d'autres çà et là dans les recueils provençaux composés par des poètes du Midi. « Ainsi, chose notable, on y lit une pièce de vers, *toute en français*, adressée par Gaucelm Faydit à *une dame française* dont il faisait *profession d'être amoureux.* » Les traits inintelligibles ou obscurs que le savant professeur relève dans cette composition la recommandent à l'attention des érudits.

« Gaucelm Faydit écrivit cette pièce en Syrie, en 1191 ou 1192, c'est-à-dire dans le cours de la troisième croisade, où il avait suivi Richard Cœur-de-Lion. » Croyez donc que tous ces pieux Croisés furent de dévots catholiques, lorsque vous voyez le roi Richard se faire accompagner en Orient par un des principaux pasteurs de la secte, et celui-ci ne pas négliger, du fond de la Syrie, de réchauffer par ses messages épiscopaux la foi de l'église qu'il a convertie en France à la religion de l'amour.

Les courses des troubadours s'étendant, au dire de tous les écrivains, fort au delà des limites de la langue provençale, comment ne s'est-on pas demandé si le zèle poétique suffisait à leur faire entreprendre de si longs voyages, à une époque où la difficulté des communications les rendait non moins périlleux que dispendieux ? C'est à un tout autre zèle que sont dues les conquêtes de la poésie provençale en Europe. Sans la ferveur religieuse qu'auraient valu toutes les fictions du génie méridional ? Auraient-elles obtenu un succès à retentir d'une extrémité de l'Europe à l'autre ? Auraient-elles survécu à la guerre d'extermination que leur fit la papauté ? Pourquoi en subsiste-t-il encore tant en allemand, en français, en espagnol, dont les originaux provençaux ont été anéantis ? C'est qu'ils ont été conservés par le même zèle religieux qui avait contribué à leur vogue merveilleuse et à leur diffusion en tous pays.

Les premières excursions des missionnaires troubadours, ne furent certainement pas dirigées vers la France ; ils commencèrent naturellement par se préparer les voies, par se ménager des lieux de refuge sur la route à parcourir, en dehors des limites de leur langue d'*oc*. L'Italie et l'Espagne furent visitées par eux des premières; aussi ces pays eurent-ils aussi leurs troubadours. « Il est constaté, dit encore Fauriel, qu'au delà des Pyrénées les troubadours et les jongleurs fréquentaient *habituellement* la Catalogne et l'Aragon, qu'ils visitaient souvent la *Castille* et parfois le *Portugal*. » C'est ce dont feraient foi au besoin les mentions répétées que font de ces divers pays les romans de chevalerie. La preuve en serait encore dans la chronique du Faux Turpin, œuvre albigeoise destinée à attirer vers l'Aquitaine, sous prétexte d'un pèlerinage à Saint-Jacques, l'apôtre de l'espérance, dont l'épître inspirait si bien Dante, et les dévots, qu'on espérait convertir, et les coreligionnaires, avec lesquels on avait à conférer mystérieusement. C'est ce qu'attesterait le *Romancero*, dont le héros, contrefaçon espagnole de Roland, est salué du nom de CID, par les *Sarrazins*, dont il est la terreur, non moins que le sire de Blaye et d'England. C'est enfin ce dont ne permettrait pas de douter cette masse de romans espagnols composant la bibliothèque de don Quichotte que Cervantes fait livrer aux flammes par le curé, type du bon prêtre catholique.

Les troubadours n'ont pas laissé partout, de leurs pèlerinages lointains, d'aussi nombreux vestiges qu'en Espagne ; mais la France est à coup sûr le pays où il en est resté davantage et des plus remarquables, littérairement et historiquement parlant. Il n'est pas douteux qu'ils y firent de fréquentes excursions, dès que leurs étapes y furent organisées. Ce qui l'atteste, ce sont les églises sectaires établies à Orléans, à Montwimer, en Picardie, en Flandre, dans tous les lieux soigneusement énumérés dans Garin le Loheraine. Ce sont leurs épopées, considérées bravement par les érudits comme des originaux, depuis que le texte primitif s'est trouvé anéanti. Ce sont enfin maintes compositions de ces infatigables missionnaires adressées à des seigneurs français, et plusieurs même en langue française.

Que l'on montre, avec preuves à l'appui, les trouvères faisant invasion dans la Provence, dans les pays de langue d'*oc* et de *si ;* composant dans ces idiomes si différents du leur, et l'on pourra croire que les troubadours ont reçu d'eux des leçons et des exemples. Encore resterait-il à indiquer chez eux un motif aussi puissant que celui que nous signalons chez leurs émules, pour leur avoir donné pareille impulsion. Les trouvères ont sans doute fréquenté les cours de l'Angleterre, celles de la Flandre et du Brabant, peut-être même la Suède et le Danemark ; mais ils ne se sont engagés dans ces expéditions lointaines qu'à la suite et à l'exemple des apôtres-poëtes de la Provence.

L'Italie, dont l'idiome se rapprochait le plus de celui des troubadours, où ils trouvaient tant de conformité d'organisation, de goûts, de mœurs, d'habitudes municipales, l'Italie fut parcourue constamment par eux d'une extrémité à l'autre. Leurs principaux efforts étaient dirigés de ce côté, car c'était là que dominait en souveraine la puissance dont ils machinaient la ruine. Frédéric II et Manfred, sinon les conquérants normands, leur ouvrirent l'accès dans le midi de la Péninsule et dans la Sicile. Mais ce fut surtout la partie du nord, le Piémont, la Lombardie et aussi la Toscane qu'ils fréquentèrent le plus, y faisant de longs séjours et y restant même à demeure ; car c'est là qu'ils eurent leurs principales églises, surtout après les désastres sous lesquels ils furent écrasés par les croisés de la France septentrionale et par Simon de Montfort.

Si les témoignages historiques faisaient défaut, il suffirait de lire, en tâchant de les comprendre, les romans de la Table-Ronde, pour être convaincu qu'ils s'introduisirent de bonne heure en Angleterre, et probablement avec les Normands, qu'ils eurent toujours en si grande affection ; avec ces rudes et astucieux guerriers, qui marchaient au combat en entonnant la chanson sectaire de Roland ; avec ces pillards héroïques, qui se faisaient dévotement absoudre par le Pape, leur prisonnier, puis lui octroyaient le denier de saint Pierre, à la condition de leur donner des royaumes et de les instituer ses légats. « Il est constaté, dit Fauriel, que dès 1152, époque du règne de Henri II, ils fréquentaient l'Angleterre, la Bretagne et la Normandie. » Mais les faits sont là pour démontrer, à défaut même de monuments écrits, que bien avant cette époque ils avaient pénétré dans ces deux dernières provinces.

Quant à la Hongrie, elle s'était trouvée sur le chemin de l'hérésie, lorsque, de Constantinople, d'où la chassait la persécution, elle se dirigea, par la Bulgarie, vers les contrées de l'Occident. Les troubadours ne cessèrent d'y entretenir des relations dont témoignent, entre autres, les deux romans de *Berthe au grand pied* et de *Floire et Blanceflor* ; puis, sous le règne d'Émeric II, de 1191 à 1200, Constance, fille d'Alphonse II d'Aragon, que, le monarque hongrois avait épousée par des raisons plus religieuses, sans doute, que politiques, ne manqua pas de les y attirer en grand nombre (*).

(*) On peut croire Sismondi disant, sur la foi de l'historien allemand J. Muller : « La persécution des Pauliciens dans l'empire d'Orient, de 845 à 886, fit parvenir aux peuples d'Occident *la lumière de la Réformation* par deux routes opposées. D'un côté, les Bulgares, parmi lesquels partie de ces sectaires avait été transplantée par les empereurs grecs, s'étant adonnés au commerce, répandirent

Mais gardez-vous de croire, avec Fauriel, que l'Allemagne fut la seule contrée de l'Europe où l'on ne vit point aller et venir familièrement troubadours et jongleurs. Ils ne pouvaient, en effet, chanter et commenter leurs compositions dans un pays dont le langage était si différent du leur ; mais ils ne cessèrent d'y avoir des rapports très-suivis, entretenus, de part et d'autre, par de fréquentes visites, le plus souvent sous feinte de pèlerinages. Les preuves ne manquent pas à cet égard, et on les trouvera énumérées dans l'histoire des Cathares et Albigeois, par M. Schmidt. Les règnes de Frédéric Barberousse et de Frédéric II rendirent les rapports plus faciles, et par suite plus nombreux. Enfin, les chants des *Minnesingers*, qui ne font que reproduire les idées ou traduire les compositions provençales, font reconnaître dans ces poëtes du Nord les dignes émules de leurs coreligionnaires du Midi. Comment Walther d'Aquitaine, comment le roman de Perceval, ce Parfait chevalier du Saint-Graal, traduit précisément par un templier, Wolfram d'Eschenbach, d'après le poëme du troubadour Guiot, se trouvèrent-ils transplantés en Allemagne, si les missionnaires provençaux n'avaient pas de relations en ce pays, si leurs fictions, leur symbolique, n'y étaient pas comprises ? On ne risquerait guère de se méprendre en affirmant que ce furent les troubadours eux-mêmes, versés dans la langue allemande, après un séjour plus ou moins long dans les pays germaniques, mais surtout les disciples formés par eux, qui reçurent dans cette contrée le nom de *Minnesingers* ; nom qui, signifiant *chantres*

---

leurs doctrines dans toute la vallée du Danube, qu'ils parcouraient avec leurs marchandises. Ils la portèrent ainsi en Hongrie et jusqu'en Bohême, où elle prépara les voies à Jean Huss et à Jérôme de Prague. D'autre côté, les Pauliciens, demeurés en Arménie et en Syrie, profitèrent de la tolérance des califes pour porter leurs opinions, avec leur commerce, en Afrique, en Espagne et en Albigeois. Cette croyance, une fois établie en Languedoc, fit des prosélytes dans tous les pays où la langue provençale était cultivée, des extrémités de la Catalogne à celles de la Lombardie. » *Hist. des Rép. Ital.*, II, 110. Ainsi donc, quand les missionnaires provençaux se rendaient en Hongrie, pays inévitablement rappelé dans les romans de Geste, ils allaient y visiter des frères, y retremper leur doctrine ; c'étaient les deux branches du tronc bulgare ou paulicien qui se réunissaient. Dante regrettait un coreligionnaire dans le jeune Charles Martel, roi de Hongrie, qui ne put lui montrer *di suo* AMOR *più oltre che la fronde.*

d'amour, avait, au résultat, la même signification que celui de troubadour.

Ces ardents précurseurs de la Réformation qui, grâce à eux, trouva le terrain si bien préparé en Allemagne, en Angleterre, dans la France du midi, ne s'enfoncèrent-ils pas jusque dans la Scandinavie? Qui donc, sinon eux et leurs disciples, y porta les idées et les fictions chevaleresques? Qui, mettant à profit les traditions nationales, alla brodant sur le fond des anciennes *Sagas*, et fit subir aux nouvelles l'empreinte si reconnaissable de l'albigéisme?

Partout on peut suivre les traces du *gai savoir*, soit à l'aide de leurs compositions, originales ou traduites, soit à la lumière de l'histoire signalant une de leurs églises, une des branches de leur secte; et ces traces se retrouvent non-seulement en Europe, mais jusqu'en Asie.

Véritables chevaliers errants de l'église militante en guerre ouverte, mais plus souvent sourde et cachée, avec le catholicisme romain, ils voyageaient sans repos ni trève, « toujours en quête de nouveaux seigneurs, de nouvelles cours, » non, comme l'a cru Fauriel, avec l'abbé Millot, Lacurne de Sainte-Palaye, Ginguéné, etc., pour trouver de nouvelles occasions de briller et de s'amuser. On ne mène pas pareille vie pour s'asseoir de temps à autre à un banquet et pour assister en parasite ou en bouffon à des fêtes plus ou moins splendides. S'ils menaient une existence errante, c'était dans le but d'opérer de nouvelles conversions, de procurer à leurs coreligionnaires des protecteurs puissants, de susciter de nouveaux ennemis à Rome. Parfois ils partaient porteurs de messages secrets ou chargés de transmettre verbalement, de prince à prince, des avis importants; car ils ne le cédaient en rien aux moines en habileté diplomatique, et Dante, dont la vie fut un long pèlerinage, n'était certes pas plus que Bertrand de Born un apprenti en ce genre.

On a vu que ces voyages lointains, ces missions sous des latitudes si diverses, n'étaient pas abandonnées au caprice ni entreprises selon le goût et les convenances des Parfaits troubadours; que l'indication de la contrée à catéchiser comme aussi le choix de l'initiateur qui devait y *porter la lumière*, rentraient dans les attributions des Cours d'amour.

L'époque à laquelle ils se mettaient en route était célébrée avec enthousiasme dans toutes leurs compositions. C'était au retour du printemps, au *renouveau*, qu'ils abandonnaient leurs retraites solitaires. Voilà pourquoi les louanges du printemps se reproduisent dans toutes leurs poésies. On les retrouve dans celles de leurs disciples des différentes contrées, si bien qu'on pourrait presque, à ce seul indice, en signaler l'essence sectaire, car, dans leur langage antithétique, l'hiver, image de la mort avec sa glace et ses frimas, symbolisait le catholicisme ; croyez-en le chantre de l'*Enfer ;* tandis que la belle saison, qui ramène la verdure et les fleurs, avec le chant des oiseaux, était la vie, et par suite, l'image de leur doctrine, ramenant la lumière et appelant l'humanité à une vie nouvelle.

Notre guide ordinaire signale ainsi cette prédilection des troubadours pour la douce *Primavera*, l'amie de Béatrice : « L'hiver était en Provence ce qu'on pourrait appeler la morte saison de la poésie et de la joie ; tant qu'il durait, les troubadours et les jongleurs se tenaient renfermés dans leurs demeures, occupés de leurs études et de compositions nouvelles. » Il en était d'eux comme du Grillon Frobert, tapi dans son trou. C'est qu'en effet les grandes foires, les principales fêtes, les réunions nombreuses n'ayant lieu que durant les beaux jours, tant que se prolongeait la mauvaise saison, ils ne faisaient d'excursions qu'à de petites distances, pour les devoirs urgents du sacerdoce. Mais, « au premier souffle du printemps, ils sortaient les uns et les autres, transportés de joie, pour commencer leur *campagne poétique*, et visiter les lieux où ils espéraient un *bon accueil*. » La grande fête était pour eux celle de la Pentecôte.

On peut bien concéder, au point où nous en sommes, que cette campagne était aussi quelque peu religieuse et qu'ils visitaient surtout les contrées où ils voyaient chance d'opérer des conversions, d'abord, puis celles où ils avaient à fortifier leurs néophytes dans leur foi, à consolider leur enseignement ; dans ces dernières surtout, ils étaient assurés d'une bonne réception ; en Espagne, dans la France du nord, en Angleterre comme en Allemagne et en Italie, où tant de disciples les accueillaient comme des maîtres chéris.

« Les troubadours du *premier ordre* ne visitaient que *les rois* et *les grands barons*. Cela se nommait, *en leur langue*, aller par le monde, aller par les cours; de là leur était venue la dénomination caractéristique d'*hommes de cour*. » Oui, sans doute, dans un sens; mais dans l'autre, ces troubadours de *premier ordre* étant des évê-ques, ils étaient, à ce titre, membres des *Cours d'amour*. De là cette *courtoisie* tant vantée dans leurs vers, la *Cortesia* de Dante, de l'A-rioste, du Tasse, affectée aux profès du *gai savoir*, dont les plus hauts enseignements dérivaient des conciles sectaires ou Cours d'a-mour. Ils visitaient en effet rois et hauts barons; mais qu'on veuille bien rechercher quels étaient ceux-là par qui on les voit recherchés et fêtés. On n'en trouvera guère à la cour de France.

Partout bien venus, attendu qu'ils ne se manifestaient pour ce qu'ils étaient réellement que dans les lieux où ils se savaient entourés de coreligionnaires, de *frères*, comme ils s'appelaient entre eux, trou-badours et jongleurs recevaient d'ordinaire à leur départ de l'argent, des dons en nature, vêtements, étoffes, objets de prix. Sauf les che-vaux, destinés à diminuer les fatigues de pénibles voyages, ces dons, souvent magnifiques, étaient faits à l'église, non pas à eux; les Par-faits, à l'exemple des apôtres, mettant leurs biens en commun; mais on était ainsi en mesure de dire à Rome que ces libéralités s'adres-saient à des individus, à des chanteurs ambulants.

Il y aurait à indiquer ici comment, à l'aide de leurs établissements, de leurs relations, de leurs signes de reconnaissance, des points de relâche qu'ils avaient su se ménager, églises, congrégations, hospices, ermitages, châteaux seigneuriaux, les missionnaires de l'albigéisme étendirent pas à pas leur propagande et la reportèrent jusqu'en Orient, son point de départ. Il y aurait à déterminer l'ordre dans lequel ces intrépides instituteurs répandirent leur enseignement à la ronde, et quels furent leurs premiers disciples, des *trovatori* italiens, des *troubadours* espagnols, auteurs des poésies dont se compose le *Romancero* ou des maîtres en Gaie science de la Bourgogne; des trouvères champenois et normands ou des Minnesinger. Mais force est de nous arrêter, à peine au quart de notre tâche, sous peine de n'être pas lu, et, chose au moins aussi grave, de nous ruiner tout à fait; car pour celui qui, n'ayant ni à puiser au Pactole vertigineux de la Bourse, ni a bénéficier aux émargements du budget, doit se suffire avec un très-modeste revenu, ce n'est pas petite affaire que de se faire imprimer périodiquement à ses frais.

Nous sommes loin de pouvoir dire que notre siége est fini, mais il est du moins entrepris et vigoureusement commencé. Ce vieux château du moyen âge avec son innombrable garnison de fantômes et d'enchanteurs a été l'objet d'une attaque en règle. Cette inexpugnable forteresse, défendue par tout ce que le génie peut enfanter de machines de guerre et de prestiges décevants, a été investie de toutes parts; elle a même été battue en brèche avec assez de résolution, et ses défenses avancées semblent menacer ruine; quelques efforts encore et, selon toute apparence, la place se rendrait à merci. Mais quoi? lorsque les armes sont dans le meilleur état, les munitions de toute sorte en abondance, l'élément principal du succès venant à faire défaut, on ne saurait trouver mauvais que l'assiégeant, remette à un temps plus favorable les derniers travaux et l'assaut définitif. Il laisse d'ailleurs la place en état de blocus, à peu près certain que nul paladin, si par aventure il s'en présentait quelqu'un, ne réussirait à la dégager.

Notre confiance dans une victoire complète est telle que nous ne craignons pas de jeter, en manière de défi à nos adversaires, la clef d'un des plus forts ouvrages dans lesquels s'était habilement retranchée l'hérésie au moyen âge. A eux de la ramasser, si le cœur leur en dit, et de planter leur bannière sur la vieille tour de Maupertuis en place de celle que nous y avons arborée.

Clef du roman de Renart.

Tout abrégée qu'elle est dans cet opuscule, l'analyse du poëme de Renart suffit pour juger à quel point s'abusèrent Eckardt et Mone en prétendant faire d'*Issengrin,* le roi de Bohème Svétopolk, et de *Renart,* un comte Reinhard d'Austrasie. Mais Raynouard, Grimm et Gottsched, qui réfutèrent les hypothèses de ces écrivains, n'ont pas erré moins qu'eux, on le voit, en croyant les auteurs de cette mor-

dante satire, et en répétant après eux, qu'elle est « une peinture générale du monde et de tous les états, et que dans cet ouvrage *on n'a
voulu blesser personne, ni attaquer, ni railler qui que se soit indivi-
duellement.* »

Afin de dissiper tous les doutes, non pas chez les érudits, qui jamais ne sont convaincus que de ce qu'ils pensent avoir trouvé ; mais
chez les hommes sans préventions ni prétentions ; peut-être une revue
sommaire des principaux acteurs de notre vieille comédie gauloise,
en restituant à chacun d'eux son nom véritable, aura-t-elle son uti-
lité, et sera-t-elle mieux accueillie par les gens du monde que notre
Clef de la Comédie dantesque ne l'a été par les doctes.

RENART, de *re in art*, ou roi en artifice, type d'astuce, de perversité
et de félonie, dupant grands et petits ; figure du haut clergé catholique romain, ne visant à rien moins qu'à devenir maire du palais,
« grans mestre de l'hostel ; » puis, en cas de mort du monarque, régent
du royaume, « souvrain baillie, » et précepteur des enfants de
France, presque roi, « baus des enfans et si poroie estre rois. » C'est
Richelieu et Mazarin en germe. Renart est, sous une autre forme,
Gane ou Ganelon, trompeur de l'homme, d'*enganar, ingannare.*

ERMELINE, de *erm*, désert, abandonné, et de *linh*, race, lignée ; la
gent sacerdotale dans tous les degrés de la hiérarchie. Ermeline,
femme de Renart, est appelée aussi *Richout* ou *Richeux*, « mestre
lecharesse, » comme ayant toutes les richesses en partage.

MALEBRANCHE, c'est-à-dire mauvaise race ou mauvaise griffe,
l'inquisition ; Percehaie, le moine quêteur, en opposition à Perceval ;
Roviaux ou Rougeot, le cardinalat : tels sont les trois rejetons de
Renart et d'Ermeline. On en trouve deux autres dans une branche
plus moderne : Renardiel prenant l'habit de dominicain, et Roussiel
celui de franciscain, se révèlent comme les représentants de ces
deux ordres célèbres.

ISSENGRIN le loup, d'*issir*, sortir, et d'*engres*, violence ; le baron
féodal orthodoxe du Nord, brutal, vicieux, illettré, à qui il faut parler « en roumans sans mot de latin, » exerçant le vol à main armée,

13

s'entendant au mieux avec le clergé qui le dupe, puis se réconciliant avec lui pour obtenir son concours, et se faisant duper encore.

HERSENT la louve, femme de Renart, de *erz*, élevé, et d'*esser*, être; l'Église catholique, appelée par les poètes du moyen âge la *louve romaine*, la grande prostituée, avide d'or et de sang. A ce titre elle est à la fois la maîtresse du clergé-Renart et sa mère; aussi dit-elle : « *Oncques Renart de moi ne fist que de* SA MÈRE *ne féist.* »

NOBLE le lion, le monarque français, habitant le Château-Gaillard, près d'Andely; royale dupe de l'astuce du clergé-Renart, qui abuse de son indulgence et de sa crédulité. Charlemagne sous une autre forme

ORGUEILLEUSE ou FIÈRE, la lionne, femme de Noble ; figure de l'église gallicane, se laissant séduire par le clergé-Renart, et entachant ainsi l'honneur de la couronne, dans la personne de Blanche de Castille, qui, portant le lion dans ses armes, fut accusée de s'être laissée apprivoiser par le légat du Pape, Romain de Saint-Ange, passé maître en *renardie*.

HARDI le léopard, le monarque anglo-normand, combattant en effet sous la bannière du léopard. Autre forme du roi Artus.

HAROUGE, femme de Hardi ; de *red hair* ou de *red hare;* l'église orthodoxe d'Angleterre, par allusion aux cheveux roux de la race anglaise. Harouge a en effet pour résidence, comme duchesse de Normandie, le château de Royal-Roion, autrement dit Rouen, et se laisse prendre, comme dame Fière la lionne, aux artifices de Renart.

BRUIANT le taureau, le peuple de la Grande-Bretagne, le *John Bull* anglo-normand, dont *Beuve* ou *Bovon d'Anthone* (Southampton), dans les romans d'Aspremont et de Renaud de Montauban, n'est qu'une forme différente.

BERNART, *l'archeprêtre,* l'âne ; d'*arca*, huche, coffre, bahut; la plèbe orthodoxe, dont le grenier, le garde-manger, nourrit le prêtre, et qui, frugale et laborieuse, endure patiemment la tyrannie sacerdotale, en croyant aveuglément aux reliques de maître Renart.

BÉLIN le mouton, le peuple cathare, humble et doux, dont la blanche toison de l'agneau symbolise l'innocence et la pureté. Autre forme de Bégon de Bélin.

CORTOISE, femme de Bélin ; l'église cathare ou albigeoise, au nom de laquelle se tenaient les Cours d'amour, d'où *courtoisie*, en opposition à Hersent, la louve romaine, type de *vilounie*.

CHANTECLER le coq; le trouvère gaulois, *gallus*, chantant les clercs catholiques pour les livrer à la risée publique, sans cesse en éveil pour prévenir les méfaits de Renart, qui met tout en œuvre pour l'amener à fermer les yeux, afin de faire de lui sa proie.

PINTE, femme de *Chantecler*, la poule, la géline, *gallina;* l'église cathare de la Gaule, obligée de se dissimuler sous des couleurs fictives, d'où son nom de peinte ou fardée, analogue à celui de ses sœurs *Blanche, Noire, Rossette.*

COPÉE, de *colpa*, c'est-à-dire l'inculpée, la condamnée; la pauvre poule cathare, mise à mort par l'astucieux et cruel Renart. Aussi est-elle considérée comme martyre, et s'opère-t-il des miracles sur sa tombe, en dérision des reliques et des guérisons miraculeuses.

COARZ, ou mieux *couard*, poltron, est le nom du lièvre, figure des trembleurs qui n'osaient se rallier à la religion d'amour, tout en détestant le clergé-Renart. En effet, Couard le lièvre guérit de la peur pour avoir dormi sur la tombe de Copée, « SOR LE MARTIR. » Un miracle s'y fait aussi pour Issengrin, qui le guérit d'un « mal en l'oreille. » Il put dès lors entendre un peu mieux, pour son salut, les trouvères désireux de convertir en lui la noblesse féodale.

FROBERT, le grillon, « le clerc chantant, » est le troubadour, vivant caché dans un obscur asile, où il se livre à la poésie pour la propagation de sa foi; aussi Renart veut-il manger en lui son *confesseur* pour « savoir ses chansons, » ou plutôt pour en connaître le sens caché.

GRIMBERT, le taisson ou le blaireau, de *grim*, gris, et de *ber*, baron. Parent et compère de Renart, dont il est le parrain dans son duel avec Issengrin. Il personnifie les moines gris.

BRICHEMER le cerf, de *merir*, payer, récompenser, et de *briche*, fumier, ordure. Le cerf (non de *cervus*, mais de *servus*) symbolise le sectaire reniant sa foi par pusillanimité; qui, traqué de la forêt à la montagne et réduit aux abois par les Morhout orthodoxes, verse des larmes comme le cerf, c'est-à-dire se résigne au catholicisme par peur de la mort, et obtient pour récompense les sacrements que lui confère l'Église. N'y a-t-il pas là quelque senteur d'hérésie? Si l'on désire plus, on n'a qu'à rechercher à l'aide de quels éléments « Re-

13.

nart parfit... » ce qui n'est autre chose au résultat que l'église catholique de France, cette « plaie hideuse et sans fonz, » cette sentine, abîme d'iniquité. Comment est-elle désignée en effet ? « *C'est li* GOUFFRE DE SATENIE *qui* TOUT ENGLOUT *et* TOUT REÇOIT. »

Comment le clergé-Renart procède-t-il à l'œuvre de haine, qui devrait l'être d'amour ? Avec une astuce diabolique, il signale au roi Noble, *tenant la bêche* et opérant de confiance sous sa direction, trois ingrédients constitutifs à employer ; savoir : 1° la peau du cou et du dos du cerf Brichemer, ou la crédulité servile du populaire contribuant à ses dépens, en ne sacrifiant du reste que l'extérieur, à former deux sources d'ordure au lieu d'une ; en effet, l'église gallicane, « si durement qui toujors tent, » empêche par ses velléités de résistance « que par un peu ne revient à un li partreu ; » 2° la crête de Chantecler le coq, c'est-à-dire le courage un peu vaniteux du Gaulois servant à masquer la difformité de l'œuvre ; « si fu la *creste grant et lée* qu'elle estoupa toute l'entrée ; » 3° enfin, la barbe de messire Issengrin le loup, ou les largesses dévotes de la noblesse donnant son argent et ses biens à l'Église, et dépouillée ainsi de ce qui faisait sa force, de ses *maschili penne*, pour enrichir le clergé:

Voilà comment, sous l'obscénité apparente, l'idée religieuse opposante trouvait moyen de protester avec une brutale énergie. On en citerait maints exemples encore ailleurs que dans Boccace et Straparole. N'avons-nous pas Rabelais, le joyeux curé de Meudon, avec Grandgousier, Gargamelle et Gargantua ? Mais on ne peut pas tout expliquer à la fois. Et puis, Dante ne nous a pas mis en goût d'accuser un curé d'hérésie, voire même des cardinaux.

FERRANT le roussin, le cheval de somme; la fabrique chargée du trésor de l'Église.

Dam ROONEL le mâtin ; l'homme d'armes orthodoxe au service des moines; ce qui lui vaut le surnom de MORHOUT, figure du monachisme dans le poëme de Tristan.

HUBERT l'ESCOUFLE le milan, le sacerdoce cathare de la Lombardie. Jeu de mots sur Milan.

TYBERT le chat, du provençal *ties*, thiois, tudesque, et de *ber,* baron ; personnification du clergé de la Flandre, du Brabant et des Pays-Bas, donnant la chasse au menu peuple hérétique, pauvre et fugitif comme rats et souris ; faisant d'ailleurs assez mauvais ménage avec son compère Renart, auquel il vient parfois en aide, par la peur qu'il a de lui.

TIECELIN le corbeau, de *ties*, thiois, et de céler, se cacher ; le pasteur des Pays-Bas et des Flandres, contrées renommées pour leurs fromages, où l'hérésie ne pouvait se propager qu'à la condition de se céler soigneusement. Comme le *gallus* Chantecler, il est à remarquer que le thiois Tiecelin est « filz Chanteclin, » du pauvre trouvère chantant *clus*, courbé ou *clin* qu'il est sous l'oppression théocratique. Il se trouve ainsi le frère du coq gaulois.

PELÉ le rat, le Pauvre de Lyon.

GENTE la marmote, la noble église montagnarde du pays des Vaudois, de la Savoie, du Montferrat, du Piémont.

BRUNS l'ours ; personnification du pasteur albigeois dans les montagnes de la Gaule narbonnaise, comme l'indique son goût pour le miel. Aussi Renart lui joue-t-il des tours sanglants.

TARDIF le limaçon, porte-enseigne du roi Noble ; figure du principe catholique, ennemi du progrès, dans l'enseignement orthodoxe ; peut-être l'université.

BLANCHARD le chevrel, le cathare montagnard, traqué par les loups de Rome.

PETIT-PORCHAS, le furet, la guette albigeoise, l'éclaireur de l'hérésie, vivant de peu comme les Pauvres de Lyon.

Messire BAUCENT, le sanglier druidique de la *Beauce*. On sait, en effet, que les sombres forêts qui s'étendaient entre Dreux et Chartres abritaient les mystères des Druides, qui avaient là un de leurs principaux sanctuaires. Ce nom de *Baucent* a beaucoup intrigué les philologues, qui, au résumé, ont fait des chevaux *beaucent* des chevaux gris. Ils ne se sont pas du moins trompés de couleur.

ESPINARZ le hérisson (lisez le hérisson d'Espinal) ; encore un jeu de mots. Espinarz est la figure du clergé orrain, harcelant des mille dards de l'intolérance le sacerdoce sectaire, dont Garin le Loherain, *frère* de Bégon de Bélin, est la personnification.

La MÉSANGE, *missa angelica* ; la poésie amoureuse des troubadours, messagère des anges, trompant les appétits sanguinaires du clergé-Renart, en l'abusant à l'aide d'un brin de mousse ou d'une fiction sans consistance réelle.

RAINSAUT la cavale, de *rai 'n saut*, en provençal, rayonner en s'élançant ; l'église de Toulouse, pour peu qu'on se rappelle que le *Capitole* dut son nom à une tête de cheval. Or, la jument toulousaine, qui détachait une ruade si vigoureuse à Issengrin dans la personne de Simon de Montfort, n'aurait pas demandé mieux que de prendre ses ébats dans *Noiron* ou *Néron-pré*, autrement dit Rome, la ville du Néron pontifical, comme vous le diront les érudits, qui ont lu sans comprendre, il est vrai, *Parise la duchesse* et les diverses branches de *Guillaume d'Orange*.

Le CHAMEAU, bête de somme du Pape, « ses légaz et ses amis, » chargé de la levée des annates et autres revenus pontificaux, comme Ferrant le Roussin de percevoir les rentes de la paroisse. Messire Chameau a été envoyé à Noble le lion, pour rapporter à Constantinople (Rome, censée donnée au Pape par Constantin) le tribut de la France. C'est un savant et un grand légiste, surtout en droit canon ; aussi s'exprime-t-il en mélangeant le latin avec les deux langues d'*oc* et d'*oïl*. Il devient le général d'une armée de païens, composée de *tigres,* de *vipères*, de *serpents*, de *couleuvres*, de *lézards ;* reptiles en horreur aux Albigeois ; d'où suit qu'il faut reconnaître en eux les croisés de Montfort, mettant tout à feu et à sang, dans le Midi, sous la haute direction du légat du saint-siége. Il est bon de noter que le Chameau-légat est un animal de l'Afrique, chantée par Pétrarque, de ces contrées où fut Carthage, où régnait le soudan d'Égypte et de Babylone, où le vieil enchanteur Allant avait son Vatican.

La NEF de Renart, la barque de Saint-Pierre ou l'Église. Tous les péchés, tous les vices en sont les éléments constitutifs, « si fons est de male pensée et s'est de traïson bordée et clauwée de vilounie, » lestée de honte. Le mât est de tricherie, les voiles de fourberie, les câbles de haine, l'ancre de malice et de foi mentie, la sentine de désespoir sans repentir, etc., etc. Le navire est enveloppé d'hypocrisie, de paresse et de mauvaise vie. Pour amiraux il a le Pape et les cardinaux ; pour équipage, clercs, prêtres, évêques et moines de toutes couleurs. Enfin il a le vent propice du Péché pour voguer vers l'Enfer, en passant par la Mort catholique. *O barca mia*, s'écrie saint Pierre dans le Paradis, *quanto sei mal carca !* Le roi Noble, tout au contraire, est disposé à monter la nef d'Amour, dont « li fons est de boine pensée et s'est de fine amour bordée, » clouée de courtoisie, lestée de raison, etc. ; le reste à l'avenant, en opposition complète avec la construction du vaisseau orthodoxe de la haine.

———

Sauf erreur ou omission, on connaît maintenant tous les acteurs, figurants et comparses de ce drame ménippéen, dans lequel une verve qui ne se lasse pas prodigue à foison un sel tout aristophanesque. Les portes du théâtre sont grandes ouvertes, on peut pénétrer jusque dans les coulisses, et cela grâce à cette Clef qui ne nous a pas encore fait défaut. Mais en vain verra-t-on la société féodale et religieuse battue en brèche dans tant de scènes satiriques, l'Église conspuée, ses institutions, ses cérémonies, ses sacrements tournés audacieusement en dérision ; on ne s'obstinera pas moins à nier que la Comédie gauloise soit, plus que la Comédie italienne, hérétique, révolutionnaire et socialiste. Si ces mots-là font peur à l'heure qu'il est, raison de plus pour rechercher ce qui a donné jadis naissance à la triple opposition dont ils sont l'expression moderne ; de quelles armes celle-ci a fait usage, afin d'aviser aux moyens de défense les plus propres à conjurer, par le temps présent, des périls analogues. Le fait est que ni la compression à toute outrance, ni le fer ni le feu n'y firent rien et ne purent prévaloir contre elle, quand son heure fut venue.

Toutes les étymologies qui précèdent ne seront pas admises par les philologues ; ce qui nous importe peu ; attendu que nous ne les donnons ni pour bonnes ni pour nôtres ; mais comme ayant été dans l'intention des auteurs, qui cherchaient moins à faire étalage de savoir qu'à rendre leur pensée saisissable à qui de droit, tout en la dissimulant à l'ennemi. On peut juger s'ils y ont réussi. Toujours est-il que la plupart des noms affectés aux animaux symboliques du poëme dérivant de la langue d'*oc*, on peut, ce semble, en conclure sans trop de hardiesse que l'idée première, conçue dans l'ancienne Aquitaine, y fut mise en œuvre dans l'idiome des troubadours ; que le thème provençal, détruit aujourd'hui avec tant d'autres productions du même sol, a été traduit, imité de l'original par les trouvères du Nord, dans les divers dialectes de la langue d'*oil ;* comme il l'a été en allemand par les Minnesingers, dont le *Reinecke* contient, et aussi le *Reinardus* latin, des branches qui n'existent pas dans le poëme français. On les retrouverait sans doute dans le texte perdu.

Au reste, la lumière se fera un jour sur cette question. Lorsqu'on reconnaîtra à Rome l'inutilité de garder sous le scellé un secret mis à la portée de tout le monde, on s'y résignera peut-être à ouvrir les armoires réservées de la bibiothèque du Vatican ; ces archives impitoyablement fermées, il y a un siècle, aux savants pour qui la recommandation du roi de France ne put faire fléchir l'impitoyable consigne. Là reste enfouie la collection complète des compositions de la muse provençale, depuis ses premiers essais jusqu'au jour où ses chants furent pour jamais étouffés. Là les érudits trouveront maintes preuves écrites, qu'à elle revient l'honneur d'avoir été l'initiatrice de l'Europe aux lettres, à la poésie ; de lui avoir préparé les voies au libre examen et à la philosophie. Mais le jour de l'exhumation est peut-être encore loin ; car il faudrait, pour qu'il eût à luire, un grand miracle, à savoir : que les gros bonnets de la science se résignassent à se servir de leurs yeux pour y voir et de leur langue pour en convenir.

Au moment de conclure, nous leur proposons une épreuve décisive et on ne peut plus aisée. Notre savant et honorable ami, M. Paulin Paris, vient de publier, dans le dernier volume de l'*Histoire littéraire de la France*, un travail aussi remarquable que consciencieux sur les chansons de Géste. Il ne s'agit que d'ouvrir le livre. Inutile de donner à deviner le véritable nom de *la belle* AYE ou mieux HAÏE d'Avignon, ou ce que signifie, dans le roman de *Girart de Viane*, l'épée *Hautecler*, fourbie par un ouvrier « de moult grant renommée » appelé *Manificaz*, pour certain empereur de Rome, du nom de CLOS-AMOR : à première vue, un rhétoricien de première année trouverait le mot de l'énigme. Mais si, après avoir parcouru, dans les quarante-trois premières pages, l'analyse des deux romans intitulés, l'un *Aiol* (l'antagoniste des reptiles orthodoxes), l'autre *Amis* et *Amile* (le Vaudois et l'Albigeois,) un lecteur d'une instruction ordinaire n'arrive pas, sans autre aide que les indications fournies par cet opuscule, à en expliquer couramment toute la symbolique, nous confessons notre défaite. Alors nous nous croirons en effet sous l'influence d'une hallucination tenace, et, brûlant nos livres, comme le bon curé ceux de don Quichotte, nous courrons nous mettre au régime des douches dans une maison de santé. (*Voir* la note finale.)

Conclusion.

En ce temps d'intérêts matériels et d'affaissement moral , où l'intelligence n'a plus guère souci d'être reine et s'est laissée détrôner assez mollement, la grande affaire et la plus difficile étant de trouver des lecteurs, nous avons dû sacrifier beaucoup à la brièveté. Mais il est des sacrifices pénibles , quoique volontaires ; or parmi ceux auxquels il a fallu se résigner, nos regrets portent notamment sur plusieurs analyses de romans de Geste , et sur de nombreuses notices biographiques relatives aux principaux troubadours. Outre que ces documents, curieux par eux-mêmes, auraient jeté de la variété dans l'ouvrage, des traductions annotées des compositions les plus célèbres ou les plus obscures de cette époque auraient été de bien puissants éléments de preuve touchant la vocation réelle de leurs auteurs. Mais s'il n'est personne pour examiner ces preuves?

N'effrayer ni ne fatiguer en instruisant , éveiller même quelque peu l'intérêt, tel était le problème à résoudre pour espérer être lu. Que ne ferait-on pas dans ce but ? Nous nous sommes donc exécuté héroïquement ; tout autre eût sans doute agi de même sous l'influence à laquelle nous avons cédé. Voici dans quelles circonstances :

Il y a un mois à peine, ces essais sur la chevalerie et l'amour platonique au moyen âge ont été soumis en échantillon, par d'obligeants intermédiaires , aux directeurs ou principaux rédacteurs de la plupart des journaux ou Revues, dans l'espoir que l'un d'eux, leur accordant une hospitalité gracieuse, c'est-à-dire gratuite des deux parts, voudrait bien les publier dans une série d'articles. Qu'est-il arrivé? La proposition a été repoussée par ces messieurs à l'unanimité. Nicolette n'a pas plus trouvé grâce que Brunissens. Beaucoup auraient pressenti que le même motif qui interdit depuis quatre ans, dans la plupart de ces recueils et feuilles périodiques, le moindre compte rendu de travaux consciencieux, exclurait à plus forte raison l'idée d'en publier des extraits. Les admettre dans ses colonnes, n'eût-ce pas été paraître les prendre sous son patronage? Notre pénétration n'était pas allée jusque-là.

Nous étions donc résigné aux conséquences de cette répulsion générale. Comment, en effet, ne pas penser, après tant de rebuffades, qu'on n'a fait rien qui vaille, qu'on est halluciné par l'esprit de système, et bon à renfermer parmi les fous, selon l'avis de messieurs tels et tels? Assurément, nous disions-nous, ces honorables écrivains ne se refuseraient pas à insérer quelque chose de valeur : journaux et revues ont beau regorger d'articles d'un vif intérêt, aussi remarquables par le style que par un vrai savoir, ils admettraient avec empressement un travail où s'offrirait à eux quelque chose de neuf ou seulement d'ingénieux. Il n'y a donc plus qu'à jeter ce griffonnage au feu.

Mais il est des esprits soupçonneux qui veulent toujours remonter des effets aux causes, et qui s'imaginent découvrir ce qui échappe aux autres. Un de ceux-là, protestant contre l'*auto-da-fé* projeté, nous a tenu à peu près ce langage : « Vous avez déjà signalé le mauvais vouloir à votre égard de tout ce qu'on appelle le monde savant. Ce n'est pas absolument fait sans raison. Cette presse, qui tonne contre l'ancien régime, est revenue aux corporations ; elle a ses apprentis, ses compagnons et ses maîtres. Tous les journalistes sont frères, sans distinction de couleurs ; aussi avec quel enthousiasme ces messieurs parlent-ils dans leurs feuilletons des ouvrages publiés par leurs illustres confrères, par leurs amis, parents et Mécènes?

«Cette corporation, moins puissante encore par ses *boniments* et ses *éreintements* que par son silence, est intimement liée à celle des érudits, car tous les journalistes ne sont pas des savants. Mais, comme ils ont souvent besoin de ceux-ci, ils affectent pour eux la plus grande déférence; à charge de revanche. Or, faites-moi le plaisir de me dire quelle est la feuille politique ou littéraire, quelle est la Revue assez malheureuse pour ne pas compter dans sa rédaction tout au moins un savant breveté, professeur, bibliothécaire, philologue, archéologue ou même académicien? Il est tout simple, il est logique que vous, savant de contrebande, littérateur marron, vous n'ayez pas les sympathies de cette corporation bicéphale et qu'elle vous voie même d'assez mauvais œil. N'est-il pas remarquable que Lamartine, si bienveillant d'ordinaire, à qui vous avez même adressé vos travaux, ait trouvé des éloges pour tous les traducteurs de Dante, en vers ou en prose, et que votre nom soit le seul qu'il ait omis; qu'il n'ait ailleurs parlé de votre système d'interprétation que d'une manière indirecte et en se bornant à vous désigner comme un *jeune* novateur?

« Ne convenez-vous pas vous-même que vous vous proposez de démontrer aux érudits qu'ils se sont lourdement trompés? Et vous espérez le leur faire avouer! Vous vous flattez qu'ils parleront de vos écrits, pour que le public sache qu'ils existent; qu'ils les discuteront, pour qu'il ait à rire de la faiblesse de leurs objections; qu'ils permettront aux journalistes, leurs alliés, d'en insérer des fragments dans leurs colonnes, pour qu'on s'étonne de leur mutisme! Sous ce rapport, au moins, vos adversaires ont raison, vous avez le cerveau malade.

« Qu'ont-ils allégué pour justifier le déni de justice dont vous vous plaigniez de leur part? Qu'ils n'avaient pas, comme vous, à gaspiller quinze ou vingt ans pour vérifier vos preuves; comme s'il fallait nécessairement recommencer les études de chaque auteur ou inventeur pour apprécier ses œuvres. On n'aurait donc jamais, à ce compte, émis un avis sur les travaux des Cuvier et des Humboldt?

« Quelle a été l'objection du côté des journaux? C'est que leurs abonnés ne se souciaient guère de Dante, et ne le lisaient pas plus que les professeurs de littérature. Tenant compte d'une observation si juste, vous en avez fini avec la Comédie; c'est déjà beaucoup, et je vous en félicite. Vous vous êtes mis à éplucher les troubadours dont tout le monde s'est fait une idée plus ou moins saugrenue, c'est encore mieux; car il est bon de parler de choses que tout le monde connaît ou croit connaître. Vous êtes moins prolixe que d'habitude; c'est un progrès. Mais, voulant trop convaincre, vous citez encore vos autorités : c'est retomber dans votre péché capital. Plus de notes, rien qui ressemble à de l'érudition ; biffez-moi tout cela, supprimez tout ce qui est pure discussion, coupez, taillez à force, puis faites imprimer une simple brochure qui n'effraye personne et qu'on puisse lire à bâtons rompus.

«En opérant ainsi, la petite combinaison des muets sera tout naturellement déjouée. Les mystères, l'inconnu, ont beaucoup d'attrait pour le public, et il pourra être affriandé par votre titre. Alors, pour peu que le jour tout nouveau sous lequel lui apparaîtront dames, troubadours, chevaliers, la société toute entière des anciens temps lui cause un certain étonnement et excite sa curiosité, il s'adressera comme de raison aux érudits pour savoir ce qu'ils pensent de vos travaux, et les sommera de s'expliquer. « Comment, leur dira-t-il, vous gourmandez chaque jour le menu peuple, les gens de la campagne, vous leur faite honte de croire encore aux revenants, aux sorciers, aux loups-garous, et vous, hommes de savoir, vous croyez à la chevalerie amoureuse, aux galants troubadours et à l'orthodoxie de Dante! Opposez donc aux contes et aux exemples qu'on ne vous ménage pas une de ces réfutations foudroyantes dans lesquelles vous excellez. » Les choses se passeront ainsi à l'inverse du cours ordinaire. Au lieu que les articles de journaux aient à solliciter l'attention des lecteurs, la provocation viendra de ceux-ci aux Aristarque de la presse périodique. Ils se trouveront de la sorte mis en demeure de lever l'interdit dont vous avez été frappé si peu charitablement. »

Sans admettre, tant s'en faut, tous les considérants à l'appui de cet avis motivé, comme il paraissait en somme assez raisonnable, nous avons fait en sorte de nous y conformer de notre mieux, et c'est ainsi que cet opuscule se trouve réduit à ses plus minces proportions. Mais la docilité résignée dont nous faisons preuve produira-t-elle les résultats annoncés? Il y aurait bien quelques raisons d'en douter.

Notre programme est connu et, certes, dans cette course au clocher à travers un monde de fictions, nous ne nous en sommes pas écarté. Une réflexion nous effraye pourtant, c'est que nos interprétations, nos exemples, nos rapprochements donnent une explication trop simple, trop naturelle, trop logique de choses qu'on est habitué depuis des centaines d'années à envisager sous un tout autre aspect.

Or que faut-il à la foule pour la charmer, pour exciter son enthousiasme ? De l'étrange, de l'invraisemblable, de l'absurde.

Aussi avec quelle naïve confiance, avec quel sympathique élan n'a-t-elle pas accepté toute une création de fantaisie, toute cette génération platonique, toute cette civilisation chevaleresque où elle voyait se mouvoir des personnages n'ayant rien de commun avec ceux qu'elle coudoie chaque jour : des guerriers sans peur et sans reproche, d'une loyauté, d'une constance, d'un désintéressement et d'une discrétion à toute épreuve, alliant à un courage sans bornes une retenue exemplaire, au point de se contenter du plus chaste baiser après des années d'une passion inaltérable ; des dames d'une perfection désespérante, aussi savantes que des docteurs, aussi pudiques que des madonnes, chevauchant par monts et par vaux avec leurs Parfaits amants et revenant au logis immaculées ; des Cours d'amour, composées de magistrats en jupon, statuant gravement sur les démêlés entre amants et traitant sous jambe l'ignoble institution du mariage ; de gentils troubadours, enfin, vivant en joie et soulas, occupés à célébrer toutes ces belles choses pour les transmettre en exemple à la postérité la plus reculée.

A cette société fantastique que venons-nous substituer ? Une société réelle, des hommes et des femmes de la même nature que nous tous, tels qu'ils ont été et seront de tout temps. Nous les montrons mus par les mêmes passions, agissant d'après le même ordre d'idées et ne s'écartant en rien des voies ordinaires de l'humanité. A l'imagination nous opposons la raison, à la fiction la réalité, la vérité au mensonge. Que de motifs pour échouer devant le suffrage universel, laissé même à son libre arbitre !

Mais enfin, s'il faut que nous ayons à échouer près du *servum pecus*, peut-être y a-t-il espoir d'avoir pour nous les gens d'intelligence et de bon sens, ceux qui réfléchissent et jugent par eux-mêmes, non d'après la parole du maître ; car le sens commun est assurément de notre côté, et, sauf les erreurs de détail, presque inévitables dans un travail si compliqué, nous sommes intimement convaincu d'être dans le vrai pour tout ce qui touche au fond de la question.

Quant à la forme , n'ayant pas le loisir de lui donner grand soin , nous passerons volontiers condamnation. L'essentiel, à nos yeux, c'est qu'elle n'empêche pas la vérité de transparaître. Affaire de temps, au surplus. Dût-on l'étouffer encore ou la refouler au nombre des paradoxes, elle aura son jour un peu plus tôt, un peu plus tard, il n'importe. Quelque habile homme viendra, un homme de style, comme on dit, qui trouvant dans un coin, chez la beurrière, peut-être, cette production inculte, en saura faire son profit. À l'exemple de messieurs tels et tels, il se mettra à la dégrossir, à la façonner, à la polir, et il en résultera un beau livre que, n'ayant garde d'indiquer d'où lui sera provenu la matière première, il signera bravement de son illustre nom; qui sait? sous ce titre : *Histoire de la philosophie platonique au moyen âge*. Alors la foule de battre des mains, et peut-être même l'Académie de l'appeler au fauteuil. Quels miracles le style ne peut-il opérer? L'homme de style aura sans doute fait son profit de ce qui ne lui appartenait pas, mais notre but sera atteint, puisque la vérité sera enfin proclamée et reconnue. Loin de nous plaindre, nous applaudirions plutôt à la dextérité du metteur en œuvre.

Nous ne saurions le méconnaître : pour renverser d'un souffle des constructions gigantesques qui, toutes fantastiques qu'elles sont, n'en comptent pas moins des siècles de durée, il aurait fallu un souffle plus puissant que le nôtre. Créé par le génie, basé sur la crédulité et l'ignorance, célébré, prôné par le zèle et l'intérêt religieux, admiré par la science fascinée, l'édifice chevaleresque a de trop solides appuis pour céder sous les seuls efforts du bon sens et d'un patient labeur. La tâche, d'ailleurs, était double; car ce n'était pas assez de réviser pièce à pièce une civilisation réduite en poussière, il s'agissait de la réédifier de fond en comble. Or, à un Cuvier seul il appartient, à l'aide de quelques débris et par l'énergie de la pensée, de reconstituer des familles d'êtres disparus. Nous aurons du moins tenté de marcher sur ses traces, en recherchant dans la poussière des siècles les nombreux vestiges d'une société depuis longtemps éteinte, et en y signalant ses éléments constitutifs; en essayant de la raviver autant qu'il était en nous, avec sa forme originaire et son langage véritable, de la montrer agissant, parlant, écrivant sous l'inspiration de ses croyances de ses passions, de ses intérêts, dans l'atmosphère politique et religieuse qui fut réellement la sienne.

Des monuments avaient été découverts, admirés, expliqués par d'autres, beaucoup plus savants assurément, que l'on avait crus sur parole. Nous nous sommes permis de douter, d'examiner après eux. L'art des Champollion et des Rémusat n'est pas restreint peut-être, avons-nous pensé, aux hiéroglyphes égyptiens; nous l'avons donc appliqué à l'étude des monuments du moyen âge, et nous n'avons eu qu'à nous en féliciter. Quelques noms, quelques mots étranges souvent répétés, certaines lettres significatives nous ont permis de reconstituer mieux qu'un alphabet, tout un langage avec ses mille combinaisons. Alors une foule d'indices se révélant à nous dans la Divine Comédie nous ont fourni peu à peu les clartés dont le Paradis s'est trouvé illuminé. La littérature provençale en a reçu à son tour un lumineux reflet, et avec elle ses nombreuses filles, tant à l'ouest qu'au nord. Nous nous sommes ainsi trouvé acheminé sur la voie où depuis nous n'avons cessé de marcher. Nous continuerons à la suivre, si Dieu nous prête vie, dans l'espoir d'ajouter de nouvelles découvertes à celles dont nous avons encore à faire confidence au public, pour peu qu'il daigne accueillir favorablement celles que nous lui soumettons en ce moment.

Si nous n'avons réussi qu'à édifier un échafaudage de sophiste, si tout ce qui précède n'est que paradoxes, on conviendra que la série en est étrangement longue pour embrasser dès le début toute une période de plusieurs siècles. On remarquera aussi avec quelle exactitude tant d'interprétations, paradoxales si l'on veut, viennent s'ajuster sur une masse de compositions différentes, pour donner constamment les mêmes résultats, en rapport avec des événements historiques bien constatés. Un ignorant comme nous pouvait certes s'y tromper de très-bonne foi. Notre seul tort serait dès lors d'avoir cherché à propager notre erreur et de nous être émancipé un peu à l'égard de ces *monuments* vénérables, devant lesquels les doctes s'inclinent les yeux fermés, avec le respect des Aruspices pour leurs victimes. Mais ce serait là, ce semble, un péché véniel.

Excusez donc les fautes de l'auteur.

Note de la page 201.

Le travail de M. P. Paris est surtout précieux en ce sens que l'auteur, bien qu'en se méprenant, comme tant d'autres hommes d'un vrai savoir, ses devanciers, sur la véritable essence des chansons de Geste, y signale avec une grande érudition les rapports d'un poëme à l'autre et les liens divers des personnages entre eux. Sa judicieuse critique lui fait relever en même temps de nombreux détails de mœurs, dont il s'étonne à bon droit, puisqu'ils sont de pure invention. Aussi regrettons-nous beaucoup d'avoir connu si tard cet ouvrage méritant. Ce que nous pouvons en dire quant à présent, c'est qu'il est tellement riche en documents, en indications de sources, en appréciations appuyées de preuves, que seul il suffirait à fournir les éléments d'un cours de littérature sur les chansons de Geste ramenées à leur acception réelle et primitive. Aussi ne voudrions-nous pas d'autre guide si, n'étant pas trop découragé par l'accueil réservé à cette dernière publication, nous avions à continuer nos explorations sur le terrain si mal connu où nous voici engagé.

Nous ne saurions mieux finir cette note qu'en priant le savant professeur de vouloir bien soumettre à la *Commission de l'Histoire littéraire*, dont il est membre, une question assez curieuse à notre sens : Maître Corbeau, le docteur Thiois du roman de Renart, ne personnifierait-il pas la grande lumière, *luce eterna*, de la rue du Fouare, ce SIGIER DE BRABANT qui, de son temps, *sillogizzo invidiosi veri?* Nous y verrions, pour nous, assez de vraisemblance.

TABLE DES MATIÈRES.

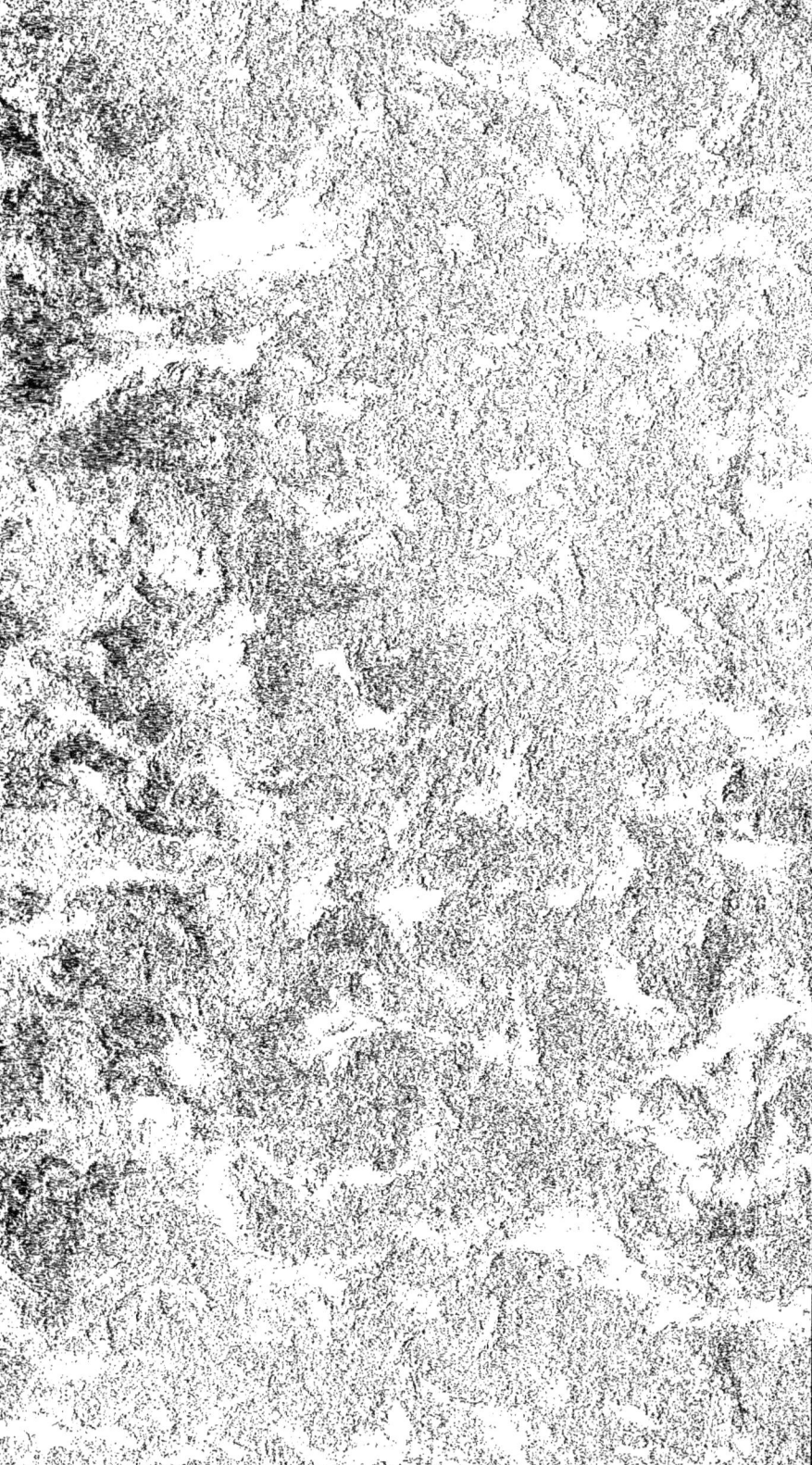

www.ingramcontent.com/pod-product-compliance
Lightning Source LLC
Chambersburg PA
CBHW070515030726
47503CB00004B/1271